昭和初年の『ユリシーズ』

まえがき……1

プロローグ　芥川龍之介とジョイス……7

日本橋書店——芥川の丸善　7　芥川の『若き日の芸術家の肖像』　10

第一章　**野口米次郎とジョイス**……15

新帰朝者ヨネ・ノグチ　15　『学鐙』と野口米次郎　18　雑誌『エゴイスト』と野口　20　「画家の肖像」　26　H・G・ウェルズのジョイス論　29　アメリカのジョイス　35　野口のジョイスとエズラ・パウンド　37　二重国籍者ヨネ・ノグチ＝野口米次郎　40　野口の現代文学　42

第二章　**『ユリシーズ』登場——杉田未来、土居光知、堀口大学**……45

『ユリシーズ』出版の経緯　45　杉田未来（高垣松雄）の『ユリシーズ』　53　土居光知の『ユリシーズ』　58　堀口大学　61　ヴァレリー・ラルボーの功績　63　堀口大学の「内心独白」　66　堀口のラルボー翻訳　70　ふたたび土居光知について　72　「ヂヨイスのユリシイズ」　75　土居の訳例（第五

挿話） 79　土居の訳例（第六挿話） 81　土居の訳例（第七挿話） 84
オーモンド・ホテルの客間の情景 86　語りの遊戯性 88　土居のペネロペイア 91　土居の結論――その背信 96　意識の流れの書法（括弧の使用） 99

第三章　**伊藤整氏の奮闘**……103
伊藤整の登場 103　伊藤の理論と実践 107　小林秀雄の「心理主義」批判の戦略 114　シモンズのゾラ論 118　伊藤の弁明と小林のカウンターパンチ 121　伊藤の「自己の弁」 125　『新潮』座談会「新しき文学の動向に就て」 130

第四章　**西脇順三郎と春山行夫**……133
ロンドン体験 133　「二十世紀英国文学評論」 137　西脇の「ヂエイムズ・ヂオイス」 142　春山行夫――楡のパイプを口にして 149　「「意識の流れ」と小説の構成」 152

第五章　**第一書房対岩波文庫――『ユリシーズ』翻訳合戦**……158
海賊版『ユリシーズ』158　『ユリシーズ』原著の値段 164　日本語訳『ユリシーズ』の歴史 166　『ユリシーズ』ア・ラ・モリタ――岩波文庫の『ユリシーズ』168　森田草平の「僕の性に会ふもの合はぬもの」171　岩波版『ユリシーズ』175　二つの版の翻訳比較 180　龍口直太郎 184　翻訳比較――第八挿話 188

第六章　**『ユリシーズ』裁判――猥褻と検閲**……198
猥褻文書としての『ユリシーズ』198　出版前の裁判沙汰――悪徳防止協会 199　『ユリシーズ』の最初の読者――エズラ・パウンドの警告と検閲 203　「人並みの官能の男」(l'homme moyen sensual) の登場 210　連載への抗議――読者からの投書 215　最初の処分――郵政省の配達禁止 219　パウンドの不満 221　『リトル・リヴュー』の敗北 224　ナウシカアの受難 227　ナウシカアの誘惑 232　『ユリシーズ』裁判 235　日本での翻訳出版 240　発

禁の実態　246　岩波文庫版の削除　251　『ユリシーズ』は猥褻か　256　検閲と売行き　259

エピローグ　『ユリシーズ』再訪 ……………… 261

「文芸復興座談会」――『ユリシーズ』受容？　261　伊藤整の『ユリシーズ』再読　264　我が芸道の師ジョイス　269　伊藤整と土居光知との再会　272　文化的イコンとしての『ユリシーズ』――『ユリシーズ』は傑作か　278　『ユリシーズ』――「二〇世紀でもっとも偉大な小説」　283

あとがき ……………… 289

まえがき

一九九九年の東大の入学式の祝辞で、第二六代総長蓮實重彦は日本武道館に集まった新入生を前に、東大が正式に発足した明治一〇年（一八七七）という年がどういう時代であったかを説明するのに、さまざまな人物を引き合いに出している。すなわち、夏目漱石はまだ幼少期、ヴァン・ゴッホはまだ南フランスの太陽と出会っておらず、ランボーはすでに詩作を放棄して世界を放浪しており、ニーチェは晩年の狂気を準備しはじめており、マルクスは亡命先のロンドンで『資本論』の第一巻を刊行し、そして「そのとき」——と蓮實は祝辞を続ける——「真の二〇世紀文学の傑作とみなされるべき『ユリシーズ』の作家ジェームズ・ジョイスも、『変身』の作家フランツ・カフカもまだ生れておらず、『失われた時を求めて』の作家マルセル・プルーストだけが幼年期を送っていたにすぎません」と。

このあとも蓮實の衒学的なカタログ作りは、フッサール、ベルグソン、ド・ソシュール、フロイト、デュルケム、アインシュタインと続けられるのであるが、ここで『ユリシーズ』だけがなぜか、「真の二〇世紀文学の傑作とみなされるべき」という問答無用の価値判断を含む修飾語つきで言及される。激烈な入学試験を経てようやく入学を果たしたばかりの新入生は、「齟齬の誘惑」について語る総長の訓示で、『ユリシーズ』は二〇世紀の真の傑作とみなさるべきことを保証されたのである。（蓮實重彦『齟齬の誘惑』東京大学出版会、一九九九）

二〇世紀の終わり、『ユリシーズ』のアメリカ版の版権が切れるころ、ランダム・ハウス社のモダン・ライブラリー部門が、「二〇世紀の小説ベスト百選」を選定し、その選定結果は、一九九八年七月二〇日の『ニューヨーク・タイムズ』に発表された。

第一位が『ユリシーズ』、『若き日の芸術家の肖像』が三位、『フィネガンズ・ウェイク』が七七位、主な作品を拾えば、第二位に『偉大なるギャッビー』、四位に『ロリータ』、六位に『息子と恋人』、一〇位に『怒りのぶどう』、二〇位に『アメリカの息子』、三〇位に『善良な兵士』(フォード)、四〇位に『事件の核心』、五〇位に『裸者と死者』、第百位がブース・ターキントンの一九一八年ピュリツァー賞受賞作品『偉大なるアンバーソン家の人々』と続く。

モダン・ライブラリーの「二〇世紀の小説ベスト百選」が出版社のパブリシティ・スタント——自社の出版物リスト優先——であることはわかる。しかし同時に、このような選定の背後に、抜きがたいジョイス・カルトがあることも紛れもない事実である。それと軌を一にするかのような蓮實総長の新入生への訓示の根拠は、いったい何に基づくものなのであろうか。

時代をさかのぼって考えてみれば、このような『ユリシーズ』信仰はごく早い段階で形成されていることがわかる。たとえば岩波文庫版『ユリシーズ』第一冊(昭和七年)に付された訳者による「序」には、次のような文章がある——

わが国に於ても、文学、殊に小説が行き詰つたといふ声を聞くことは久しい。しかもこの難関を打開するためには、何うすれば可いのか。只一つそこに『ユリシーズ』がある。この作一たび現はるの報に接するや、わが国の創作家批評家は勿論、凡そ文学に関心を持つほどの者の間に、期せずして意見の一致を見た。それは如何にもしてこの新しい文学の金字塔に攀じ登つて、その仄暗き内奥を探検し、それに依つて唯一の開かれたる道を求めようとする熾烈な要請である。

『ユリシーズ』出版後一〇年にして、すでに『ユリシーズ』は、日本における小説の行き詰まりの難関を打開するための救世主として位置づけられている。

岩波文庫版の『ユリシーズ』発刊と歩調をあわせるように創刊された『新英米文学』の創刊号は「ヂエイムズ・ヂオイス特集」（昭和七年二月）であるが、そこに載せられた全ページを使った広告には、「現代世界文学に於けるヂエイムズ・ヂオイスの位置は正に太陽のそれである。ヂオイスなくして恐らく廿世紀文学の太陽系は存在し得なかつたであらう。そしてヂオイスの今日をあらしめたものは実に『ユリシーズ』一篇である」という最大級の賛辞が掲げられている。出版後わずか一〇年にして、『ユリシーズ』は「廿世紀文学の太陽系」の中心に位置することを認知されたのである。

そうかと思うと、それから四年半後、同じ岩波文庫版『ユリシーズ』の最終巻である第五冊には、はやくも、次のような慨嘆の声を含む「訳者後記」が付されている――

一分冊が出た当時の日本文壇の態度、またその前から欧米批評界の評価から考へて、われわれの仕事はある程度の意味と功績を残しうると確信してゐたのだが、その後の文壇はどうだらうか。世界文学史上の巨星を次ぎ次ぎと漁り出して、体臭を嗅ぎ分けるどころか肌の色も碌に見もせずに、死んだ過去の庫へ投げかへしてゐる。

こんなことで「われわれの文学に誇るべき伝統が生れ、その伝統が日本文化全体を貫く赤糸となりうるだらうか」と、訳者たちは、「四箇年に亙る吾吾のハーキュリーズ的苦闘」の結晶であるこの翻訳が一向に報いられる気配がないことを嘆いてみせる。

蓮實重彦の「真の二〇世紀文学の傑作とみなされるべき『ユリシーズ』」という作品規定と岩波文庫の訳者の慨嘆とのあいだに、七〇年の歳月が流れている。しかし二つの発言はまったく同じ前提――『ユリシーズ』は誰も、日本の文壇も東大新入生も、無視することの出来ない傑作である――から発せられている。何も変わっていないのであろうか。

たしかに、昭和初年の『ユリシーズ』騒動は、日本の近代文学史の中でも異常であったかもしれない。まだ二〇歳代の伊藤整ら三人の訳者による第一書房版の『ユリシイズ』と、森田草平を訳者代表とする六人の訳者による岩波文庫版『ユリシーズ』とが競合し、つぎつぎに繰り出されるジョイスの難解な書法を相手に、訳者たちは不足がちな知恵を振り絞ってしのぎを削っていた。

最初の訳者である伊藤整がのちに解説するように、昭和初年代の「文学理論の展望と対立は、近代の日本文学史の中においての、最も花々しいもの」であった。まれに見る喧騒と狂乱の時代であった。「しかしそれは」と伊藤はことばを続ける――「反面から見れば、混乱と、行きすぎと、やり直しの苦渋に満ちた時代でもあった」と。

日本におけるジョイスの紹介と導入は伊藤整たちだけがはじめたわけではない。それ以前にも導入の試みはあった。本書執筆の狙いは、昭和初期のわずか十数年のあいだの『ユリシーズ』騒動の経緯を、単なる編年的な経過報告ではなく、できるだけ直接資料に当たって、具体的にたどることにある。伊藤の言葉でいえば、「混乱と、行きすぎと、やり直しの苦渋に満ちた時代」の様相を、『ユリシーズ』翻訳という鏡を通して眺めてみることにある。

『ユリシーズ』は数しれない雑多な物語を内包する作品である。誰でもがそこから自分なりの物語を紡ぎだすことができる。同時に、作品の受容に関しても、じつにさまざまな物語をこれまでに生み出してきた。本書は、昭和初年代の日本を舞台にした『ユリシーズ』の、熱気と混乱と苦渋に満ちた受容の物語である。

プロローグ　芥川龍之介とジョイス

日本橋書店――芥川の丸善

芥川龍之介にとって日本橋の洋書店の丸善は特別な存在であった。

芥川の自筆原稿「澄江堂十首」の第二に、「丸善の二階」と題された歌がある。


　しぐ礼ふる町を幽《かそ》けみここにして海彼《かいひ》の本をめでにけるかも

外は時雨、街は薄暗くなっている。一人丸善の二階の洋書売り場で、外国の本を漁り楽しむ芥川の様子がよくわかる。同じ情景は、昭和二年、芥川の死後、遺稿として一〇月の『改造』に発表された「或阿呆の一生」の冒頭にも見える――


　それは或本屋の二階だつた。二十歳の彼は書棚にかけた西洋風の梯子に登り、新しい本を探してゐた。

（略）

そのうちに日の暮は迫り出した。しかし彼は熱心に本の背表紙を読みつづけた。そこに並んでゐるの

は本といふよりも寧ろ世紀末それ自身だつた。（略）
彼は薄暗がりと戦ひながら、彼らの名前を数へて行つた。が、本はおのずからもの憂い影の中に沈みはじめた。彼はとうとう根気も尽き、西洋風の梯子を下りようとした。（略）

そこに列挙される名前は、若き日の芥川――明治四四年（一九一一）、二〇歳の芥川――にとっての、新しい西洋文学の作家たちの名前だ。いわく、モオパスサン、ボオドレエル、ストリンドベリイ、イプセン、ショウ、トルストイ、そして世紀末のニイチエ、ヴェルレエン、ハウプトマン、フロオベエル、などなど。しかし彼は、書棚に掛かる梯子の上にたたずんだまま、下にうごめく店員や客を見下ろしながら、「人生は一行のボオドレエルにも若かない」という有名な感慨に襲われる。この書店は、名前は挙げられていないが、丸善であったことは間違いないだろう。丸善は、それまでの木造二階建ての土蔵造りの店舗を火災で焼失、前年の明治四三年に赤レンガ造りの四階建てに新築したばかりであった。いままで同様、二階が洋書売り場であった。

やはり遺稿となった「歯車」にも、丸善が出てくる。

この作品は、精神的に追いつめられた語り手（明らかに芥川自身の投影）が、やり場のない憂鬱を抱えたまま銀座通りに出、一軒の本屋をのぞいたあと、復讐の神に追われるようにして、やがて日本橋の丸善に入る。ここでもまた、時間は薄暗い夕方だ。


日の暮れに近い丸善の二階には僕のほかに客もないらしかつた。僕は電灯の光の中に書棚の間をさまよって行った。

田山花袋は、大正六年（一九一七）、『東京の三十年』の中で、その丸善の二階を通して、「十九世紀の欧州大陸の澎湃とした思想」が、「この極東の一孤島にも絶えず微かに波打ちつつあった」ことを、生き生きと描き出した。「丸善の二階、あの狭い薄暗い二階、色の白い（略）莞爾《にこにこ》した番頭、埃だらけの棚（略）その二階には、その時々に欧州を動かした名高い書籍がやつてきて並べておかれた」という。また、たとえば明治四一年、中学四年生の山内義雄は、丸善に『悪の華』、『ヴェルレーヌ詩抄』、『ミュッセ詩選』、仏訳のハイネの詩を注文し、父親に金を貰って受け取りに行っている。

丸善は洋書の取次販売をするだけでなく、新刊在庫目録を兼ねた『学鐙』を発行している。じつは日本においてジェイムズ・ジョイスを最初に紹介する文章が載ったのは、この雑誌なのだ。野口米次郎の「画家の肖像」、大正七年のことである。

丸善に熱心に通い詰め、海外の情報を収集することに熱心であった芥川は、おそらくこの野口の文章を通じてジョイスについての重要な知識を得たものと思われる。（ただし『丸善百年史』に引用されているベテラン店員福本初太郎の記憶によると、明治三七年から大正七年ごろまでに、丸善に来店して洋書を漁った名士・知識人一二三人の中に、なぜか芥川は含まれていない。そのリストから何名か拾うと、後藤新平、市河三喜、伊藤博文、河合栄治郎、小宮豊隆、森鷗外、夏目漱石から、わが野口米次郎、寺田寅彦、徳富蘇峰を経て、吉野作造にまで至るが、芥川は漏れている。）〔『丸善百年史』下巻〕

現在も丸善のPR雑誌としてその名を留めている『学鐙』であるが、明治三〇年の創刊時は「学の燈――「The Light of Knowledge」であった。その創刊の辞には、次のような文章が見える――

題して学の燈といふ。アーク燈か、蛍火か、吾人之を知らず。照らすものは照らすの理あつて、之を点ずるのみ、（略）燈火満街を輝らすも、台下或は闇を破らず、一燈を加ふるもの自ら一燈の用をなす。吾人の此挙、豈必ずしも斯道に少補なからんや。

「学の燈」は明治三五年から「学燈」と改題し、内田魯庵が編集人となり、さらに明治三六年からは現在の『学鐙』という誌名を名乗っている。当時から、学者文学者が執筆し、格調高い丸善のPR雑誌であったが、大正十二年九月の大震災で被害を受け、翌年の五月まで休刊をやむなくされ、「内容は海外の文化消息を連ねるだけになり、魯庵も家に籠もって自分の仕事に専念」（春山行夫『読書家の散歩』）することになる。

芥川の『若き日の芸術家の肖像』

米次郎の紹介から一年以上過ぎた大正八年六月、芥川はその丸善からジョイスを二冊購入している。「丸善より本来る。コンラッド2、ジョイス2」とあるのがそれである。（「餓鬼窟日録」より）

芥川がどのようにしてジョイスの存在を知ったのかはわからないが、さきに挙げた野口の『学鐙』の文章がそのきっかけの一つになったであろうことは推測できる。ついでながら、芥川がジョイスと同時に購入しているコンラッドは、本格的に論じられるようになるのはその翌年、大正九年（一九二〇）の『新文芸』復刊第一号の「コンラッド特集」からなので、芥川の関心はかなり早い。もっとも、同じ『学鐙』の大正三年十二月十八日号（第十八巻第十二号）には、東皐による「ジョセフ・コンラッド」なる一文が載っている。これもまた芥川の好奇心を刺戟したかもしれない。

東の論文は、コンラッドの長篇・短篇作品の概要を詳しく紹介して、次のように結論を書く——

以上、最も簡略に、全速力で、コンラッドの作物の一切を遺漏無く挙げて来たが、これを要するにどんな作家であるかと訊かれたら困る。何とも言ひ様が無いが、兎に角その経歴と云ひ、取扱の範囲と云ひ、一風変つた、珍しい作家であると云ふことは否まれぬ。（略）この悲しげな、呟くやうな海の詩人の音楽は、或る意味に於ては、前人が未だ奏でざる妙音を発して居る。何等かの方法に於て、新しい局面を拓かうと藻掻いて居る現下の日本の文学界に取つても、一種のフレッシュな刺戟と成る可き作家たることは受合ひである。

そう、まさに日本の文学界は、「何等かの方法に於て、新しい局面を拓かうと藻掻いて居る」最中であった。その藻掻きの一つの症例が、これから本書で扱うジョイス導入騒動でもある。

いずれにしろ、芥川は、丸善からジョイスを購入してから一年以上経て、ジョイスの『若き日の芸術家の肖像』を読んだときの印象を書いている。大正九年から一〇年にかけて、「雑筆——手帳より——」という表題で『人間』に短文を発表したものの中にある「小供」という表題の文章がそれである。ジョイスを話題にした貴重な文章であるが、この一連の短文がのちに『沙羅の花』に「澄江堂雑記」としてまとめられたとき、なぜか「小供」は収録されなかった。
こんな文章である——

小供の時分の事を書きたる小説はいろいろあり。されど小供が感じた通りに書いたものは少なし。大抵は大人が小供の時を回顧して書いたと言ふ調子なり。その点では James Joyce が新機軸を出したと言ふべし。ジョイスの A Portrait of the Artist as a Young Man は如何にも小供が感じた通りに書き候といふ気味があるかも知れず。されど珍品は珍品なり。こんな文章を書く人は他に一人もあるまい。読んで良い事をしたりと思ふ。(八月二〇日)

『若き日の芸術家の肖像』の冒頭の章の特質を見事に言い当てているのはさすがというほかはない。しかも彼は、それからさらに二年ほどのちに、「ディイダラス」という題で、第一章のさわりの部分を日本語に置き換えてさえいる。冒頭から一〇ページほど進んだところ、夕刻になって主人公のスティーヴンが寄宿学校の自習室にいる場面である。翻訳は原文の一ページ少々に当たる。

自習室に坐つたまま、彼は机の蓋をあけた。さうして中に貼つてある番号を、七十七番から七十六番に取り換えた。しかしクリスマスの休暇はまだずつと遠い。しかし、何時かは来るに違ひない。地球は終始回転してゐるから。

彼の地理の書の第一頁には、地球の図が掲げてある。——雲の中にある、大きな球が。フレミング(彼の名)は〔三字欠〕の箱を持つてゐる。さうして或晩温習の時間に、彼は地球を緑色に、雲を海老茶色に彩どつて置いた。それはダンテの戸棚にある、二つのブラッシュのやうであつた。緑色の天鵞絨の背のある、パアヌルのブラッシュと、海老茶色の天鵞絨の背のある、マイケル・デエヴィットのブラッシュと。しかし彼（ダンテ）はフレミングに、地球や雲をさう云ふ色に彩れと云つた事はなかつた。フレミングが勝手に彩つたのである。

彼は地理の本をあけて、勉強にとりかかつた。しかし彼は亜米利加の地名を覚える事が出来なかつた。それでもそれらはそれぞれ違つた名前のある、みんな違つた場所であつた。それらはみんな違つた国にあり、その国々はいろいろな大陸にあり、大陸は世界の中にあり、世界は宇宙の中にあつた。

ほぼ順当な翻訳であるが、「フレミング（彼の名）は〔三字欠〕の箱」の部分で、主人公の同級生のフレミングに、なぜ「（彼の名）」と注記したのか、そしてフレミングの使った「クレヨン」がなぜ欠字になっているのか、不思議である。しかしもっと不可解なのは、主人公の意識に焦点を当てたこの部分で、その「彼」に「（ダンテ）」と補っている点である。芥川はどうやら主人公（スティーヴン）、フレミング（級友）、ダンテという、ここで話題になる人物たちの関係を十分に把握していないようなのだ。ダンテというのは、スティーヴンの実家に同居している叔母の綽名（叔母さんを表わすauntieをイタリアの詩聖に掛けてこう呼んだもの）であるが、もちろんここまで読んだ段階で、その事情は、ジョイス一流の省略的記述のために、読者にはわからない。それはいい。しかし焦点人物の「彼」にわざわざ「（ダンテ）」と補うのは不可解である。

このあと芥川は、スティーヴンの地図帳の見返しにスティーヴンが自分で書いた「彼自身と彼のゐる場所」とを訳してみせる。そして次にその反対ページにフレミングが「ふざけて」書いた四行詩をも訳している。しかし芥川は「ふざけて（for a cod）」という表現がわからなかったとみえて、この部分は「〔六字欠〕」となっている。また、ここの四行詩はそれなりに脚韻を踏んだ韻文になっているのであるが、それを芥川は次のように訳している——

ステフェン・ディイダラスはわが名なり
愛蘭土はわが国家ぞ
クロンゴオスはわが住む地なり
さて天……

最後の行は「そして天国はやがて私の行くはずのところ（And heaven my expectation.）」というものであるが、これも芥川には十分に意味がとれなかったと見えて、「さて天……」と中途で翻訳を放棄している。

残念ながら芥川のジョイスはここまで、彼が同時に購入したもう一冊のジョイスに関しても、『ダブリンの人びと』なのか、戯曲の『追放人』であるのか、それともあのささやかな詩集『室内楽』であるのか、資料は残されていない。

いずれにしろ私はまず芥川がわざわざこの部分を選んで抄訳していることに敬服する。冒頭の部分から一部を選ぶとすれば、六歳のスティーヴンの世界認識の特性をグラフィックに描いたこの部分以外に考えられないからである。しかし芥川が『肖像』を最後まで読み通したのかどうか、そしてその経験がはたして芥川の創作活動になんらかの触知可能な影響を与えたのかどうか、これまでも立証の試みはあるが、証明はできていない。

第一章　野口米次郎とジョイス

新帰朝者ヨネ・ノグチ

すでに述べたように、ジョイスの作品を最初に本格的に日本に紹介したのはヨネ・ノグチこと野口米次郎である。大正七年（一九一八）の『学鐙』三月号に掲載された「画家の肖像」という文章だ。いまから考えると、まず何よりも英語で詩を書く日本の詩人ヨネ・ノグチとジョイスとの取り合わせは、いささか奇妙な印象を与える。いったい両者にはどのような関係があったのか。

よく知られているように、野口米次郎は明治三七年（一九〇四）、一〇年以上にわたる海外生活を、慌しく切り上げて帰国し、日本の文壇に華々しく迎えられた。前年には新渡戸稲造ら三人の名士による序文を付して『東海より』の英語版の詩集が富山房から出版されていた。英語で書いた詩によって外国で名声をえた詩人という、前例のない新帰朝者であった。

それより二年前の一九〇二年、日本式にいえば明治三五年、野口は、思うようにウダツの上がらないアメリカを離れ、満を持してロンドンに乗り込むという冒険をしている。そのとき携えていたのは、アメリカ滞在中に私家版として出版していた、わずか六ページ余の詩集 *From the Eastern Sea* であった。この冒険の結果、朝起きてみたら有名になっていたといわれるバイロンのように、野口にいわせれば、ほとんど一夜にして、詩人としての名声をえるに至る。ジャポニズム流行のロンドンとはいえ、賞讃は当時の文壇の大御所であった作家メレディス、トマス・ハーディ、さらに詩人ロバート・ブリッジズなどからもえられたという。
　その経緯は、のちに（四〇年後に）日本語版の『東海より』に野口自身が自慢げに付した注記によれば、次の通りだ。

　詩によつて英国を征服せんとする意気に燃えて倫敦に乗り込んだが、いずれの書店も引き受けて呉れなかつた。私は詮方なく十六頁の小冊子に詩の見本といつたものを印刷し英国著名な詩人や新聞雑誌に送つて批評を乞うた。

しかし誰にも相手にされなかった。

　心中聊か不平なしでなかつた。然し倫敦は動いた。私が巴里で基督降誕祭する積りで別にして置いた三磅を棒に振り十六頁の小冊子を作つて倫敦の面に投付けた。……《（ママ）》倫敦の文壇は驚いた。どんなに倫敦は巨大な胴体の象でも、擽る所はたつた一つだ。……《（ママ）》私は僅々八章の詩で倫敦の詩壇に打ち勝つたのである。

大層な鼻息、お馴染みの米次郎節である。しかし時は明治三五年、夏目漱石が絶望的な文化的孤絶感を抱いて帰国してから一年しかたっていなかった。それを思えば、やはりこれは大偉業であった。
　このようにして、「津波のやうに大きい」評判を携えて、野口は、当時の日本人排斥の風潮から逃れるように、名目上は日露戦争の日本通信員として、身重の内縁の妻をアメリカに残したまま、一〇年ぶりに帰国する。やがて生れる息子が、のちの彫刻家イサム・ノグチである。

野口は帰国の翌々年からは、慶應大学文学部に新設された英文科の教授に迎えられ、非常勤の教授という不思議な待遇で、教壇に立つことになる。ドウス昌代の調べによれば、「一時間三円の時間給で」「教鞭をとるのは週二回だけであった」という。（『イサム・ノグチ――宿命の越境者』講談社文庫）

そしてその間も、英語と日本語の二ヶ国語による詩作を続けた。欧米の文壇との接触はわずかながらも続いていた。やがて日本の詩歌を英語で解説できる実作者として、イギリスから招かれ、大正二年（一九一三）の暮れに渡欧、翌年の一月には、ロンドンのジャパン・ソサエティで「日本の詩歌」について、オクスフォードのモードドレン・カレッジでは、「日本の発句」について講演している。時期的には、ちょうど島崎藤村が、いわゆる『新生』事件の処理」のためにフランス行きを決行、パリ生活をはじめてしばらくたった頃で、野口も帰国の途中、パリの街で藤村に偶然出会い、藤村の滞在先であるシモネエの宿に滞在して交歓している。

さらに五年後の大正八年（一九一九）一〇月には、アメリカに講演旅行をし、三ヶ月間全米各地で日本の詩歌や能について講演している。この講演は、それによってえた資金で帰国後自宅の地所を購入しているくらいだから、かなりの収益がえられたものなのであろう。このときニューヨークで舞踏家伊藤道郎とともにイェイツと日本レストランで食事している。伊藤はその二年前（一九一六年四月）に、ロンドンのキュナード夫人邸で日本の能に触発されたイェイツの詩劇『鷹の井』で鷹を演じ、評判を取っていた。

野口の欧米の文壇とのかかわりについては、のちに述べるが、とりあえず以上が、われわれに関連のある野口米次郎の軌跡の概略である。

『学鐙』と野口米次郎

野口米次郎は大正七年に『学鐙』に「画家の肖像」を寄稿する。野口の『学鐙』への寄稿はこれが最初ではなく、その前に大正三年のイギリス訪問の紀行文がいくつかある。

このときの渡欧を機に、野口は『学鐙』に紀行文を執筆しはじめる。「所謂アカデミー展覧会なるもの」、「ヲックスフォード」、「画家アルフレッド・イースト」などの文章を寄せている。帰国後も『学鐙』との関係は続き、「彫刻家セリエ」、「フェノロサと梅若實」（ロンドンのマクミランから出版されたばかりのフェノロサの能研究本を紹介するエッセイ）、「ゴスとスウィンバーン」（エドマンド・ゴスのスウィンバーン伝の書評）、さらに「カーライル」、「ライダルの詩聖」（ワーズワス論）、そしてこれから取り上げるジョイスの『若き日の芸術家の肖像』を扱った「画家の肖像」（大正七年第三号）などと続く。このあとも『学鐙』への寄稿は続き、二号続きのシェリー論もある。

これでもわかるとおり、話題はかなり恣意的、多岐にわたり、どちらかといえば、雑文家、ジャーナリストの姿勢に近い。「画家の肖像」はその中ではやや例外的に、批評的な文章であるといえるかもしれない。

今後の参考のために、ここに野口の文章の特徴の見本を示しておくと、たとえばシェリーを論じた文章はこんな調子である――

学燈《(ママ)》記者足下、僕は五六年前鎌倉に住んで海岸に横はり乍ら海と雲を眺めて居たことがあつた。そんな時にはいつも僕の想像はシエレーの終焉の壮烈を眼前に浮ばせたのだ。今朝も僕の胸はこの悲惨を極めたシエレーの最後で一杯になつて居る。

学燈記者足下、近頃日本の読詩家や又作詩家にはシエレーも没々と縁が遠くなつて来るやうに思はれて来る。僕はそれを残念に思つて居る。

ここで「学燈記者」とあるのはもちろん『学鐙』の編集人の内田魯庵のことである。

このあとも野口は、「広重」、「ポーの技工」などの文章を寄稿しているが、最後に寄稿したのは、「冬夜漫録」（大正八年第二号）で、それによると、前日友人から聞いたところでは、自分の英語の詩集、富山房の手で出版された *From the Eastern Sea* が、古本屋の「一山百文の中にしばしば発見されるそうで、その代価を聞くと、場合に依ると一銭でも買へるそうである」ということで、「僕の日本版『東海より』の古本が代価たゞの一銭！　それを聞いた僕の心は内々感傷的悲哀に打たれた、――実際日本でなるまじきものは詩人である、とくに英語の詩人である」と嘆いてみせる。

千九百二年の冬僕が倫敦で出した十六頁の詩集『東海より』（三百四五十部も摺つたから欧米に於けるその所有者は随分とある）は稀覯書の一として取り扱はれて居て、戦争前の倫敦相場は日本金三十円くらいであつたが、つい近頃紐育では四十円の相場がついて居る。（略）然るに何んぼ日本の富山房版とはいへ、一冊の代価金一銭以上五銭以下とは実以て情無い次第である。

雑誌『エゴイスト』と野口

野口は日本における最初のジョイス紹介者である。

いったい野口はどのようにしてジョイスの作品の存在を知ったのであろうか。

それを知るための手掛かりは、大正三年の渡欧の副産物である『欧州文壇印象記』（大正五年）にある。

野口は『欧州文壇印象記』の「例言」に次のように書いている——


本書は千九百十三年の秋から十四年の初夏に掛けての私の西遊の副産物である。私の渡欧の目的は、已に白日社から出版された「日本詩歌論」をモグダレン大学〔オクスフォードのモードレン・カレッジ〕其他にて講演するに有つたが、文芸家諸君と直接の交際を得て、その風采の接触から彼等の作品に対する私の理解を調整せんとの希望を抱いて行つたのである。而して其の希望は十二分にまでも満たされたので、私の渡欧は私自身に取つては、意味のある一生の事件と見ることが出来ると思つて、愉快を感じて居る。

『欧州文壇印象記』は一〇年ぶりに訪れたイギリスでの、慌しく精力的な「文芸家諸君と直接の交際」の記録で、バーナード・ショーや桂冠詩人ロバート・ブリッジズとの会見記、オクスフォード見聞録、「狂人」アーサー・シモンズのこと、画家ビアズレーのこと、ニジンスキーのこと、グランヴィル・バーカーの沙翁劇など、話題は多岐にわたる。このときの経験はのちに『海外の交友』や『霧の倫敦』などの形でもまとめられるが、いまのわれわれにもっとも大きな関係があるのは、とりあえず、『欧州文壇印象記』の中の「エーツ〔イェイツ〕」の章であろう。これはロンドンのイェイツの書斎での会見記である。アイルランドのことや能のことを話題に話し合っている途中で、エズラ・パウンドも会話に加わっていることがとくに注目される。

野口がパウンドと対面するのはこのときが最初だが、その二年前、野口はロンドンのパウンド宛てに自作の英文の詩集『巡礼』を送り、それに簡単な手紙を添えている。

あなたは私の作品については何もご存じないと思いますので、別便で『巡礼』という新しい詩集をお送りします。私もあなたの作品についてはよく存じませんので、私に読ませたいとお考えのご著書をお送りいただきたく存じます。この短い手紙は大変に事務的なものに思われるかもしれませんが、次の手紙ではもっとお役に立つことができると思います。（一九一一年七月十六日）（児玉実秀編『エズラ・パウンドと日本――書簡とエッセイ』ブラック・スワン・ブックス刊、拙訳）

このほかにも野口はパウンド宛てに手紙を出しているようだが、これに対するパウンドの九月二日の返信が残っている。それによると、パウンドはしばらくイギリスを離れていたために返事が遅れたことのほかに、新しく目にした野口の詩に戸惑っている様子がうかがわれる。

お送りいただいたあなたの詩を読んでいますが、いまのところなんと申し上げていいかわかりません、ただ面白かったとだけいっておきましょう。(略)あなたはわれわれに日本の魂を伝えようというわけですね。ちょうどそれは私が、プロヴァンスやトスカーナの忘れられた香気を忘却の淵から救い出そうとしている作業と共通するものです。(略)

もちろん私はほとんど何も知りません——たしかに東洋と西洋が互いに理解しあうとすれば、その理解はゆっくりと、まず第一にさまざまな芸術を介してなされなければならないでしょう。

このようにしてパウンドと日本とのネットワークがはじまった。パウンドがまだ日本についてまったく無知のころである。

その後パウンドは、フェノロサの日本の能の研究の遺稿を未亡人に託され、それを発表する段階での協力者になる。このようにして、モダニズム運動の「文壇興行師」、やがて本格的にジョイスやT・S・エリオットを文壇に送り出す仕掛け人として重大な役割を果たすパウンドと日本との接点が生れる。

野口は、このあとも、大正八年のアメリカ講演旅行の途中、ニューヨークでイェイツと再会しているが、手紙の交換があったとはいえ、おそらく一回だけのイギリスでのパウンドとの会見が、やがて野口のジョイス紹介記事に繋がっていくのである。

当時のヨーロッパは、やがてモダニズムとして知られることになる文学運動の勃興期にあたり、その症候のひとつとして、ロンドン、パリ、シカゴ、ニューヨークなどで次々に新しい「リトル・マガジン」が発行されはじめていた。(これは、それから一〇年以上遅れて昭和初年の日本を襲った各種文芸雑誌の氾濫を思わせるところがある。）当然ながら、その新しさは最初から認知されたわけではない。そして当時の文学運動の「新奇さ」を、誰にも先駆けて主張・推進することに貢献したのが、エズラ・パウンドであった。パウンドとの会見によって、野口もまた、それとは意識しないままに、この運動の片棒を担ぐ役割を担わされることになった。その顕著な仕事が、「画家の肖像」である。

野口はまた、欧米の読者を相手に、いくつかのエッセイや詩を、当時のリトル・マガジン、『ポエトリ・リヴュー』や『エゴイスト』に発表している。たとえば『エゴイスト』の第三巻第二号（一九一六年十一月号）に「十七シラブル発句ポエム」という題で英語の発句を八句寄稿しているし、第四巻第二号（一九一七年二月）には、「アメリカ的ヒューマーの将来」というエッセイ（アメリカにおける日本人排斥運動への批判論文、お世辞にも説得力があるとは思われない文章だが、野口がアメリカを「放逐」される経緯を考えれば、それなりの根拠はある）を書いている。

注目すべきことは、この号に、パウンドのジョイス論とウィンダム・ルイスの話題作『タア』（小説）も連載されていることである。パウンドのジョイス論というのは、あとにも触れるように、「ついに小説現われたり」というタイトルの、画期的な『肖像』論で、まもなくみずから『肖像』論を書くことになる野口は、当然このパウンドの文章を参考にしている。

続いて第三号（一九一七年四月）には、ロンドン風景を詠んだ二編の詩（バターシー橋とテイト美術館）、第四巻第九号（一九一七年一〇月）には、「永遠の悲しみ」と題する「ノープレイ（能）」を発表している。第一〇号には、「流れる雲」というタイトルの日本的感性論、第五巻第七号（一九一八年八月）にはエッセイ「日本の能」がある。このころから野口は、文学・能・絵画などの日本の伝統的文化への傾斜をますます明確にしていく。このことはパウンドなどの日本文化への関心とみごとに合致している。パウンドの関心は、詩歌改革としてのイマジスト運動を介して、ヨーロッパ文学の最先端と日本の伝統的な詩歌（能と発句）の両極端につながる。野口は一方で日本文化のある局面の紹介者の役割を果たすと同時に、パウンドのもう一方の関心であり、のちにモダニズム文学として知られることになるヨーロッパの新文学の紹介者の役割をも担わされることになる。後者の数少ない実践例が、野口のジョイス論である。これはやはり異例であるといっていい。

野口の『エゴイスト』への寄稿は「日本の能」が最後で、やがて『エゴイスト』は、第一次世界大戦後の経済不況の波をまともに受け、『ユリシーズ』を断続的に連載したあと、一九一九年の末には発行部数の激減、物価の高騰などが原因でついに廃刊となる。

しかしそこに至るまで、『エゴイスト』は、野口を通じて、欧米への日本の詩歌紹介のささやかな窓口となり、同時に日本へのジョイス導入の重要な役割をも演じている。

『エゴイスト』は最初『フリー・ウーマン』というタイトルで、一九一一年にイギリスで創刊されたが、野口が訪英する直前の一九一三年の十二月号から、エズラ・パウンドの強力な奨めもあって、『エゴイスト』と改名、従来のフェミニズム志向の雑誌から、もっと幅広い、イマジズムと新しい批評運動のための機関誌に生れ変わることになった。

編集長もやがてジョイスの生涯の経済的——ときに精神的——庇護者となるハリエット・ショー・ウィーヴァーが担当し、一九一四年から翌年に掛けて、これもまたパウンドの推挽で、ジョイスの念願の『若き日の芸術家の肖像』がこの雑誌に一年半にわたって連載された。それを単行本として出版するために、ウィーヴァー女史はわざわざエゴイスト・プレス社を創設しさえした。イギリスの田舎医師の娘であったが、その個人資産の多くを、一貫して、ジョイス援助のために気前よく投げ出した。(ある試算によれば、その総額は現在のお金で一〇〇万ドルになるという。)

しかしこの計画は、『肖像』の中に含まれる「有害な」描写(おそらく第二章末尾の、スティーヴンが娼窟を訪れる場面の描写)のために、イギリスの印刷業者が難色を示し、行き詰まってしまった。のちの『ユリシーズ』猥褻騒動の先駆けであった。やむなく印刷はアメリカで行われ、翌年にはアメリカ版が出版された。その印刷済みのシート(枚葉紙)を、アメリカから取り寄せ、ウィーヴァーが一九一七年のはじめにイギリスで出版したのが、イギリス版の『肖像』初版で、発行部数は七五〇部であった。

ウィーヴァーは最初から、ジョイスの作品を売り込むために献身的な労力を捧げ、広報活動に余念がなかった。その宣伝活動の一環として、おそらく野口のもとにも協力依頼の手紙が届いていたであろう。「僕が最近受け取ったウヰバー夫人《ママ》の手紙に依ると目下再版印刷中とありました」とあるところからみると、野口はミス・ウィーヴァー(生涯独身を通した)から書評の抜き刷り(切抜き)を送られ、日本での宣伝を依頼された可能性が高い。ウィーヴァーは、このあとも、たとえば『ユリシーズ』の発売に関しても、あらゆる伝手を頼って、新聞雑誌の評判記の切抜きを方々に送りつけることをやめなかった。好評であれ、悪評であれ、話題を集めるためにはなんでも利用するというのがジョイス陣営の、これからも変わらぬ宣伝方法であった。たとえば『ボヴァリー夫人』の風紀紊乱による裁判沙汰、このような話題性こそがジョイスの望むところであった。

野口の文章にある「目下再版印刷中」というのは、この年の夏までに『肖像』のロンドン版初版の七五〇部が好調な売行きであることをいったものである。この言葉のとおり、イギリスの自前のシートを使った純正のイギリス版初版は、野口の『学鐙』論文発表直後の一九一八年春、同じエゴイスト社から出版されている。印刷部数は千部であった。

「画家の肖像」

野口が「画家の肖像」といっているのは、もちろんジョイスの『若き日の芸術家の肖像』のことである。

野口も文中で「一青年としての画家の肖像」とか「一青年の画家の肖像」とかいういい方をしているが、原題は *A Portrait of the Artist as a Young Man* である。前半部の"a portrait of the artist"というのは、一般的に画家の自画像のことで、絵のタイトルとして普通に使われるものだ。だから野口がこの小説のタイトルを、ごく自然に「画家の肖像」としたのには、やや軽率ではあっても、それなりの根拠はある。しかしジョイスの作品では、主人公はあきらかに画家ではなく、言葉による芸術家を志向している。このような手垢に汚れたタイトルをジョイスがあえて自作の小説のタイトルに選んだのは、「アーティスト」という言葉を「絵描き」という一介の職人の占有から奪い取り、「芸術家」のモダニズム的な格上げを期する並々ならぬ意気込みからであった。

この作品が与える、作者と作中人物との一体感は、迂闊な読者にこれがあたかも作者の自画像であるかの印象を与えるのも事実で、この本の岩波文庫は、『若き日の芸術家の自画像』（名原広三郎訳、昭和十二年）というタイトルであった。そもそもジョイス生前に出版されたこの作品の仏訳自体が、『デダラス——若い芸術家の自画像』（*Dedalus : portrait de l'artiste jeune par lui-même*）というものであった。

野口の「画家の肖像」は、例によって、『学鐙』の記者（編集人）に宛てた書簡の形式を取っている。野口はまず、イギリスのブルームズベリー界隈にある『ゼ・イゴイスト』という月刊雑誌の紹介からはじめる。（『エゴイスト』は最初月二回発行、のちに月刊となった。）

野口は「『ゼ・イゴイスト』の主張」を、この雑誌のスローガンから次のように翻訳してみせる。独特の野口スタイルだ——

> 饒舌な文学評論でない、その使命は娯楽で人の意を転ぜしむるにない、疲労し阻喪した人間の為めに書くので無い。目的は適当な聴衆《オーデエンス》を得て、之れに独創的で永久的な文学的作品を与える、現代の文学的産物をして軈ては二十世紀の文学を構成せしめるにある。『ゼ・イゴイスト』が掲載する哲学上の文章は論理に合へる形式で形而上学を提起して哲学の新時代を約束する。小説的作品では、英語で書かれる小説といへば通俗で極めて緩慢な文学的形式であるが之れに新しい運命と意義を投げる。詩の上ではその頁を詩形に対する全意想《コンセプション》を改造する為めに開く。

その上で、「この宣言は必ずしも驚く程破天荒の文字でないのは知れて居りますが、『ゼ・イゴイスト』が少くも過去数年間に実行した功績は確かに一言の価値があると思ひます」と書く。そしてさらに、「序ですがこうゆう私も此れまで年に四五度は寄稿して来ました」と野口ふうに念を押すことを忘れない。

このあと野口は、この雑誌の副編集長の一人が、「写象主義《イマジズム》詩人の棟梁と目されて居る詩人リチャード・アルディントン〔オールディントン〕」であること、そのオールディントンが軍務に就いたあとは「新詩人エリオット（この男は米国人かもしれません）」がその任務を担っていること、さらに立体画家《キユービスト》ウィンダム・ルイスの『タア』のことなどを紹介する。いずれも、当時の文壇状況についての最新情報である。

ジョイスの『肖像』について、まず野口は、編集人内田魯庵に対して、『タア』以上に大奮発と作に対する深い信仰を要したのはジエームス・ジヨイスの『一青年の画家の肖像』である、と断言する。

「学鐙記者足下、あなたに書くこの手紙の本趣旨は『ゼ・イゴイスト』の吹聴で無く、実はジヨイスの小説の上に懸かつてゐる」とも言う。はたして野口は、ウィーヴァー、あるいはパウンドに対する義理を果たすためだけにこれを書いたのであろうか。それとも、ジョイスという未知の新作家の作品に対する真の思い入れに裏打ちされたものなのであろうか。

野口の「画家の肖像」は、まずイギリスの小説家H・G・ウェルズによるジョイス論と、アメリカの批評家ジェイムズ・ヒューネカーによるジョイス評を紹介し、最後に自分自身の評言を加える。その中で一ヶ所だけ、直接名前は挙げていないがパウンドの解釈も言及されている。いずれも初期のジヨイス批評を代表する重要な論文である。ウェルズはあくまでもイギリス土着の文学風土からジョイスを読み、パウンドはフロベールに繋がる文学系譜の中でジョイスを解釈する。そしてもちろんヒューネカーはアメリカから見たヨーロッパ芸術の新傾向としてジョイスの作品を捉えようとする。とくにウェルズとパウンドとは、いまから振り返ってみると、文学受容の姿勢において、対極的な位置を占めている。はたして野口はそれらの文章をどのように読んだのであろうか。

H・G・ウェルズのジョイス論

野口はまずウェルズのジョイス批評の紹介からはじめる。すでに『タイムマシーン』や『透明人間』でSF作家としての名声を確立し、このころには「情況小説」『トーノ・バンゲイ』とフェミニスト小説『アン・ヴェロニカ』によって新境地を開拓しつつあった文壇の大御所ウェルズもまた、野口同様、ウィーヴァーの依頼によって『肖像』の書評を執筆した一人であった。もっともウェルズは、最初は多忙を理由に執筆を断わったのであるが、当時愛人関係にあった作家のレベッカ・ウェストの勧めもあって、結局書評を書くことになった、いわくつきの書評である。

ウェルズの書評は、『ネイション』誌（一九一七年三月）に掲載されたもので、基本的には好意的ではあるが、政治的偏向の顕著な、しかしその後のジョイス批評に大きな影響を与えたものだ。このウェルズの批評を、野口はおそらく、ウィーヴァーの差し金によって知っただろうと思われる。このころに発表された『肖像』批評の多くは、『タイムズ文芸付録』の匿名の書評や、『エゴイスト』誌のドーラ・マーズデンの書評も含めて、いずれもウィーヴァーが資料提供をして、執筆依頼をしているからである。

ジョイス批評史上有名なウェルズの文章を、野口がどのように読んだか、そしてそれをどのような日本語に変換することができたか、野口の特異な文章の、ひとつのバロメーターとして、ここに引用するに値するだろう。

まず冒頭のウェルズの文章、ウェルズの受容姿勢を端的に示す大切なトピック・センテンス、原文では“Its claim to be literature is as good as the claim of the last book of *Gulliver's Travels.*”というものであるが、ここからまず驚くべき誤訳が飛び出してくる。

ウェルズの趣旨は、もしジョイスと同じアイルランド出身の作家が書いた『ガリヴァー旅行記』の第四巻、あの醜悪なヤフーと理性的動物であるフイヌムの狂気の物語、もしあれが文学の名に値するものであるならば、同じように『肖像』もまた文学である、ということである。そこには最初から、イギリスと対峙されたアイルランド文学への偏見が透けて見えるのであるが、それを野口は、ごく平板に、「文学としての要求の権利はGulliveis《（ママ）》 Travelsの夫れのやうに善良である。大な文学である」と翻訳する。“as good as”という慣用句を誤読することによって、野口は『肖像』をヤフーの物語同様に「善良な」文学であることにしてしまったのである。ここには、アイルランド出身のスウィフトとジョイスに共通するスカトロジカルな要素への当てこすりはまったく消滅しているだけでなく、いずれの作品も「衛生無害な」大文学に格上げされているのである。

じつはこの文章は、のちに日本におけるジョイス導入に際して大いに利用されたハーバート・ゴーマンの『ジェイムズ・ジョイス伝――その最初の四〇年』（原著出版は一九二六年）にも引用されているが、伊藤整の僚友永松定による日本語訳（『ジョイスの文学』厚生閣書店、昭和七年）には、このウェルズの文章は、「それ（『若き日の芸術家の肖像』）は買って読んで本棚にしまってをくべき本だ。しかしそれは見落としてはならぬ本である。それの文学への権利は《ガリヴァ旅行記》Gulliver's Travels の最後の巻の権利と同じく立派である」となっている。趣旨を取り違えているのは、野口訳とあまり変わらない。

もちろんウェルズは、野口が訳したように、あるいは永松定が訳したように、手放しで『肖像』を賛美しているのではない。ウェルズは続けて、皮肉まじりの口調で、「この作品でいやでも眼につく一つの特徴を過小に評価してはならない。ジョイス氏は、スウィフトともう一人の現存のアイルランドの作家（おそらくジョージ・バーナード・ショーを指す）と同じく、cloacal obsession の持ち主である。彼は近代的な排水設備と近代人の礼節とのお陰で日常の交渉と会話とから姿を消した人生の局面を、わざわざ一般公衆の目にさらそうという魂胆なのである」と書く。cloacal obsession というのは、scatological obsession と言い換えても同じことで、要するに「糞便学的（排泄腔的）強迫観念」のことである。ここでわれわれは、のちの『ユリシーズ』ならともかく、『肖像』の段階でこのことをまず指摘したウェルズはさすがに慧眼であるなどと、感服してはならない。あきらかにここには、あの十九世紀の皮肉な警世家サッカリーが当時の婦人たちを前にした講演で、「どうか『ガリヴァー旅行記』の第四巻だけはお読みにならないように」と釘を刺したのと同じ姿勢が透けて見える。

サッカリーが続けて、「スウィフトという人はまったくのめちゃくちゃの馬鹿です。あんな男が自慢する理性を持つくらいなら、無知でいるほうがもっとましです」といったように、ウェルズも続けて、「粗野で親しみのない言葉が、不愉快なほどに、多くの人から見れば必要もないのに、ふんだんにばら撒かれている。もし読者がこのようなことで気分が悪くなるようであれば、即刻読むのをやめればいい。しかしそうではないのであれば（略）これは充分読むに値する作品である」という。（のちに見るように、このような反応は、のちの『ユリシーズ』受容の過程でも執拗に繰り返されたものであった。）

このような前提に立って、ウェルズは『肖像』の特性を、それなりに見事に、掬い上げる。しかし野口はそのようなコンテクストをきれいに排除して、作品を文化的真空地帯に放置してしまう。野口によるウェルズ評言の文言の主なものを拾ってみよう。

その技巧は驚愕に値する全体として成功してゐる。（略）

世界の大小説のあるもの〻やうに upbringing の物語で、アイリッシュ・キャソリック upbringing の最も生きて最も人を信服せしめる絵画である。

このように野口は、『肖像』が全体として成功作であること、それがアイリッシュ・キャソリックの青年の成長の物語であることを、ウェルズの言葉として紹介している。そしてそのあとに次のような引用がある。

　英国の読者に対して齎らす第二に重要なることは、この小説に顕はれる各の人物は丁度海や在らゆる自然に向つてのやうに英国人は嫌ふべきものだといふことを当然のことと信じてゐる事実をいふ。

これだけではどう読んでも意味不明だ。じつは原文の趣旨は、「この小説に登場するアイルランド人はいずれも、ごく自然に（空とか海とか、ごく自然に存在するものに対するときのように）、イギリス人を憎むべき存在と考えている」という意味なのである。ここにはあからさまに、アイルランドに対するウェルズの自己正当化のための偏見が、透けて見える。そのことは、野口が引用しなかった、これに続くウェルズの文章に明白である。

　アイルランド人の憎悪は見境なしだ。相当数のイギリス人がアイルランドとの関係を修復しようと、強い熱意を示していることをまったく認めようともしない。まったくの問答無用、話し合いなど考えもしない。南北アイルランドとイギリスという三すくみの難問題の解決のために、低能のイギリス人などに協力してたまるか、と彼等は思いこんでいるのだ。

『若き日の芸術家の肖像』という、アイルランド人の魂の成長を描いたアイルランド人による作品が出版されたのは、アイルランドの独立を目指すあまりにも無謀な、一九一六年のイースター蜂起から一年もたたないときであった。ウェルズの書評は、そのような政治的背景を踏まえて、『肖像』を政治的小説として読んでいる。

　そのことは、野口の訳した「ドグラス〔デダラスのこと〕は政治的空気のなかで生長した、沢山の若い輝いた愛蘭土人が生長した空気の余りに正直な描写であるかも知れぬと恐れる」という文の中にも明白である。（野口によれば、『若き日の芸術家の肖像』の主人公の名前スティーヴン・デダラスは「ステフェン・ドクラス」あるいは「ドグラス」である。）

そして野口はさらにウェルズの結びの言葉——「この小説位単に一冊の書物で英国人と愛蘭土人が斯くも相違してゐるのを示した作品は他に見ることが出来ぬ」——を引用する。しかしはたして野口に、そしてもちろん当時の日本の読者に、ウェルズにとってのジョイスの作品が、避けがたく「政治的な」、危険な小説であったということが、どこまで伝わったであろうか。おそらく野口にとっては、アイルランドの政治的問題よりは、イェイツなどを通じて知ったケルト的陰影のほうが大切であったのではないだろうか。

ウェルズの書評の与えた効果は大きかった。少なくともジョイスが無視できない有力な作家であることを当時の英語圏の読者に強く印象づけた。そしてわが国におけるその最初の効果が、野口によってもたらされた。

しかしそれはあくまでも衛生無害な「大文学」としてであった。じっさいには、ウェルズによるジョイスの「排泄腔的強迫観念」の指摘は、その後も続くジョイス文学に潜む危険要素の摘発の最初の兆候であった。やがてそれは『ユリシーズ』の猥褻性をめぐる喧騒へとつながっていくはずのものであった。その視点は野口のウェルズ紹介には現われていない。

アメリカのジョイス

このあと野口は、おそらくウィーヴァー女史から送られた切抜きをもとに、「サン新聞紙上に書いたヒューネカーの批評」を紹介している。

これはニューヨークの週刊誌『サン』に発表されたアメリカでの最初のジョイス批評で、筆者はジェイムズ・ヒューネカーである。ヒューネカーは、印象派の画家や、シング、ストラヴィンスキー、イプセン、ニーチェをアメリカに最初に紹介した批評家として知られる人で、ヒューネカーについては、『学鐙』の大正六年六月五日号に真須美生なる人物が「評壇のイムプレッショニスト――ジェームス・ヒューネカーの著作」なる文章を寄せており、日本でもよく読まれていた模様だが、この論文は、なぜか現在のジョイス批評史では不当に無視されたままである。（この論文を採録したヒューネカーの著書 *Unicorns*〔1917〕のケンブリッジ大学の収蔵本は今日までアンカットのまま、誰も目を通した形跡はなかった。）

『サン』の批評は当時のアイルランド文学の輪郭ばかりでなく、ジョイス自身の『ダブリンの人びと』をも視野に入れた、かなり啓蒙的な優れた文章であるが、野口はごく部分的な紹介にとどまっている。

たとえば、ヒューネカーの「ジェイムズ・ジョイスは、潜在的に詩人であり、なおかつモーパッサン流のリアリストであるが、ダブリンとそこに住まうダブリンの人々を、残酷なほどの精査の目で直視している」という文章は、ジョイスの仕事を簡潔に要約した部分であるが、これを野口は、コンテクストをまったく除外して、「著者ジエームス・ジオイスは可能的に詩人である」と短縮してしまっている。

そして途中を省いて、野口はいきなりヒューネカーの『若き日の芸術家の肖像』の説明に飛ぶ。いかにも野口的な、ぎこちない文章である。例えばこんな具合だ。

その人生の摑握《グリップ》、その力強さ、その真実に対して逡巡無き納受はこの小説をして普通の読者には不愉快のものとする。躁遊的放縦なユーモアの一種がある。愛蘭土人のやうな皮肉な人間はない。作家としてのジオイスは著しき天賦の人で新しい才能を持つてゐる。

誰も無罪放免で真理を語ることは出来ない。ステフェン・ドクラスの肖像は各の方面で不興忿怒を感ぜしめずには止むまい。愛蘭土に喜ばれるにはこの小説は余りにアイリッシュ的である。

このあとヒューネカーは『ダブリンの人びと』に描かれた人間模様、その辛辣なアイルランド的特性を説明したあと、「われわれはこの作者が年とともに円熟して mellow になることを願うが、「人生のもっと辛辣な苦味」をも失わないことを希望する」と終わる。

野口の書評紹介はここで終わり、いよいよこのあとで肝心の野口自身の評価が来る。はたして野口は『肖像』をどのように読んだのか。

野口のジョイスとエズラ・パウンド

野口に文化的・政治的背景に関する関心がないことは、さきのウェルズ紹介の文章からもあきらかであるが、そのことは野口の、「僕の第一の注意はこの文学的法式の上にあつたのです。清澄明瞭で如何にもきびきびした文体、叙述の適格で何処までも経済的な省略は僕を驚かし且つ喜ばしめました」という言葉からも見て取れる。彼はまた、「僕がこの小説に与えた賞賛は全然的で、表面上では力強い表現と受取られ乍ら内実は極てパセチックな物語である点に愛蘭土文学者が全体に持てゐる一の大な情調だと思つたのです」ともいう。野口にとって、『肖像』の重要さは、文学的形式、「清澄明瞭な文体」、アイルランド的「情調」にあったのである。

ウェルズとは対極的なこの姿勢は、ジョイスを文壇に送り出すに際して、エズラ・パウンドが選んだ姿勢でもあった。じじつ野口は、このあと、「ある一派の批評家から（略）ジョイスはフロウベルに比較されて居ります。実際この小説は主人公の心理解剖がフロウベル式に詳細を極めて、殆ど変体とも云はれるべき程度に審美的覚性を所持して居ります」と書いている。

野口がここで、「ある一派の批評家」といっているのは、あきらかにエズラ・パウンドのことである。パウンドは、野口の『肖像』論文の前年、野口もエッセイ（「アメリカ的ヒューマーの将来」）を寄せている同じ『エゴイスト』の号（一九一七年二月号）に、「ついに小説現われたり」という『肖像』賛美の論文を発表している。野口は当然この論文を読んでいたはずである。

パウンドは、「ジョイスの文体は、英語で書かれた現代文学の中でもっともフロベールの散文に近いものだ」という。彼は、ジョイスのリアリズム——酷薄な現実描写——よりも何よりも、まずその文体、「アクチュアル・ライティング」——「硬質で、輪郭鮮明で、無駄な言葉のない」文体——を評価する。そしてフロベールを介してのパウンドのジョイス評価は、そのあとの『ユリシーズ』解釈においても、変わることがなかった。野口が『肖像』に寄せる関心には、あきらかに、パウンドの影がある。

　そのような『肖像』の特性の証拠として、野口は第二章終わり近く、スティーヴンが娼窟へ赴く直前の心境を述べた部分を引用する——

　彼は心の烈しい眷恋を緩和しやうとした、その心の前には何んなものでも唯詰まらなく無関係に見へた……その上不埒（英語ではenormitiesの言葉が使つてあつて、英語で書いてあるだけでそれ以上に赤裸々な句を用ひて居りません）を実行した〔い〕といふ胸中の野蛮な熱望、彼もこの位神聖なことは無いと考へた。

結果的に娼窟へ赴くという「不埒な」行為のあとの、主人公の罪と懺悔と芸術への目覚めを説明したあと、野口は、スティーヴンのあの有名な芸術への献身の宣言を次のように訳す——

　之れが自分の家でも、祖国でも或は寺院でも、自分の信じない所に奉公することは僕には出来ぬ。出来る丈け自由に、全面的に、芸術家又は人生の形式に依つて自分を表現したい、自分が自分の防護の武器として用ひ得る所のものは沈黙と亡命と機巧あるのみだ。

このように、スティーヴンによる芸術への献身を訴えるもっとも有名なスローガン、「沈黙と亡命と機巧〔巧緻〕」を引用したのは、野口の功績である。ポイントは抑えている。

さらに野口は、「して彼の将来は何うなるか。彼は世界に未だあつたことが無い美はしさを感じたいと希望して、こんな言葉を吐いて居ります之れは兎ても訳されず又訳しても面白くないから原文のまゝに出しますと」と断わって、『肖像』の最後の部分を原文のまま引用する。四月十六日と四月二六日の日記の部分――「さまざまな腕と声の魅惑。道路たちの白い腕は固い抱擁を約束し……」から始まり、「来たれ、おお、人生よ！　ぼくは出発して百万回も現実体験を迎え撃ち、ぼくの魂の金床でまだ創られていないぼくの民族の良心を鍛え上げよう」（永川玲二訳による）と終わる、あの恍惚と精神高揚の瞬間である。

ちなみにこの部分は、のちに触れる土居光知の訳（昭和四年）では、「来れ、おゝ人生よ、経験の真実に百万遍も出逢ひに行かう、そしてわが霊の鍛冶場に於いてわが種族の未だ形づけられなかつた良心を鍛へよう」となっている。すでに見た部分からも覗われることだが、野口の日本語訳はいかにも不器用である。おそらくこの部分についても、ジョイスの高揚した文章を、その過度の叙情性を失うことなく日本語に移すことに、野口は絶望したのでもあるだろう。

二重国籍者ヨネ・ノグチ＝野口米次郎

よく知られた野口の詩に「二重国籍者の詩」（大正一〇年）というのがある。

日本人が僕の日本語の詩を読むと、
「日本語の詩はまづいね、だが英語の詩は上手だらうよ」といふ、
西洋人が僕の英語の詩を読むと、
「英語の詩は読むに堪へない、然し日本語の詩は定めし立派だらう」といふ。
実際をいふと、
僕は日本語にも英語にも自信が無い。
云はば僕は二重国籍者だ……
日本人にも西洋人にも立派になりきれない悲しみ……
不徹底の悲劇……
馬鹿な、そんなことをいふには時既に遅しだ、
笑つてのけろ、笑つてのけろ！

この事情は、平井正穂が、野口が自作の英語の詩を日本語に訳すに際していかに不器用であったかを例証しているとおりだ。（「ヨネ・ノグチ」、野口卯三郎編『ヨネ・ノグチ研究』所収）せっかくの英語の

イメージの喚起力を日本語では殺してしまっている。

たとえば、ヨネ・ノグチの“Do you hear the sighing of a willow in Japan...”とはじまる「遥かなる日本で」(*In Japan Beyond*)という詩を、ノグチがみずから「失われた太陽を求める風の声に、／追憶の眼した古い顔をしたふ、／柳の嘆息をお前は聞かないでせうか」と訳していて、そこに「原文のあのリズムが失われているのを悲しむ」と平井はいう。ただ単にリズムだけでなく、たとえば原文の“the voice of a river in quest of the Unknown”が「冥界を尋ねる河の声」と訳されているのを、「本の詩と訳詩との間に何か重大な問題が潜在している」とする。つまり、原文には強度の「詩」を感じるが、訳詩にはそれがそれほど強く感じられない。そこには、単に巧拙の問題を超えた何かがある。そこには、誰よりも野口自身が感じていた「二重国籍者」として存在することの困難と苦渋とがあったはずなのだ、と平井はいう。

このような一つの言語をもう一つの言語に転換することの不器用さは、ジョイス紹介の文章にも随所に現われている。

いずれにしろ、野口はその『肖像』論の最後を次のように締めくくる――「僕はこの小説が示した色彩の強烈な言葉の刺繍や淫猥の円光を持つた現実に対して何等の異儀《(ママ)》は感じません。寧ろこの小説が最後までわるびれず現実暴露を迚《(ママ)》つて少しも妥協しなかつたのを希望して止みません。此の小説が英語で書かれた近代の名品であるのは読者のだれでも直ぐ知ることが出来る所だらうと思ひます」と。

野口の現代文学

以上、野口の『若き日の芸術家の肖像』紹介の文章を見てきたが、この文章が、単なるウィーヴァー女史への義理を果たすだけの文章ではないのは明らかである。これだけの文章を書くには、それなりの作品への思い入れがあったことは間違いないだろう。この小説が「英語で書かれた近代の名品である」ことを野口はたぶん本気で信じていただろう。

野口がジョイスの『若き日の芸術家の肖像』に出会う前に、当時の文壇状況についてどのような判断をしていたかは、さきに触れた『欧州文壇印象記』の「私の文学観（跋にかへて）」に印象的に語られている。

野口はまず、「古い時代ではデクヰンシーなどが力《パワー》の文学と理智《ノレヂ》の文学との区別を論じてゐる」という前提を立てる。ド・クウィンシーの時代には、詩の創作が絶頂期にあったのに対して、散文は、「とくにその当時の哲学者科学者連は前世紀以来継承されつゝ来つた教訓的習慣を脱することが出来なかつたので」、彼のこのような文学の区分論も説得力があった。

しかしいまでは、「理智の文学」が有力になってきている。すなわち、「言葉を換へて言ふと、ノレヂの文学でも作者の技量次第でパワーの文学とすることが出来ると証認《（ママ）》されて来た」と野口はいう。

野口はまた、「文学は人生の反影《（ママ）》である。現代の人生が昔日の不自然な圧迫から開放されて新しい価値の感念《（ママ）》を得た様に文学もさう無くてはならぬ。四辺の塀は中にある庭園の為めで、庭園は塀の為めに存在して居るので無い。我我の文学はその庭園に関係を持つて居るので塀には無い、生きて間も無く死ぬ花或はやがては地上に落つる果実を説明する」と、文学の革新を説く。

それならば、野口の目に映る英米の現在の文壇はどうであったか。

現在の英米の文壇には、「思想と感情とを欠いて居るが人物の発展に妙を得て居る作家、乃至は幻想の富と滑稽の特徴と以て勝れた作家、又乃至は事件に依つて作中の人物を巧みに活動させる作家もある」としながらも、野口は最後に、どうも現今の作家はいずれも凡庸である、と吐き捨てるようにいう。

然し深く考へると、要するに彼等はカンテラ行列をして歩く連中で、個々別々一つ〳〵のカンテラを提げて居るばかりである、詰り今日の想像文学は盛大を極めて居ると云え丁度カンテラ行列の一人〳〵は別に大なる意味を持たなくとも、百人千人と集まると夫れ〴〵手に持つたカンテラで天を焦す異観を呈すると同様である。今日の文学者を個々別々に見ては詰まら無くても、全体として見ると其処に異様で大なる意味が涌て来るのである。

そして野口は、現状に対する不満を抱えた上で、将来の展開についてある大きな予感を感じてもいる。何を根拠にして得られた予感であるかは不明であるが、彼が滞英中に見聞した文学情況から、それらの文芸家たちが、そうした「ミデヲクリチー〔凡庸〕の旗を担いで近代といふ大道を練つてゆくカンテラ行列の勇者に過ぎ」ないにしても——そして野口自身、その一員であることを確信しているらしい——近い将来に、現状を打破する「新文芸」を産み出すであろうことを予告する——

……私は誰かゞ顕はれて来て今日の空気を変化して貰はねばならぬと思つて居る。私はその来て貰ひたい文学者は果して何物であるかは想像が出来ぬけれども、必ずや我我の為めに新文芸を運び来るだらうと思ふ。私は決して今日のミデヌクリチーの文芸を呪詛するもので無いが、聊か之に飽き足らぬのを語るに躊躇はせぬ。詰り呪詛するのでは無くて更に富んだ文学を将来に期さうとするのだ。何時の時代でもある意味に於ては過渡期たるに過ぎぬといふ点から、私は今日を過渡期と見るに異論を持たぬ。然し私は今日を過渡期といふよりは将来に深くて大きい完成と満足を期待する時代と云ひたい。

たしかに野口には、このあとに起こる新文学運動の予感があった。野口は当時起こりつつあった新文学の予兆のようなものをうすうす感じながらも、いまだにその圧倒的実例を目にしていない。この不幸は、たとえばこのあとの西脇順三郎、堀口大学などと大きく違うところだ。

野口の「跋にかへて」の執筆日は大正四年十二月、一九一五年末のことだ。それから二年後、訪欧から一年半後に、野口はジョイス論を書くのである。

第二章　『ユリシーズ』登場——杉田未来、土居光知、堀口大学

『ユリシーズ』出版の経緯

いよいよ『ユリシーズ』を話題にする前に、ここで『ユリシーズ』の出版の経緯について簡単に触れておく。

もともと『ユリシーズ』は『若き日の芸術家の肖像』の続編として構想されたが、時間が経つにつれて、スティーヴンではなく、もう一人の新しい中年の人物を中心とする物語に比重が移っていく。この視点の移動はジョイスにとって重大な転換であった。

『肖像』を完成出版した二年後の一九一六年になっても、ウィーヴァーに宛てた手紙で、「『ユリシーズ』という作品を書いていますが、まだ何年も出版までにはかかるでしょう」（九月十四日）とか、「私はこの作品をローマで六年（あるいは七年）前にはじめ、いまそれを書いています。一九一八年には完成すると思います」（十一月八日）などと書いている。

そのような事情は、情報に敏感な文壇興行師のパウンドにも伝わっていた。ちょうどこのころのパウンドは、自分だけでなく、エリオットやジョイスが定期的に寄稿できる新しい雑誌を求めていた。その作戦の一つとしてパウンドが白羽の矢を立てたのが、アメリカのリトル・マガジン、その名も

『リトル・リヴュー』であった。女性編集長マーガレット・アンダーソンに宛てたパウンドの一九一七年はじめ（一月二六日）の手紙は、パウンドの意図を最も端的に示している——

『リトル・リヴュー』は私がやりたいこと（?・?・?・?・?）に気質的におそらくもっとも近いものです。

（略）

私は〈正式の機関〉（なんといやな言葉だ）が欲しいのです。私とT・S・エリオットが月に一回（ないし一号につき一回）顔を出せる場所、ジョイスが気が向いたときに、ウィンダム・ルイスが戦争から帰還したときに、寄稿できる場が欲しいのです。

パウンドのこの提案は、やがて『リトル・リヴュー』にとって、かけがえのない輝かしい歴史を刻むきっかけになる。この雑誌は『ユリシーズ』を最初に連載しはじめた雑誌として、文学史にその名を残すことになるのである。

ジョイス、エリオット、パウンドたちがかかわったいくつかのリトル・マガジンがもしなかったならば、現代文学がかなり違った様相を呈していたであろうことはまず間違いない。「大衆」文化への敵対的姿勢、現状破壊と新しい形式の実験——商業雑誌にはできない新しい時代のための新しい芸術作り、これがこの時代に英米の両国でつぎつぎに現われたリトル・マガジンの共通のスローガンであった。その中心にいたのがパウンドであった。

たとえば、野口米次郎が最初に発句についての論考を書いた『エゴイスト』の同じ号には、『リトル・リヴュー』の広告が載っているが、それにはまず、「リトル・リヴュー／文学・演劇・音楽・芸術／マーガレット・C・アンダーソン編集」とあり、次の言葉が並べられている——

「現存する最もユニークな雑誌」と評された新しい月刊誌。『リトル・リヴュー』は芸術のために人生を信じ、分別よりはむしろ想像の時代を信じる雑誌、過去、現在、未来に関心を寄せはするが、まず何よりもニュー・ヘレニズムに関心を寄せる雑誌、応用的アナーキズムを信条とし、人生の光輝への意志をモットーとし、自己表現を目的とする感受性豊かな、知的階層のために作られた雑誌。

もちろんパウンドが関係したリトル・マガジンはこれだけではなかった。なにしろ彼は、一九〇八年に二二歳で、アメリカの田舎からヴェネツィアを経てロンドンに乗り込んで以来、一九二三年までの十五年の間に、六五四編の文章をさまざまな雑誌に寄稿しているというが、そのほとんどがリトル・マガジンに寄せたものであった。

『リトル・マガジン』はもともと、大学を出たばかりの若い女性マーガレット・アンダーソンが、この世の倦怠から逃れ、人々を惰眠から覚醒させるために、「この世で提供できる最上の会話」を盛り込んだ機関誌として、シカゴを拠点に一九一四年に発行を開始した。

その創刊号には次のような文章が躍っている——

芸術家が本能的に批評に不信の念を抱くのは、ちょうど母親が不妊の女性に不信感を持つのと同じく、十分な根拠がある。たぶんそればかりではないだろう。なぜならすべての女性はある程度の母性本能を持っているのに、すべての批評家は芸術への本能に欠けているからだ。創造的な批評——それこそが一大目標だ。批評はけっして単なる解釈機能ではない。創造である。産み出すのだ!

二年後には、アンダーソンの生涯の親友となるジェイン・ヒープが編集に加わり、いっそう積極的な編集方針を打ち出す。「これから先われわれはこの雑誌に《芸術》〔大文字の「アート」〕を載せる。それができない場合は雑誌の発行を停止する」と宣言する。いままでの妥協を排し、よい作品がない場合はページを空白にするのもいとわない、というのであった。じじつ一九一六年の九月号は最初の十三ページが空白のままに残されている。

こうしてみずからの変革ののち、『リトル・リヴュー』は発行場所をニューヨークに移す。この雑誌がパウンドとつながりができたのは、ちょうどこのような雑誌の変革の時期と重なっていた。機を見るに敏なパウンドは、挑発的な空白ページを見てまもなく、さっそくアンダーソンに手紙を出している。そのやりとりの一部が、先に引用したパウンドの手紙(「『リトル・リヴュー』は私がやりたいこと(?????)に気質的におそらくもっとも近いものです」)である。

こうしてパウンドは『リトル・リヴュー』の在外編集者の一人に納まる。

この雑誌の海外編集者にパウンドが加わってからは、急速にパウンド的色彩を強め、ヨーロッパ在住のモダニズム最前線の文人たちの文章を積極的に載せることになった。この中にはイェイツやウィンダム・ルイス、エリオットやF・M・フォード、ドロシー・リチャードソンなどが含まれている。

そしてその最大の成果は、やがてこの雑誌に『ユリシーズ』が連載されたことであった。最盛期の『リトル・リヴュー』の発行部数は三千部であったという。(もちろん日本にも購読者はいた。)

ついでに、この種の雑誌としては長命であったこの雑誌の、終刊の辞を引用しておこう。『ユリシーズ』を連載しはじめて一〇年ほどのちのことである――

何年間にもわたって本誌はレーサーのための試走トラックの役を果たしてきた。われわれは過去の偉大な芸術家と一緒に走れる芸術家、新記録を打ち立てる人間を見つけようとしてきた。しかし駑馬をいくら調教しても競走馬にはならない。現代生活の条件がもはやわれわれに傑作を与えてくれる人間を産み出すことができないのだと思う。（略）

われわれは十九ヶ国の二三の新しい芸術システム（そのすべてがいまはない）に誌面を貸してきたが、その中で何一つとして傑作に近いと言える作品を送り出すことができなかった。ただジョイス氏の『ユリシーズ』を除けば。（一九二九年五月、第十二巻第二号）

パウンドは『リトル・リヴュー』を舞台にジョイスの売出しを図る。この雑誌のための読者層の開拓は、ジョイスの読者開拓と合わせて行われた。『リトル・リヴュー』の年間予約購読者には、特典として、そのころアメリカ版の出たばかりの『肖像』ないし『ダブリンの人びと』を割引価格で販売するというのもその一つであった。

連載が決まっても、ジョイスは「相変わらずカタツムリのペースで」（一九一七年四月二二日、ウィーヴァー宛て）書き続けていた。「『ユリシーズ』に関しては、一日中、そしてときには夜も、書いては考え、そして考えては書きを繰り返しています。（略）しかし、どうしても、ある一定の温度に達しないかぎり、さまざまな材料がうまく融合しないのです」（一九一七年七月二四日付の未刊書簡、エルマン『ジェイムズ・ジョイス伝』所収）といった調子だ。

　おまけに、持病の眼疾がジョイスを悩ましはじめる。まず一九一七年の二月と三月に、緑内障の発作に襲われた。八月にはさらに激しい発作に襲われ、すぐに虹彩切除手術を受けなければならなくなった。これ以後ジョイスは、これから十五年の間に合計十一回の眼の手術を受けることになるのであるが、これがその最初の手術であった。やむなくジョイスは、静養の意味もあって、もっと温暖な気候を求めて、イタリアに近いロカルノに転地する。ともかくここで、『ユリシーズ』の最初の数挿話は完成された。一九一七年の暮れのことである。

　前作『肖像』がアメリカの『リトル・リヴュー』とイギリスの『エゴイスト』に連載されたように、『ユリシーズ』も『エゴイスト』と『リトル・リヴュー』に連載された。英米両誌の読者に訴えようというパウンドの作戦であった。

『ユリシーズ』は一九一八年の三月号から、一九二〇年の九―十二月合併号まで、合計二三回にわたって連載された。第一挿話から開始し、第五挿話までは順調に連載されたが、第六挿話で一号遅れ、第八挿話を出すので二号遅れ、しかもそれは前半だけで、第八挿話の後半は次の号、しかも今度は雑誌のほうが二月分の合併号であった。

　このあたりからジョイスの執筆の遅れが目立ちはじめる。これ以後すべて、『ユリシーズ』は各章一回の連載ではすまず、九挿話、一〇挿話、十一挿話がそれぞれ二回、一回休載したあとの十二挿話になると、さらに一回の休載を挟んで合計四回の分載、十三挿話が三回、そして雑誌連載の最後が第十四挿話の前半で官憲の介入による中絶、ということになる。このころになると、月刊とは名ばかり、やたらに合併号が目立つようになる。

ジョイスの作品の連載がこのように間遠になったのは、ジョイスの執筆の遅ればかりが理由ではない。『ユリシーズ』という作品が挿話を追うごとにページ数が増えていき、各挿話を一回に掲載できなくなったのである。

ほぼ三年にわたる『ユリシーズ』掲載の背後には、執筆者としてのジョイス、それを仲介するパウンド、そしてそれを受け取り雑誌に掲載する編集者のマーガレット・アンダーソン、その上さらにそれを読む当時の読者とのあいだの、人間的、芸術的、文化的、経済的、法律的なさまざまなドラマがあった。

『リトル・リヴュー』の『ユリシーズ』連載は、第十四挿話の冒頭まで掲載したところで、官憲の手が入り、やむなく掲載は中断された。(このことの仔細は、日本における官憲の取締りの実態とあわせて、第六章で改めて見ることにする。)

一方イギリスの『エゴイスト』は、もっと慎重で、五回にわたってわずかに二〇ページほどを掲載しただけであった。「印刷上の困難」(「道徳的に有害な描写」)のためであった。興味深いことに、『エゴイスト』が『ユリシーズ』を掲載した時期は、T・S・エリオットがこの雑誌の編集助手を勤めていた時期と重なる。エリオットは、もっとも近いところで『ユリシーズ』創造の現場に立ち会い、イギリスで最初に『ユリシーズ』の革新性に感銘を受けた一人であった。すでに『ユリシーズ』の第九挿話(図書館の挿話)まで連載を進めていた『リトル・リヴュー』(一九一九年五月号)が、「猥褻文書」を掲載したという廉で合衆国郵政省から配達停止処分を受けたことを知ったときも、エリオットは、アメリカの官憲が取った処置のことを「国家的スキャンダル」と嘆いているし、問題の『ユリシーズ』第一〇挿話の出来映えについて、「私がこれまで読んだ中でほとんど最高のもの」とし、「あれを読んで以来『ユリシーズ』のことが頭から離れません」とも書いている。(一九一九年七月九日、ジョン・クィン宛て)しかし同時にエリオットは、この作品がロンドンの知的な人びと、「私の知る限りその見解が重要な重みを持つ人びとに対してさえ、ジョイスを押し付けようとするのは土台無理、とても理解してもらえないだろう」ことを恐れてもいる。結果はエリオットの危惧するとおりになった。

しかし連載がこのような形で中断されたことは、作家ジョイスとしてはむしろ救いであった。これでようやく、雑誌連載という束縛から解放されて、時間に縛られることなく、思う存分、『ユリシーズ』後半の物語と言語構築、彫心鏤骨の作業に専念できる。そして、つぎつぎに追加修正の手を加え、際限ない増殖の結果、ついに『ユリシーズ』は、それから二年近くのち、ジョイス四〇歳の誕生日に無理やり合わせて、一九二二年二月二日、二という数字が四つ続くめでたい日に、パリの、これまた女性だけの素人出版社、シェイクスピア・アンド・カンパニーから出版された。

「ジョイスは『ユリシーズ』を書き終えたわけではない。印刷屋がジョイスの手から取り上げたのである」というフィリップ・へリングの言葉どおり(『大英博物館のジョイス草稿』序文)、まことに『ユリシーズ』は、ポール・ヴァレリーの「芸術作品はけっして完成されない、放棄されるのみである」という創造作業の典型的な実践例なのである。

杉田未来（高垣松雄）の『ユリシーズ』

『ユリシーズ』の評判は、早くから日本にも届いていた。
『英語青年』の大正十一年（一九二二）十二月号に'James Joyce: "Ulysses"'という短い文章がある。筆者は杉田未来という。日本人の最初の『ユリシーズ』読者の一人である。

その文章は「一九二二年の夏、シカゴではじめて気持ちのよい本屋を見つけた。ウォルデン・ブックショップといふ」とはじまる。この本屋は杉田によれば、けっして大型ではないが、「質実で同時に高雅な感じがあり」、イギリスの本も手に入る、知識人の多く出入りする本屋である、という。杉田は、ここで求めた『リトル・リヴュー』ではじめてジョイスの名を知り、そこに連載されていた『ユリシーズ』によってジョイスの作風に接する。

The Little Review といふ文芸雑誌はその頃月刊であつたが実際には二ケ月に一回といふ様に不規則に発行されてゐたので（今では quarterly に改められてゐる）、直接購読者でない私が "Ulysses" に接する機会は断続的であつた。その後私は身体をこわして病院に入つたが、入院中に新聞で "Ulysses" が単行本として刊行される由を知つた。

杉田未来というのはじつはペンネームで、本名は高垣松雄。明治二三年十二月の生れ。シカゴから『ユリシーズ』についての投稿をしたときは、すでに三二歳になろうとしていた。帰国後は母校の立教大学で教鞭をとり、昭和初年から戦後にかけて、日本の英文学界ではまだ市民権を得ていなかったアメリカ文学を積極的に導入するのに重要な貢献をした一人である。

現在高垣の仕事として残るのは、『アメリカ文学』（昭和二年）、『現代アメリカ文学』（昭和一〇年）、『アメリカ文学論』（昭和十六年）、『現代アメリカ文学論集』（昭和二三年、杉木喬と共著）などのほかに、ドライサーの『ジェニー・ゲルハート』（新潮文庫）、ワシントン・アーヴィングの『スケッチブック』などの翻訳がある。

シカゴ在住の高垣松雄が最初に『英語青年』に投稿したのは、第四五巻十二号（大正九年）の「シカゴより」で、編集長の喜安璡太郎に直接宛てた形をとっている。

「私は『英語青年』の読者でございます。こちらへ参つてから直接購読者になりましたがその前も長らくあの雑誌で色々と教えられた者で御座います」とはじまり、『英語青年』の記事についての感想と誤記の訂正、そして最後に「胸を痛めて病院に入れられて居ります。退屈しのぎにこんな手紙を差し上げる気になりましたが、ペンを持つと直きに疲れが出て参ります」と書く。

このあと杉田は喜安と繋がりができたと見え、『英語青年』に何度かアメリカ便りを寄せている。『オハイオ州ワインズバーグ』が評判になりはじめたシャーウッド・アンダーソンの情報、「北米の一般雑誌」、「米国現代詩壇とその論評」、アメリカの文壇事情（たとえばシンクレア・ルイスの『大通り』の紹介、批評界の動向）などを逐一報告している。そうして先の『ユリシーズ』紹介となる。

その後も杉田は「Carl van Doren——現代米国作家論」などの紹介を精力的に続けていたが、『英語青年』第四九巻第一号（大正十二年）の「片々録」によれば、『英語青年』が創刊されてから満二五年を記念する集まりがあり、その出席者の中に、斉藤勇、福原麟太郎、市河三喜、竹友藻風などの参加者に混じって、高垣松雄の名がある。その席で、司会者の藻風の紹介で、高垣が「〔藻風の〕中学以来の同窓で、立教大学よりシカゴに学び今は立教大学に教鞭を執つて居る、英語青年でよく米文学を紹介する杉田未来とは高垣氏のことである、杉田未来とは仏国で客死した画家の名であるが、画の代りに文学で親友の名を伝へたいと、その名を襲ったのであると述べた」とある。

杉田の『ユリシーズ』紹介の文章は、一九二一年七月一〇日の『シカゴ・トリビューン』が伝える『ユリシーズ』騒動の解説が中心である。つまり、『ユリシーズ』連載中の『リトル・リヴュー』が猥褻文書の廉で発禁になったこと、アメリカでの私家版の発行が取りやめになったこと、パリのシェイクスピア・アンド・カンパニーが予約販売によって極端に高価な限定版を出版する予定であることなどの紹介である。パリ版は紙質によって「十五弗至四十弗」で、予約出版が売り切れたら廉価版の発行が予定されているらしいが、いまのところ高価でとても手が出ないことなどを伝えている。

杉田は、近頃評判の『ユリシーズ』について、作品解題を試みている。日本におけるもっとも早い『ユリシーズ』紹介である。

此の小説の重きをなす所以はその plot の複雑とか巧妙とかいふ點にはない。各人物の行動と心理の奇しき関係と表現が精緻を極めて述べられた點にある。彼等人物の心理が単に意識の表面に現れた場合のみならず、副意識の世界にあつて混沌たる状態に於ても描写されてゐるのである。根無し草の様にぽかりと浮んだ断想、はつきりと言葉に表現さるるまでに纏つてゐない観念、半ば口に出かかつてゐながら途中で絶える句などが物語の地の文の間に織り込まれてゐる。それが各々の性格をさながらに伝へてゐるのである。併しそれと同時にさうした副意識の世界の現象が一般読者の頭を混迷させる事はやむを得ない。実に最も注意深く且つ忍耐強き文学の鑑賞者のみがJoyceの此の大作を評価しうるであらう。

そしてさらに杉田はベネットの批判を紹介する。

Arnold Bennettの如きもかかる徒ら冗長且つ晦渋なる小説を公にした作家の芸術的良心を疑つてゐるし、またJoyceの縦横の才を振つて英語の様々な文体——拉典風、アングロサクソン風、さてはアイヤランドの田舎の訪探記者の文体を駆使して戯文の悪趣味を発揮してゐる点を非難する批評家もあるので、Ulyssesが芸術的作品として最高の位置を占めうるや否や疑問であるに相違ない。

ベネットの『ユリシーズ』批評は、英語で書かれたもっとも早い時期の『ユリシーズ』批判のひとつであるが、じつは杉田のほかに、このベネットのエッセイを読んでいたもう一人の日本人がいた。後藤新平の女婿、鶴見裕輔である。

鶴見は一九二三年の四月二〇日、「朝鮮沖、船中にて、紅茶の後」に、そのころ出たばかりのベネットのエッセイ集『このごろ面白かったこと』第二集（一九二三）で、ジョイス論を読んでいるのである。鶴見が官界を離れ、政界入りを果たす数年前のことで、読んだ場所と時間は書いてあるが、残念ながら、感想はないらしい。（鈴木幸夫「ジョイス移入の私道」、鈴木編『ジョイスからジョイスへ』所収）

それはともかく、杉田は、ベネットの批判を紹介したあとで、ひとたび視点を変えて『ユリシーズ』を現代人の心理を描いたものとして考えてみれば、それがヒューマン・ドキュメントとしてわれわれの心を強く捉えるものがある、という。この観点からの批評として、杉田は、J・ミドルトン・マリの説を紹介する。ジョイスは秩序を愛し社会的伝統を尊ぶヨーロッパの伝統に反し、個人主義的、無政府主義的であり、そこに『ユリシーズ』の偉大さが籠もっており、『ユリシーズ』は『カラマーゾフ兄弟』にも勝って非ヨーロッパ的である、というのが杉田の紹介するマリの論点である。

マリの批評は『ユリシーズ』出版後まもなく雑誌に掲載されたもので、これまであまり話題になったことがないが、かなり本格的なものだ。杉田が紹介するように、マリの前半の主張は、ジョイスの作品は、あまりにも過剰な無政府状態《アナーキー》のために、その影響は限られた領域の人間にしか及ぶことがなく、『ユリシーズ』を読むほどの強靭な頭脳の持ち主なら、それによって転覆されることはないだろう、ということにある。

もしそのような頭脳の持ち主なら、まちがいなく『ユリシーズ』からすばらしい影響を与えられる。『ユリシーズ』の与える衝撃は、さまざまな抑圧の限りない、前例のない、解放である。『ユリシーズ』は、根本的に、驚異的な自己裂傷を負い、半ば正気を失した天才が、みずからの肉となりはてた数々の禁忌と制約を、つぎつぎに、みずからの手で切り裂いていったものだ。それを読む者はすべて、ジョイスが代わりに引き受けたこのような犠牲的行為の恩恵を受けるだろう——これがマリの主張のポイントである。

マリはさらに、「私はこの二週間の大部分、『ユリシーズ』をマスターするために最大限の努力を傾けてきた。しかしそれでもなお、やはり正面切って断言することができない。ただ単に書かれている言葉が理解できないというのではなく、そこに書かれている言葉の動機の五分の四以上を理解できたと断言することができない」という。つまり、読者はしばしば、そこに描かれる状況の偶然性、物語の因果律から逸脱した偶発性に道を見失う。まちがいなく『ユリシーズ』には、形式、精妙な形式がある。しかしその形式は、「荷物の積み込みすぎに抵抗できるほどに堅牢なものではないし、ジョイス氏自身がみずからの無政府主義の犠牲になることを妨げるに充分なほどのものでもない」とマリはいう。そして最後に、「この作品によってヨーロッパ人の時代が終わったのかどうか、それはまた別の問題である」と書評は終わる。

ここにはまぎれもなく、真摯に『ユリシーズ』の解読に取り組む誠実な批評家の姿がある。マリの書評には、いまなお解決されていない重要な問題提起がふくまれている——はたして『ユリシーズ』は一生を捧げるに値するほどの重要な傑作なのか。

このあと杉野は簡単なジョイスの人物紹介をしているだけで、マリの提起する重要な問題に立ち入ることをしていない。杉田の文章は、このあとにも現われる多くの『ユリシーズ』紹介の文章と同じく、作品そのものに取り組むよりは、それについての内外の評判記を伝えるだけのものではあるが、これが当時のわが国の読者にとって貴重な情報になったことは間違いないであろう。

土居光知の『ユリシーズ』

杉田がシカゴに滞在して『ユリシーズ』の評判を記事にして日本に送ろうとしていたころ、日本の港を出て、ボストンに向かうもう一人の日本人がいた。土居光知である。

大正十一年、西暦一九二二年九月二二日、東京高等師範学校教授土居光知は、英文学研究のために英、仏、伊三ヶ国への留学を命ぜられ、太平洋丸（二等）で横浜港を出発して、サンフランシスコを経由してボストンに向かった。ジェイムズ・ジョイスの『ユリシーズ』がパリの無名の出版社シェイクスピア・アンド・カンパニーから出版されてから七ヶ月後のことである。

土居は高知県に生れ、三高から東京帝大英文科に学んだ。同じころの同窓生に田部重治、市河三喜、斉藤勇などの俊英がいた。そのころからペーターを読み、ギリシア思想と文化に関心を寄せていた。大学院を出てから、東京女子大学教授を経て、東京高等師範学校教授を勤めていた。アメリカではハーヴァード大学大学院に学び、翌年にはオクスフォード、ロンドン、さらにパリを経て、大正十三年の三月に帰国、この年の四月からは東北帝大法文学部の教授に就任している。この二年に満たない土居の欧米訪問は、日本の英文学研究に多くの恩恵を齎すことになるが、その中であまり注目されることのない成果の一つに、土居の『ユリシーズ』との異例な出会いがある。異例というのは、土居と『ユリシーズ』では、どう見ても本質的に相容れないところがあるからである。（これについてはのちに詳しく見ることにする。）

すでに述べたように、『ユリシーズ』は、まずニューヨークの『リトル・リヴュー』に一九一八年の三月号から連載されはじめたが、連載が進むにつれて、合衆国郵政省は猥褻文書の廉でたびたび掲載号を没収廃棄処分にした。その後さらに事態は悪化、『ユリシーズ』の連載はニューヨーク悪徳防止協会の目に留まり、裁判沙汰に発展、ついに二一年のはじめには二人の女性編集者に有罪判決が下りる。こうして『ユリシーズ』はアメリカでの単行本出版の道を絶たれ、英語圏ならぬパリで、貸本屋あがりの個人書店の蛮勇でようやく出版に漕ぎつけるが、予想通り、これも税関の輸入禁止措置に会う。

『ユリシーズ』は、連載中から実験的大作ということで話題を集めていたが、単行本になってもアメリカでは容易に入手することができなかった。そんな騒ぎの中で、土居はボストン滞在中に、『ニュー・リパブリック』に掲載されたエドマンド・ウィルソンの『ユリシーズ』書評を読む。のちに『アクセルの城』(一九三一)に収録される名エッセイだ。『ユリシーズ』出版直後に出た書評の中でもジョイスがもっとも気に入った書評の一つとされるこのエッセイは、『ユリシーズ』の何が問題であるかをきわめて適切に説いたもので、土居がこの論文から『ユリシーズ』の世界に入ったのは大層幸運なことであった。

土居はボストン滞在を終えてイギリスに渡り、スコットランド旅行中にエディンバラのシン書店でようやく『ユリシーズ』を入手する。これはパリ版の『ユリシーズ』から八ヶ月ほど遅れて、同じ紙型を使ってロンドンのエゴイスト・プレスから発行された大型のいわゆるロンドン初版本である。定価は二ポンド二シリング、二千部発行されたが、そのうちアメリカに送られた分の多くは税関で焼却され、イギリス国内でも発禁処分になっていたものである。おそらく土居自身から聞いた話として太田三郎が記しているところによれば、土居は「ロンドンでは買えず、シン書店の番頭に訊ねたところ奥の引き出しからとりだしてくれ、代価は三ポンド半であった」という。(太田三郎「ジェイムズ・ジョイスの紹介と影響」『学苑』昭和三〇年四月号)土居はまた、イギリス滞在中に、『ユリシーズ』の一部を掲載したイギリスの前衛誌『エゴイスト』も購入して帰っている。

帰国後仙台に赴任した土居は、学生相手に『若き日の芸術家の肖像』と『ユリシーズ』を中心に、小説最前線の講義をした。土居はまた、着任後まもなく、イギリスから詩人ラルフ・ホジソンを呼び寄せ、ホジソンもまたジョイスを講義した。そこから初期のジョイス学者福永和利などが生れている。しかし残念ながらこの人たちは日本のジョイス導入の本流とはならなかった。

土居と『ユリシーズ』との接触は、このように日本でももっとも早い時期のものであるが、土居がその成果を日本の一般の読者に向けて発表するのは少し遅れて、昭和五年の『改造』誌上であった。ここでその『改造』論文を論じることは後回しにして、そのまえに、もう一つの『ユリシーズ』紹介の文章を挙げておこう。『ユリシーズ』が出版されてから三年後の大正十四年（一九二五）八月に『新潮』に発表された堀口大学の「内心独白」である。

堀口大学

堀口大学は、外交官の父の関係で、若い頃からメキシコ、ベルギー、スイス、スペイン、ブラジル、ルーマニア、パリなどの生活を経験し、早くからフランス文学に親しんだ。サンボリスム、アポリネールに熱狂し、一九一七年には最初の詩集『昨日の花』（訳詩集）を出版し、そのあとブラジル滞在の五年間にもフランス文学の最前線との接触を絶やさなかった。一九二一年には仏文の『短歌集』*TANKAS* を出版し、一九二三年に帰国したときは、これからもわれわれに縁の深い第一書房社主の長谷川巳之吉と会い、訳詩集『月下の一群』の編集に取りかかり、ポール・モーランの『夜ひらく』

を訳了している。

もう一人、この時期のパリに縁の深い人物として、われわれは東大助教授の辰野隆を知っている。辰野は、身分は文部省在外研究員であるが、じじつは、例の東京駅や日銀日本橋本店の設計者でもある建築家の父辰野金吾の遺産で、大正一〇年（一九二一）から二年弱、パリを中心に豪勢な留学生活を送っている。ちょうどジョイスの『ユリシーズ』がパリで出版されて、話題になっている時期である。しかし、帰国後東大文学部フランス文学科の、最初の日本人としての講座担当者となる辰野には、ジョイスをめぐるパリ文壇の痕跡はいっさい残されていない。同じ時期にフランスに滞在していた岸田國士にも、岩田豊雄（獅子文六）にも、もちろんジョイスの影はない。

それに対して堀口は、各国を経巡ったのちに、ようやく最後にパリにたどり着く。一九二四年のことだ。「パリはいってみれば外地生活の終着駅だった」と出口裕弘はいう。（『辰野隆――日仏の円形広場』新潮社）その当時のパリには、見る人から見れば、『ユリシーズ』騒動の余燼が消えずに残っていた時期であった。堀口は、翌年の三月に帰国し、文化学院大学部でフランス近代詩の講座担当の教授の職に就き、以後日本を離れることはなかった。しかし帰国後の堀口は、アポリネールからマラルメに至る、フランス・サンボリストの香気を伝える念願の『月下の一群』を出版し（九月）、その直前には、これから話題にする「内心独白」も発表しているのだ。

堀口の「内心独白」はわが国に『ユリシーズ』の「内的独白」の手法を紹介した最初の文献である。その後この手法が、わが国において如何にはなばなしく持て囃されたかを考えてみれば、堀口の「功績」はけっして無視するわけにはいかないだろう。その後遺症は現在にも続き、いまでも、『ユリシーズ』と言えば「内的独白」、「意識の流れ」と答える人があとを断たない。たとえば『広辞苑』で「ユリシーズ」を引くと、「ダブリン市を背景に、新聞広告勧誘員夫婦と一青年詩人のある一日の生活を、意識の流れの手法で描く」と解説される。

そのジョイスの「内心独白」についての解説を書くに当たっての堀口の情報源はなんであったのだろうか。帰国直後に発表しているところを見れば、堀口が帰国に際して持ち帰った資料を使ってこれを書いているのは間違いないであろう。

ヴァレリー・ラルボーの功績

『ユリシーズ』がパリのシェイクスピア・アンド・カンパニーから出版されようとしていたとき、その宣教活動の先頭に立って活躍したのが、フランスの作家ヴァレリー・ラルボーであった。ラルボーは『ユリシーズ』出版に先立って開かれた『ユリシーズ』講演会では、その準備の中心になって奔走した。やがてその講演の内容は、フランスの文芸誌のN・R・Fの一九二二年四月号に掲載された。

ラルボーはまず『ユリシーズ』以前のジョイスの作品について説明したあとで、『ユリシーズ』について、いかにそれが新しい方法意識によって構築されたものであるかを解説する。これが史上最初の『ユリシーズ』論である。堀口もこの論文を読んでいたかもしれない。しかしこの文章の中に「内的独白（モノローグ・アンテリユール）」という言葉はほとんど出てこない。最終章のモリーのモノローグについて使われているだけである。（このラルボーの論文が邦訳されるのは、昭和七年の『文学』

誌上の辻野久憲のものが最初である。）

じっさいに内的独白という手法の斬新性を世に広めたのは、『ユリシーズ』講演会のラルボーのエッセイではなく、忘れられた世紀末作家エドワール・デュジャルダンの『月桂樹は切られた』の再版に寄せたラルボーの序文であった。そして堀口大学が「内心独白」を書くに当たって利用したのはこの序文であった。

それには長い物語が隠されている。

ジョイスは、郷里のダブリンを飛び出し、二度目のパリ滞在中の一九〇三年のある日、サント・ジュヌヴィエーヴ図書館で知り合ったシャム人（ベトナム人）の友人と、トゥールのサン・ガシアン大聖堂で開催されるテノール歌手のリサイタルを聴きに出かける。貧乏暮らしの青年にとっては思い切った贅沢だ。その途中の駅のキオスクでエドワール・デュジャルダンの『月桂樹は切られた』を購入する。（初版はパリ、一八八八年）行き当たりばったりの購入ではない。ジョイスはすでにダブリン時代に、デュジャルダンが同郷の先輩作家ジョージ・ムアの友人であり、ムアがこの作品の雑誌連載中から「魂の内奥」を描出する画期的な作品であるとして賛美していたことを聞いて知っていたのである。

キオスクで購入したこの作品を読んで、ジョイスはその物語手法に深い感銘を受ける。冒頭から最後まで、読者は主要人物の心の中に取り込まれる。事件はほとんど何も起こらない。パリの若いプレイボーイが女優に恋をする。女はしきりに金をせびる。青年ははかない希望を抱きながら要求に応じる。希望はかなえられない。このささやかな恋物語が、やや眉唾物だが、やがてジョイスの作品、あの『ユリシーズ』という壮大な物語作りに影響を与える——少なくともジョイスはそう主張して譲らなかった。

そのころデュジャルダンはすでに忘れられたサンボリスムの作家であったが、まだ存命であった。ジョイスに再発見されて、デュジャルダンはラザロのように甦った。ジョイスはデュジャルダンへの恩恵を感謝し、デュジャルダンはジョイスの恩義を感謝するという麗しいエールの交換が行われた。はたして内的独白の手法がデュジャルダンだけの功績に帰することができるものかどうか、大いに疑問がある。同じ方法ならデュジャルダンのことを最初にジョイスに教えたジョージ・ムアにもトルストイにもある。何よりもジョイスの弟のスタニスラスの日記にさえ見られるではないか、という反論もある。

一九二一年十二月七日、『ユリシーズ』出版に先立つヴァレリー・ラルボーの『ユリシーズ』講演会の準備段階で、ジョイスはラルボーにいろいろ入れ知恵をした。ホメロスとの対応関係や各挿話の技法などを記載した有名な計画表を渡して、ラルボーの講演を方向づけた。周到な創作のための企画書は、「参加した聴衆をさらに煙に巻くため」であった。「内的独白」という言葉は、このときの相談の中で、出てきたもののようだ。「モノローグ・アンテリユール」という言い方は、すでにポール・ブルジェの『コスモポリス』(一八九三)の中で使われていることばだというが、それを『ユリシーズ』の主導原理として使うことが彼らの戦略であった。

『ユリシーズ』の解説の中でもこの用語を使うことがジョイスによって提案された。ジョイスは、その方法はすでにデュジャルダンの『月桂樹は切られた』の中で一貫して使われている、と主張した。

そのときラルボーはデュジャルダンの小説を絶版のために入手することができなかったので、ジョイスの主張に納得できなかった。そしてラルボーは、みずからこの方法を使って書いた小説『恋人たち、幸福な恋人たち』を一九二一年の暮れに出版し、ジョイスに捧げている。しかしジョイスはあくまでも功績はデュジャルダンにあると主張して譲らなかった。やがて一九二三年の八月になって、ラルボーも原作を読み、納得し、周辺のフランス人に向かって、当時は単なる象徴主義運動の遺物としか考えられていなかったデュジャルダンを、最新の文学の開祖であると吹聴しはじめた。

このようなジョイスの声援に後押しされて、『月桂樹は切られた』はヴァレリー・ラルボーの序文をつけて一九二四年八月に三六年ぶりに再版された。まるで新刊小説のような扱いを受け、その物語手法は改めて「内的独白」と命名された。用語そのものはすでにブルジェが使用していたが、次のような意味でこの用語を最初に用いたのはラルボーであった――「この本の中では、読者は最初のページから、中心人物の思考の中にしっかりと身を据えて、通常の物語形式ではなく、絶え間なく展開する思考の動きによって、その人物が何をしているか、その人物に何が起こっているかを読者に伝える」（ラルボーの序文）と。

堀口大学が『新潮』論文を執筆するに際して利用した文献はこのラルボーの序文であった。

堀口大学の「内心独白」

さて堀口大学の論文の内容はどのようなものか。

『ユリシーズ』がパリで出版されて、ある種のセンセーションを巻き起こしているころ、堀口はブラジルに滞在していて、フランス文壇の最前線との接触を維持していたとはいえ、直接その騒ぎを見聞する立場にはなかった。彼が最後にパリを訪れるのは、『月桂樹は切られた』の再版が出たあと、内的独白がしきりに話題になっていたころであった。アンドレ・ジードのように（一九二二年の二月と三月のドストエフスキー講演）、この新しい方法はジョイスの発明したものではなく、ポー、ブラウニング、ドストエフスキーをあわせて発展させたものだと主張する者もあったが、多くは肯定的であった。堀口の帰国の直前には、エドモン・ジャルーが、一九二五年一月十七日の『ヌーヴェル・リテレール』に、デュジャルダンの奇跡的復活――再評価――のことを書いている。もちろん、ジョイスにデュジャルダンの存在を教えたジョージ・ムアのように、典型的なアイルランド人気質を発揮して、ジョイスについてこんな評価を下している者もいた。ムアは書いている――

ある人が私にわざわざ『若き日の芸術家の肖像』を読めといって送ってくれたが、あれはまるでスタイルもなし、取り分けて優れたところもない、あんなものなら私のほうがすでに、もっと上手に、『ある若者の告白』でやったことさ。（略）たしかに『死せる者たち』にはいいところもある。しかし『ユリシーズ』ときたら救いがないね。ある人間の考えたことや感じたことを何もかも記録すればそれで何か目的が達せられるなどと考えるのは愚の骨頂さ。

（エルマン『ジェイムズ・ジョイス伝』）

しかし堀口の文章からまずあきらかなことは、堀口は『ユリシーズ』を直接には読んでいないであろう、ということである。堀口は日本の読者のために話題の概略を述べるにとどまっている。こんな調子である――

アイルランドの作家ジェイムズ・ジョイスがニューヨークの雑誌『ザ・リトル・リヴュー』に小説「ユリス（Ulysse）」の「全部に近い大断章」を発表した。一九二二年に単行本として出版される前から、その「内心独白」の方法が問題になった。それを模倣する若者も多く現われた。この形式には、若い人の気に入る新しさと、大胆さとがある。

この形式によれば、「われ等の心中最も奥深い所に束の間起伏する思念を――即ちわれ等の意識下に生れて消えるその場限りの思念――のムウヴマンをありのままに、然し手取り早く表現することの出来る可能性が多量に文学に与えられる」。それは、それによって作家が、「人心の奥秘にまで下りて行つて、其所に湧き出るあらゆる思念を、意識の感化を受けぬ以前にそのありのままの姿に捕へることを可能ならしめるやうな形式」である。これを模倣した作品には、すでにラルボーの『恋人、幸福な恋人』、『私の心からの忠告』や、ポオル・モオランの『バビロンの夜』がある。（「バビロンの夜」は堀口自身が翻訳した『夜閉ざす』の中の一編である。）

この方法は評論にまで応用され、ウィリアム・カーロス・ウィリアムズは『偉大なアメリカ小説』のなかでこの方法を利用し、みずからこれをジョイスから学んだものであることを認めている。そしてウィリアムズは、「若しまた仏蘭西人がジェイムス・ジョイスと彼の発明にかかる〈内心独白〉とを知ることが一〇年おくれたとしたら、それは世界の文学にとつて、何たる損失であつたであらう」と書いている。

堀口はさらに、この方法がじつはデュジャルダンの開発になるものであることを説明し、それがアイルランドの作家によって称揚され、フランス人の目を開かせたことの皮肉を強調する。最後に堀口は、この方法の特徴を次のようにまとめている――

「内心独白」の特長は、それが、作中人物と読者との間の介在人物を全然無用にして、二者の間に直接な交渉を持たせることにある。つまり読者は作中人物と一心同体になつて、彼の脳裏に入る可く余儀なくされるのである。要するに正確の意味に於ける物語がなくなつて、読者の前には走馬灯のやうに、主人公の回想、連想、欲望、悔恨、希望等あらゆる感情と思念とが、主人公の心頭にあらはれ且つ消えると同じ姿で、何等の理論もなく、単に主人公の心の動きのままに、走り去るのである。云はゞ思念の活動写真であつて、この手法によれば、あらゆるものが文学の世界へとり入れられるのである。

大学はしかし「内心独白」のやたらな乱用は慎まなければならないと念を押す――

勿論、「内心独白」はあらゆる主題に応用され得べきものではないのである。またこれを適当な主題に応用する場合にも、細心な注意とコントロオルとを要するのである。このタクトを欠く場合には、容易にわけの分らぬ寝ごとのたぐひに、又は出鱈目の羅列に終つてしまふのである。

堀口大学の「内心独白」は文学の新傾向の情報に飢えていた当時の文学青年に喜んで迎えられた。堀口の文章の反響は日本国内だけにとどまらなかった。内的独白の方法の版権所有者であるデュジャルダンの元にも、この方法が東方の島国日本でも温かく迎えられたことが伝えられていたのである。自分の開発した方法の評判に気をよくしたデュジャルダンは、やがてその方法の歴史的展望を解説した木を出版するまでに至る。『内的独白について――その出現、起源、ジェイムズ・ジョイスにおける位置』、一九三一年のことである。（鈴木幸夫・柳瀬尚紀訳、思潮社）

この中でデュジャルダンは内的独白の重要さを綿密に説くわけだが、その自慢話の一つに、堀口大学の『新潮』論文がある。これで見ると堀口は、『新潮』論文をわざわざ仏訳してデュジャルダンに、あるいはラルボーに、送っているらしい。デュジャルダンは誇らしげに書いている――

こうした一連の論評として、東京のある雑誌に載せられた、『月桂樹は切られた』についての一文――私はその仏訳を受け取った――を引用しておこう。そのなかで筆者のD・ホリグチ氏は、内的独白で書かれた《この主人公の行動は、すべて、大抵の小説に見られる外的な進展によってではなく、彼の感覚の最も内奥の絶え間ない動きによって浮き彫りにされている》と、実に適切な説明をなしている。

堀口が書き送った部分の日本語版はおそらく次の部分だろう――

そしてこの〔作中人物の〕思念のとぎれ目のない展開〔初出では「開展」〕が、普通の記述の代わりになって読者にこの作中人物と読者の行為を示してくれるのである（『堀口大学全集』小沢書店、第八巻）

堀口のラルボー翻訳

堀口は単なる思い付きから「内心独白」を書いたわけではなかった。

「内的独白」の実質的な命名者であるラルボーは、『ユリシーズ』が出版される直前に、四〇ページほどの短編小説『恋人たち、幸福な恋人たち』を出版し、それに「この作品にわたしが用いた形式の唯一の創始者、そして私の友人、ジェイムズ・ジョイスに」という献辞を添えている。堀口はすでにポオル・モオランの『夜とざす』の訳者であっただけでなく、のちには（昭和七年）、そのラルボーの『仇ごころ』を青柳瑞穂との共訳で出している。何度も版を重ねた『仇ごころ』（一時『幸福の谷へ』と改題）の原題は *Beauté, mon beau souci* である。

このように、堀口が内的独白についてわざわざ日本の読者のために解説文を書こうという気になったのは、ジョイスとの関連からであるよりは、むしろ、彼がはるかに大きな関心をよせているポール・モーランとの関係においてであった。彼にとって内的独白はサンボリストの文学運動につながるものであったのだ。

なお、ついでながら、ラルボーがジョイスに献呈した作品は、「恋人よ、幸せな恋人よ」の表題で中央公論社『世界の文学』第五二巻『フランス名作集』（片山正樹訳）に収録されている。『フランス名作集』に付されたこの作品について渡辺一民は、ここに集められた他のフランスの作品と比較して、ラルボーの特徴をわかりやすく解説している。たとえばメリメの『エトルリアの壺』においては、「読者は巧みな話者である作者の言葉に耳を傾けていきさえすれば、目のまえにひとつの筋道をたどって小説の世界がしだいに形成されていくわけで、いってみれば読者はこの小説を読みすすみながら、舞台をまえにした観客と同じような立場におかれる」、それに対してラルボーのこの作品では、読者はいかにも心もとない情況におかれる、として次のように解説する——

『恋人よ、幸せな恋人よ』は、鎧戸のすき間からさしてくる日の光の描写ではじまる。ほの暗い室内。時刻は朝の八時ころでもあろうか。だがとつぜん、読者の目に「彼女らは眠っている」という言葉がとびこんでくる。「彼女ら」？ いったいだれのことなのだろうか？ それにしても、ここはどこなのだろう？ このような疑問にはなにひとつ回答のあたえられぬまま、こんどは「僕」が起きだそうとしていることを読者は知らされる。「僕」？ そうだ、この小説は「僕」の目にうつった世界をそのまま描きだしているものにちがいない。（略）読者は主人公と一体になって実生活におけるように小説のなかの時間を生きていく、そのような錯覚にとらわれるのだ。（略）すなわちこの小説の場合、メリメの小説では作者の仕事とされていた現実を整理し意味づけるという作業は完全に読者の手にゆだねられているのであり、いいかえればこの作品は、読者にたいして作者と協力して小説の世界を創造することを強制するものにほかならない。

渡辺一民の解説は、ようやくわが国でもフランスのヌヴォー・ロマンがもてはやされようとしていた一九五〇年代のもので、そのころラルボーは、ふたたび当世風の斬新な小説手法の実践者として再評価されていたのでもあろう。

ふたたび土居光知について

ここでもう一度土居光知のジョイス紹介の文章に移る。発表は堀口のエッセイより大分あとになるが、これは『ユリシーズ』を具体的に詳細に日本の読者に紹介した最初の文献として無視することのできないものだ。

土居はスコットランドで『ユリシーズ』を入手し、東北大学でジョイスを講義し、その経験を踏まえて、昭和五年四月号の『改造』に「ヂヨイスのユリシイズ」を掲載している。

土居はこの前にも同じ『改造』に「ウイリアム・ブレイクの象徴主義」(昭和二年四月)を寄稿しているが、『改造』のこの前後の掲載論文には欧米の文学を扱ったものはほとんどない。昭和初年のジョイス・ブームの夜明け前、さいわい輸入禁止措置のない日本で、普及版のパリ版『ユリシーズ』が「羽が生へたやうに売れる」ようになるよりまえのことで、ジョイスに関する二段組二四ページの長文が『改造』に掲載されるのはきわめて異例なことであった。

『改造』という雑誌は、大正八年(一九一九)創刊の大正デモクラシーを代表する総合雑誌である。山本実彦のワンマン編集で、社会主義、無政府主義、虚無主義などという思想が新聞雑誌に発表することができなかったときに、許容される範囲内で「社会政策」に沿った編集方針を貫くことを狙いとしていた。しかし関東大震災の打撃に続いて、大正十五年七月、藤森成吉の戯曲『犠牲』と倉田百三の小説『赤い魂』が発売禁止処分を受ける。土居光知の文章が『改造』に載るのはその直後のことである。

しかしここで注目すべきことは、土居論文が『改造』に発表された直後から、ジョイスの小説作法を真似た、あるいはその重要な影響を受けた、いわゆる心理主義的な作品が、同じ『改造』に続けて掲載されていることである。

この種の作品の口火を切った伊藤整の「感情細胞の断面」こそ『文藝レビュー』(昭和五年五月)であるが、横光利一の「機械」が昭和五年九月号の『改造』に発表され、堀辰雄の『聖家族』が十一月号、翌年の一月号には川端康成の『水晶幻想』が掲載された。いずれも土居論文の影響なしには書かれなかった作品である。さらに昭和七年の三月には、こうした書法のマニフェストともいうべき伊藤整の「新心理主義文学」が同じ『改造』に掲載される。このことについてはのちにもう一度触れる。

さて土居のこの論文は、『改造』に載ったあと、昭和一〇年『英文学の感覚』(岩波書店)に採録された。(これは一九七七年に同じ岩波書店から『土居光知著作集』第一巻にも収録される。)その『英文学の感覚』を編集するに当たって、土居は友人の工藤好美に対して次のような手紙を書いている——

岩波で出すのは、シェイクスピアの花、シェリの肖像、シェリの色の感覚、ブレイクの象徴、ブレイクのヨブ記、ピックイックの英国鳥譜、ブラウニングの芸術に関する詩、英書に於ける趣味、の如きもので(略)思想問題、或は観念的なものは一切出さないことにしました。若い人は土居老人あまり呑気だといつて軽蔑するかもしれませんが、十年前に発表した思想は今日(?)では商店が変つたためにそのままでは本にしたくなくなりました。ただこれらの私の英文学研究に於ける道草だけが、初めから時代思想と関係のないものであつたためか、今日読みかえしてみても腐つてしまつたとも感じません。これらには英文学から直接感受した感覚の表現でありまして、英文学を理解し西洋文芸の形象や象徴などを了解せんとする人にはかかるエレメンタルな感覚をも一度経験してもよいのではないかといふことが、かかる本の存在理由になるかと思ひます。

(『工藤好美氏宛て書簡集』昭和一〇年五月二〇日)

この手紙には、ジョイス論文を収録することについてはなにも述べられていない。いわゆる文壇の外側の人間である土居にとって、自分のジョイス紹介が当時の若い作家たちにどのような影響を残したかは、おそらく関心の外であったかもしれないが、この私信には、そのことよりも、当時のプロレタリア文学隆盛を横目で見ながら、花鳥風月を論じることの後ろめたさを弁解する姿勢が透けて見えている。しかし「英文学研究に於ける道草」とは到底いえないような本格的なジョイス論を採録することについての言及はない。あるいは岩波文庫による『ユリシーズ』全巻の翻訳が完成したばかりなので、その今日的な意味を考え、その解説として捨てがたかったのかもしれない。

「ヂヨイスのユリシイズ」

「ヂヨイスのユリシイズ」はじつに行き届いた論文である。たとえば、のちに触れる伊藤整たちの稚拙な受容ぶりとはやはり研究の年期が違うのがすぐにわかる。伊藤たちがまだ二〇代の若者であったのに対して、一八八六年生れの土居光知はこのとき四二歳であった。

土居はまずジョイスの略歴を記したあと、『若き日の芸術家の肖像』について、これは、「大作ユリシイズの序言でもあるので、ユリシイズを理解せんとする読者はこの作から読み始めなければならない」として、『若き日の芸術家の肖像』を丁寧に解説する。そしてその特徴を次のようにまとめる。どうやら土居は、ミス・ウィーヴァーが集めて『エゴイスト』第四巻第五号に掲載した『肖像』の世界的評判の切抜きを参考にしているらしい。

それは精神分析を経て、意識の流動の実景を描くこと、抽象的な、輪郭的なまた説明的な言葉を避けて、触覚的な言葉をのみ用いること特に嗅覚に敏感であって、いかに不潔な、不愉快な連想と雖もそれを避けないこと等である。そして作品が上品を愛する人に激しく嫌悪されるのもこの最後に上げた二つの特性のためである。

あきらかにこれはH・G・ウェルズの書評を意識して書かれている。土居はまた、ジョイスの文学の特性を、『肖像』の分析においても、パロディにあるとする。彼がジェズイットの教育を受け、アイルランドに生れたことが彼を「パロディの外衣をつけた文学者たらしめた」と、これはたぶんハーバート・ゴーマンの評伝（一九二六）を参考にして、土居光知は述べている。

さてそれでは肝心の『ユリシーズ』についてはどうか。

ここでもまた土居は、日ごろの勉強振りを発揮して、『ユリシーズ』出版直後の代表的意見を網羅的に読んでいる。いずれも、ジョイス批評史に残る代表的論文の数々である。

そのそれぞれについて私なりのコメントを加えながら列挙してみれば、次のようになる――ジョイスをフロベールの正当な後継者と見据えた、エズラ・パウンドのフランス語のエッセイ「ジェイムズ・ジョイスとペキュシェ」（『メルキュール・ド・フランス』）、包容力は見せながらも結局は中産階級的世界観に足元をすくわれているアーノルド・ベネットの書評（『アウトルック』）、丸々二週間かけて『ユリシーズ』と格闘し、それでもなおその五分の四しか理解できなかった――いっている意味がわからなかっただけでなく、それをいう意図が理解できなかった――と告白する『ネイション・アンド・アシニーアム』のジョン・M・マリ〔ウェルズが『肖像』論を書いた『ネイション』は一九二一年に『アシニーアム』と合併したばかりであった〕、かなり好意的な『オブザーヴァー』のシスリ・ハドルトン、『ユリシーズ』は道路を持たない国のようなものだと喝破した『トゥデイ』のホルブルック・ジャクソン、「『ユリシイズ』を最後まで読み通す人は百人のうちに十人もいないだろう、そして完読した十人のうちの五人はなにくそという《力技》的意気込みで、最後まで読み通すだろう。この作品をはじめから最後まで、二回も読んだのは、作者本人を除けば、私以外にないだろう」と断言した『ニュー・ヨーク・タイムズ』のジョーゼフ・コリンズ、そしてもちろん、土居が最初にアメリカで読んだ『ニュー・リパブリック』のエドマンド・ウィルソンなど、いずれも『ユリシーズ』出版の年に書かれた代表的な論文ばかりだ。

土居の勉強はそれだけにとどまらない。土居にいわせれば、以上のほかにも『ユリシーズ』はフランス、イタリア、ドイツにおいて「更に多く宣伝された」けれども、「しかしそれらの批評の多くはこの作の新奇なること、大胆なることを驚嘆し、或はパスカルに比し、或はラベレエ、シェイクスピア的なりとし、感覚的印象主義、文学上の未来派、ボルシェビズム、精神分析学と称するのみでこの作を精密に読んだと思はれる批評は見当たらなかつた」という。ただひとつ、「一九二五年のエングリッシュ・スッディエンに載せられた批評は忠実な解説である」と土居はいう。ここで土居がいっているのは、ドイツの『エングリッシェ・シュトュディエン』に掲載されたベルンハルト・フェールの『ユリシーズ』論（一九二五）のことである。

このように土居光知の論文は、そのころに入手できるあらゆる資料を渉猟して、ジョイスの全体像にもわたるたいへんに行き届いたものだ。そこには東北大学で同僚だった詩人ラルフ・ホジソンの協力もあったかもしれない。ラルフ・ホジソンは、イギリス生れの詩人で、土居が東北大学に招聘した外国人教師で、大正十三年(一九二四)から一九三八年に帰国するまで、学術振興会の万葉集の英訳に助力するなど、日本の英文学普及に大いに貢献した。

これについては福永和利の証言(一九三二)がある。「ジョイスの「ユリシーズ」」と題して『英語青年』に昭和六年(一九三一)に一年をかけて連載された十回連続講義の冒頭の文である——

現代文学界に labyrinth を築いた James Joyce は、近来俄然世界の視聴を集め世界的名声を獲得するに至つた、苟も戦後の文学を談ずる者で彼の名を口にせざるは無い。私が始めて Joyce の名を知つたのは Hodgson 先生からであつたが、当時始めて先生に接した頃の私はあの流暢な英語を充分に理解し得なかつたが、それでもジョイスの名と彼の作品は必ず一読すべきであることは深く耳底に止めたのであつた。その後間もなく土居先生から Ulysses の英国版、現今容易に手に入るフランス版よりも遥かに大きく且つ hand-made paper の四折版の立派な大冊を見せて戴き、而もその内容は主として Bloom なる一人の Dublin Jew の朝の八時頃から夜半の二時頃までの記録となること、又何等の punctuation のない四十頁ばかりの最後の章の驚くべき表現法等を承り大いに驚かされた訳であつた。

しかし土居の論文をなによりも有意義にしているのは、かなりのスペースを使って紹介される本文からの引用、その日本語訳の完成度である。

以下、土居の解説をかいつまんでなぞりながら、『ユリシーズ』の物語をおさらいしてみよう。

土居の訳例（第五挿話）

たとえば第五挿話、ブルームが郵便局から出てきてマッコイに遭遇する場面はこうだ。（以下は『改造』版であるが、昭和一〇年の『英文学の感覚』、さらに戦後の岩波版の著作集では、いくつかの修正を施している。）

彼はブラブラと郵便局から出て右へまわつた。
(話しあいをしようといふ、そうすれば仲直りができるとでも思つているのか。)
彼は手をポケットにさし入れ、封筒を指で裂き破つた。
(女は非常に気にかける、とは思はない。)
彼は指で手紙を取り出し、ポケットの中で封筒をくちやくちやにまるめた。
(何か入つているぞ、写真かしらん、それとも髪の毛か、さうでない。)
(あ、ムッコイが来る。早くはずしてやらう、面倒くさい。いやな奴にでくはした。)
——やあ、ブルウムさん、どこへお出かけ。
——やあ、ムッコイさん、どこといつて別に。
——おからだは如何です。
——丈夫です、あなたは、

──どうにか無事です、とムッコイが言つた。彼は眼を黒服と黒いネクタイにつけて、気がかりらしく尋ねた。

──何か……あの……別にお変わりありませんでせうね……服が……

──いや、ブルウムが言つた。ディグナムさんがねえ、今日が葬式です。

──さうでした、気の毒なことをしましたね。さうでした。何時で。

(写真だらうか、徽章のやうなものかしらん)

──じ、じ、……十一時です、ブルウムは答えた。

──私も列席しませんければ、とムッコイが言った。十一時でしたね。私は昨晩聞きました。誰からでしたか、ホロアンでした、ホッピィをご存知でしょう。

──存じてゐます。


ご覧の通り、ほぼ順当な翻訳である。そして注目すべきことは、ここにすでに、ブルームとマッコイとの路上の会話に挟まれて、ブルームの意識の流れあるいは内的独白が書き留められていることである。そしてこのことを処理する方法として、土居は、読者の便宜のために、ブルームの内的独白を括弧で括る方式を選んでいる。これについて土居は「かつこは訳者がブルウムが心中で思ふことを区別せんため附したので原書にはない」と断わりを注記している。

じつはこの処理方法は、あとで触れるように、伊藤整や川端康成らの昭和初期の「実験的小説」の書法にも影響を与えているのだ。この方式は、土居の弟子の福永和利が『英語青年』に連載した『ユリシーズ』解読でも踏襲している方法であるが、この方法を土居がどこからえたのか、そのことについてものちに触れることにする。

この方法で土居は第六、第七、第十一挿話、そして最終挿話の一部を丹念に翻訳している。

土居の訳例（第六挿話）

たとえば第六挿話、ディグナムの葬儀が終わって、参列者の一行が、柩を載せた馬車に従って、北郊にある墓地に向かう場面。語りの視点は、馬車に乗り合わせたブルームを含む四人組にある。土居は、「会話は主として時代にとりのこされた人々の感想を語ると共に、街の風景が映画のやうに現はされてゐる」として、次のように引用する。その全文をここに引用するわけにはいかないので、以下飛び飛びに引用してみる――

――ブルウムさん、演奏会の景気はいかゞです。

――お蔭様で、とブルウムが言つた。だいぶ評判だやうです、いゝ思ひつきでした。

――君もいつしよに巡回演奏について旅行なさるのですか。

――い――え、ブルウムが言つた。実際僕は田舎のクレアに用事があつて行かなければならぬのです。巡回は主な都会だけですからね。一方で損をすれば他の方でつぐないがつきまさあ。

――全くね、とカニンガムが言つた。メアリ　アンダァスンもやつてゐますね。

――いゝ役者がゐますか。

――ルイ　ワーナーが勧進元です、とブルウムが言つた。

——それでは人気役者を集めましたね。ドイルやマックコオマックも出るのでせう、それから……実際一流どころです。

——そしてマダム　ブルウム、とパウアがほゝゑみながら言つた。つい順序が後になりましたが、なかなかもつて……。

このあとの馬車の中のブルームの様子は次のように描写される——

ブルウムは慇懃な身振りをして手をひろげ、またくみあわせた。(スミス　オーブリエンが通る。誰か花束を贈つたな、女、彼も女難にかゝつたか、そのうれしい仕返しが大変だ。) 馬車はファレルの像の側を通り過ぎてゆく、彼らはじつとひざを交へながら。

この部分にはかなり誤解がある。一行はいまちょうど、イギリスとアイルランドの併合撤回運動の闘士スミス・オブライエンの彫像の側を通過している。この日がオブライエンの命日なので、花が捧げられている。たぶん女性が捧げたものだ。それを見てブルームが、誕生日の決まり文句 (“Many happy returns.”) を利用して、「誕生日のお祝いに (For many happy returns.)」と、手を合わせて、心の中で唱えているのだ。土居はそれを「彼も女難にかゝつたか、そのうれしい仕返しが大変だ」と訳したのである。昭和一〇年の単行本では「スミス・オブライアンか誰か花束を捧げていつたな、女、今日は彼の命日かな。嬉しかつたことのお礼心に」といくぶん改善されているが、オブライアンの正体は取り違えたままだ。

このあと街頭の様子がブルームの眼に留まる。まず『改造』版——

オート。縁石《へりいし》の所から穢《きた》ない服装の老人が品物を差し出し、口をあけて、もしもし。

——靴紐四本がたつた五ペニーであります。

(どうしてあゝ零落したものかしらん。昔はヒウム街に事務所を置いて妻の同姓の検事ツイディ氏と肩を並べたものだつたが。乞食になつてもその頃のシルクハツトをかぶつて。昔のなごり。そして喪服をつけてゐる。オーカラガンのなりのはて。)

ここで「オート」と訳されている部分は、原文では"Oot."と表記されているもので、じつは街頭の物売りが靴(Boot)を売っていて、その呼び声がブルームの耳には、最初の子音が消えて「ウート」と聞こえてきたことを示すジョイス式の描写法なのであるが、この書法に慣れないうちは読者は困惑する。はたして土居も戸惑い、やむなく「オート」とした。さすがに単行本ではそのことに気がつき、「クツー」と訂正している。

ここでブルームは家に残してきた細君のことに思いを馳せる。やはり意識の流れは土居流に括弧に入れている——

(そしてマダムは、十一時二十分になつた、もう起きたらう。掃除女がきて、あいつは髪をときながら鼻唄を歌つてゐるだらう。ヴォリオ　エト　ノン　ヴォルレイ、違つた、ヴォルレイ　エ　ノン。裂けている毛はないかと髪のはしを見ながら。ミ　トレマ　ウン　ポコ　イル。トレの所であいつの声はすてきだ。涙ぐましい声、鶫《つぐみ》、鶫の声にたとへてやらう。)彼の眼は、パウアの男振りのよい顔を見た。(鬢《びん》に白いものがふえた。マダムはほゝゑみながら、さう言はれるとこちらもほゝゑまされる。ほほゑみは意味深長だが、ただおあいけうだつたらう。いゝ奴だ。あいつも情人《いろ》を持つてゐるといふ風評はほんとかしらん。細君にとつては不愉快だろうが。誰かゞプラトニックだと言つてたけれど、やがてはそれに物足りなくなるものだ。）

土居の訳例（第七挿話）

第七挿話は、ブルームが新聞社を訪ねる場面だ。

この挿話の特徴について、土居は「イブニング　テレグラフ社の観察や出来事は（略）聯絡のないやうな事件や思ひつきや、社員の感想等を綜合して見事に新聞社らしい雰囲気を出してゐる」と解説する。

じつはこの挿話の新聞ふうの見出しは、もともとジョイスの計画にはなかったものを、いったん出来上がった従来の物語の書法に、あとでその物語の流れを切り裂くかのように見出しの言葉を挿入したもので、『ユリシーズ』の語りの質が、これを機に、前半の「自然主義」的書法から、後半の言語形式重視主義に転換していくのである。

土居がこの挿話から引用するのは、「植字工」と「植字」と「石鹸」が見出しになる場面である——

ブルウムは活字室を通つて行つた。腰の屈んだ、眼鏡をかけ、前掛をした老人の側を通つて。植字工だ。随分変つた新聞種がこれまで彼の手で植字されてきたことだらう。死亡広告、新刊書の広告、講演、離婚裁判、身投げなどが、彼も、もうおしまひだ。酒をのまぬ律義者だから貯蓄銀行にちつとはあるだらう。おかみさんは料理がうまくて、洗濯もやるし、娘はみにくかつたが。……馬鹿なことは考へまい。〔ここで土居は内的独白を括弧に入れるのを忘れている〕

植　字

彼は活字を並べてゐる所へ立ち寄つてみた。（字をさかさに読んでゐる。中々早いものだ。慣れなければできない仕事だ、ムナグヂクツリトパ（mangiD kcirtaP）、昔おやぢが猶太法典もち出して右から左へ読んでくれたものだつけ……）

石　鹸

彼は階段を降りて行つた。壁には一面にマッチを擦つてある、まるで競争のやうに、印刷所はいやに脂ぎつたにほひがする、もとゐた家の隣りではしよつちゆう膠をとかすにほひがしてゐたつけ。彼はハンケチを取り出して鼻に当てた。レモンの香、あゝ石鹸の香だ、彼はハンケチを仕舞ひ、石鹸をとり出し、ズボンの腰のポケットに入れボタンをかけた。「訳者注、ブルウムは今朝石鹸を買つたが、それが終日彼の伴をして喜劇の役割を演ずる。」〔ここでも土居は内的独白を括弧に入れるのを忘れている〕

このあと第八挿話（昼飯時のブルーム）、第九挿話（図書館の章）はごく簡単に通り過ぎ、ダブリンの街頭でさまざまな人びとが交錯する様子が描かれる第一〇挿話についても、「ダブリン市の情調を活写しようとして作者は十九の断層を描いてゐる《(ママ)》」として、その細部を解説するだけで、いずれも原文の引用と翻訳は行われない。

オーモンド・ホテルの客間の情景

第十一挿話はオーモンド・ホテルの場面であるが、これについて土居は、「午後四時のお茶の時間に於けるオモンドホテル客間の情景で、前節で思ひ切つて拡げた描写の網をたぐり寄せて、このホテルに集中し、さまざまの性格の合奏曲聞かする筆致極めて巧妙である」という。

そしてその「一部を抄訳すれば」といって引用される文章はかなり長い。あまり長すぎて、単行本に採録されるときは、この部分は思い切って削除されてしまったほどである。(ただし戦後の『著作集』では復元されている。しかも改稿されている。)

『ユリシーズ』もこのあたりまで来ると、語り手はますます遊戯性を発揮し、語りの焦点は中心人物だけに定位せず、自由に視点移動をし、ときには情報が断片化し、必要な情報が途切れることもある。読み手はそうした語りの遊戯性にその都度柔軟に対応しなければならない。はたして土居はそれにどこまで即応できたであろうか。その様子を『改造』のエッセイと戦後の『著作集』と対応させながら見てみよう。

まずエセックス橋に近づくブルームの様子。語り手は早くもブルームという名前と「花咲く(ブルーム)」と「青(ブルー)」との語呂合わせに興じ、しかもその背後には、日本でいう「誰かさんと誰かさんが麦畑、逢引しているいいじゃないか」のメロディが流れている。その歌詞が語り手の言葉遣いにも反映する――

　ブルウムはエセックス橋の所へ来た。さうだ、彼は橋を通りすぎた。(マアサに返事を書かなけあ――書翰紙を買はふ。デイリィの店で、店員の女に愛嬌があつたけ)ブルウム、よい年をして、らい麦に青き花さく。

この部分はなぜか『改造』だけで、『著作集』では省かれている。少し間をおいて、ブルームの恋愛遊戯の相手であるマーサ・クリフォードに手紙を書くことを思いつき、文房具店に立ち寄る。そのとき妻の情事の相手であるボイランがエセックス橋を渡っていくのが見える。(もちろん「エセックス橋」は「セックス」と共鳴する。)この場面はさまざまな視点が交じり合う複雑な場面だ。これを土居は『改造』では次のように訳している――

　クリイム色の模造犢皮紙二枚、一枚は用意に、封筒二枚、(「御家庭が幸福でないんですつて」と書いて、花を封じこんであつたのはよいが、ピンで指をついて、何か意味があるかしら、花言葉、雛菊と?無邪気の象徴、教会から帰つてゆく少女、あたいほんとに嬉しいわといふ……)ブルウムは戸口のポスタアを見た。人魚が涼しさうな波にのつて煙草をふかしてゐる。(これこそ涼しい煙草だ)髪が波に流れて、(恋にやつれ、誰を恋ひて、ラオウルを恋ひて)ふと向ふを眺めるとエセックス橋を二輪馬車に乗つて通る、華美《はで》な帽子が見える。(奴だ、ボイランだ、今日は三度目だ。)

この部分は昭和五二年の『著作集』では、次のように改善されている。『改造』では脱落していた傍線部が補充され、括弧に入れられていたブルームの内的独白と歌の文句は、ここでは括弧をはずされ、原典どおり地の文に組み入れられている——

クリーム色の模造犢皮紙二枚、一枚は取って置き、封筒も二枚、おれがウィズダム・ヘリの店にいたとき、ブルーム、ヘンリ・フラワ、デイリの店で買う。御家庭が幸福でないんですって？　慰めのための花、ピンで愛という字を切って、花言葉はちとおつだ。あいつは雛菊だったかな？　それは無邪気さ、ミサから帰ってゆく良家の少女、あたい、ほんとにうれしいという。賢いブルームは戸口のポスターを見た。人魚が涼しそうに波にゆられながら煙草をふかしている。人魚よふかせ、いとも涼しき煙草を。髪が流れて、恋にやつれて、誰を恋いて、ラオールを恋いて。ふと向うを眺めるとエセックス橋を二輪馬車に乗って通る、はでな帽子が見える。奴だ。三度目だ、奇遇。

語りの遊戯性

妻の情事の相手を認めたブルームは、急いで文房具の勘定を済ませる。二ペンスの代金に六ペンスのコインを出し、四ペンスのおつりを貰う。妻の逢引きの時間は四時、同じ数字だ。息弾ませ、動揺するブルームの様子は、それを描く文体にも反映する。単語の綴りは途切れ、シンタックスは混乱する。特に次の傍線部の翻訳は容易ではない。まず『改造』版——


柔らかい護謨輪の馬車はチリンチリンと橋をこえ、オモンド河岸へと通る。

(跡をつけてやらう、思ひきつて、急がなけあ、四時だと言つてゐたから、もうすぐだ、でかけるか)

——二ペンスでございます、と女の店員が言つた。

おゝ……ついうつかりして……ごめん。

それでは四ペンスお釣りを。

お釣りを出して、彼女は愛嬌たつぷりほゝゑんだ。ブルウムもほゝゑみ、急ぎ、出る。左様なら。

(おれも河原の小石としか想はれてないかな。あの愛嬌をみんなの男にふりまくかな。)


傍線部の原文は、次の通りである——

At four she. Winsomely she on Bloohimwhom smiled. Bloo smi qui go. Ternoon.

ブルームは店員の「四ペンスです(And four)」という言葉から、興行師のボイランが四時に来るという妻の今朝の台詞を思い出す(At four she said.)。そのとき女店員はブルームに微笑みかけ、ブルームは「さよなら(Good afternoon＞Ternoon)」という語尾だけの挨拶もそこそこに店を出る。度を失ったブルームは、語り手によって「彼＝ブルーム＝誰」と変換され、まとめてBloohimwhomと表記される。責任ある語り手なら、「ブルームは微笑を返し、急いで外へ出た」と書くはずのところを、ここでは最小限の構成要素(Bloom/smile/quick/go)だけが無変化で、しかも語尾が消えた形で現われる。

この場面も、『著作集』ではかなり改善されているが、やはり翻訳不可能な部分もあり、この後の『ユリシーズ』翻訳者たちがたびたび採用したような、苦し紛れに原文を挿入して補う方法を選んでいる——

チリン　チリンと、柔かいゴム輪の馬車は橋を越え、オモンド河岸へと通る。跡をつけよう、いそいで、四時に、もうすぐだ、外へ。

二ペンスでございますと女の店員が思いきって云った。

こりゃ失礼、ついうっかりしていた。

では四ペンスを。

四時には彼女、店員は愛嬌たっぷりブルたれとやらにほほえんだ。ブル　ほほえみ　いそぎ行く。(Bloo smi qui go) ようなら。おれも河原の小石としか思われていないのか？　あの愛嬌を差別もなく皆の男にふりまくだろう。

このあとブルームが去ったサロンの中でも物語は進行する。土居はブルームの視点から外れたオーモンド・ホテルのサロンの様子も、抜粋を交えて丹念に紹介し、とくに『著作集』では、第十一挿話の特性について、次のような適切な解説をしている。すなわち、この挿話においては、「ブルームの意識の流に浮かぶ一切のこと」だけでなく、ブルームがこれから出かけていくホテルの中でいま起こっていること（「女給や客人やピアノ調整師の動向」）までが、「聯絡のない同時存在」として描かれる。「そして人生そのもののように錯雑して、時には聯絡なく、断片的な事件や表象が迅速に通りすぎるのを感じる」というのである。

十二挿話以降の物語についても、それぞれ具体的な物語進行に関して適切な解説が加えられる。たとえば第十二挿話のキアナンの居酒屋の場面は、「プロレタリアの喧騒」の場面であり、第十三挿話の「静かな黄昏の浜辺」の場面――アメリカでの『ユリシーズ』発禁処分の端緒となった挿話――は、いかにもピューリタンの土居らしく、「ブルウムの意識は官《ママ》覚的な感想の波をあげ、誰もが言葉にするを恥ぢる思ひとなり、刹那の性的興奮を現はす」と解説するにとどめる。

第十四挿話の「産科医院の場」は簡単な解説だけで済まされ、長大な第十五挿話（キルケーの章）については、それが「紅灯の街マボット町」で展開する「ワルプルギスナハト」であり、その幻想曲の中では、「第一に父の亡霊があらはれ、次に妻の幻、自分の過去に於ける恥しい行為や、ひそかな思ひ、野心や夢などが早変りの映画の如くに現はれ、女郎屋では更に彼の幻想と（略）スティブンの幻想とが混乱し、実に怪奇混沌たる光景を呈する」と解説する。第十六挿話の「御者溜り」の挿話についても、第十七挿話の教義問答の挿話についても、説明は簡単で、いずれも引用はない。

土居のペネロペイア

土居論文の後半の圧巻は、なんといっても最終挿話の引用である。

土居によれば、最終挿話のペネロペイアは急調の終曲《フィナアリ》であり、目を覚ましたブルーム夫人の、「現と夢との間に於ける、とりとめもなく移りゆく感想を捉えて驚嘆すべき巧妙さを以て表現したもの」であるという。「四十三ページの間一つのコンマもピリオドもなく、また節を改めることもなく」、話題の転換は、まるで「夢現《ゆめうつつ》の間にある意識そのまゝであるやうに」感じられる。

土居によるペネロペイア冒頭の日本語訳は原文で二ページ以上、当時としてはかなりの力技である。以下に土居光知によるペネロペイア翻訳の全文を掲げる。昭和一〇年の『英文学の感覚』との大きな異同に、kissing my bottom を初校では「私にキスするのは」とあったのが、単行本では、たぶん当時の猥褻文書取締りの雰囲気を考慮して、「私の……〔五字省略〕のは」と伏字になっていることである。（猥褻文書としての『ユリシーズ』については、のちに章を改めて論じることにする。）

土居によるモリーの独白は次のとおり。ただし、読みやすさの便宜を考え、意味の切れ目に斜線を入れ、解釈の不足については〔　〕に補足することにする。

まず冒頭の部分。ブルームの行動様式についてのモリー独特の観察である——

さうよ／朝寝坊をして卵を二つも寝床でほしがるやうなことはシティア、ムズホテル事件このかたゞわ／身体《からだ》のぐあいが悪いと虚言《うそ》をついては胸のわるくなるお世辞を言つて／一生懸命に皺くちや婆さんのリオ、ダンさんを大事にして／大変なものを拾つたと思つてゐたのに法会をしてあげるお銭も遺してはくれなかつた／あんなしわんぼうがまたとあらうか／安酒に四ペンス費ふことでも嫌がつて／私にもこぼし話をよくしたつけ／おしやべりだつたわ／政治だの地震だの世界の末だのと／もつと面白くなくては世間があんな女ばかりになつてはおしまいだわ／水泳着も夜会服もきなくては／勿論あんな女にそれを著せて見ようとするもの好きな男もなかつたわ／あの人が信心深かつたのは男は二度とふりむかうとしなかつたからだわ／私達に尼になれとすゝめなかつたのが不思議なくらゐ／しかし教育は確かにあつて／死んだリオ、ダンがリオ、ダンがとそれでもちきりで／ブルウムもあの婆さんが死んでほつとしたらう／そしてあの婆さんの犬ときては私の毛皮の外套の香を嗅ぎ下袴《ペティコオト》の中へもぐろうとしてばかりいて〔とくにメンスのときは〕／だけれどそこがブルウムの好い所だわ／あんな婆さんにも深切で給仕にも乞食にも／ブルウムは病気をもらわないことを得意にしているがいつもさうは行かないわ〔やたらに威張ったりしない人だけどいつもそうとはかぎらない〕／ほんとに病気になつたら入院さすのが第一／病院だとさつぱりしてゐるから／〔そうよ〕／ところが一月も口を酸ぱくしなければお金のかかる病院へは行きさうもない／それに〔病院だと〕看護婦の心配もある／ひともんちやく起きさうだわ／さうならなけあ尼さんのやうな看護婦〔それとも彼の持っている猥褻写真にあるような尼さんと〕／私とはまるで違つた性質の女だわ〔私同様あれは尼さんなんかじゃないわ〕／男といふ者は弱虫でヒイヒイいつて病気の時には女にあまへたがる／鼻血を出してもそれは大変なさわぎやう／私があの晴衣《はれぎ》をつけた日に摺鉢山の遊山《ゆさん》の合唱会に〔南環状道路で〕足を挫いた男〔あの人＝ブルーム〕の死にさうな顔色といつたら／スタツクさんが花を持って見舞に行つたつけ／それはけちな択《よ》り屑《くず》の萎れかゝつた花を持つて男の寝室へはいつてみたい老嬢の興味／そして自分のために男が死にかかつてゐると想つてみたくて／それがこの世のお別れなど思つて〔二度とまみえぬ汝が顔《かんばせ》＝詩の一節〕／実際は髯がのびて少しは男らしくなつてゐたださうが／お父様もその通りだつた／また繃帯をしたり薬をのませてたりするのは嫌いだわ／お父さまが底豆《そこまめ》を剃刀《かみそり》でむいてゐて足指に怪我をなすつた時丹毒のことは心配したけど／まるで一大事が起つたやう／嫌《いや》になつちやつた／それは世話はしてあげたわ／それは女は種々の面倒をみてやる様子はするわ／

このところブルームが急に食欲が出てきた、なにか怪しい原因がありそうだ――

それはそうと近頃どうかしてゐるわあんなに脂濃《あぶらつこ》いものが好きになつたんだもの〔そうそうあの食べっぷりからしてきっとどこかでやって来たにちがいない〕／兎に角色事だわ／それがない時には食慾も減つてしまうわ／どんな女かしら／夜の女かしら／だとすると宵にはきつと〔あそこへ〕行つてゐた〔んだ〕わ／それでホテルの話は虚言のかたまりよ／ハインズにつかまつた／誰にあつた〔んだった〕かなあ／ああさうだお前メントンを知つてゐるだろう／それから誰だつたかな／こうつとなどとごまかして／あのメントンの間抜けの童顔想ひ出すわ／結婚をしてすぐプウルの若い女とふざけてマリオラアナとか云つたつけ〔プールズ・ミリオラマの見世物小屋で〕／勿体ぶつてこそこそ逃げて行つた時背中を向けてやつたわ／女とふざけるのが悪いとはいわないけど私にあんなに厚顔《あつかま》しく言い寄つておいて口ばかりの男／煮しめたやうな目をしてあんな馬鹿面つてあらうか／それで三百代言だつて寝床の中で長い弁論をされてはやりきれないわ／夜の女でないとすればそつとかくれて拾つたどつかの尻軽だらう／私が知つてゐるようにポルディ〔夫人がブルームを呼ぶ名＝原注〕の性質を知つてさえ居てくれたら／きつとさうだ一昨日客間へ行つた時マッチを取りにだつたか／いやディグナムさんの死亡広告を見せる〔ために＝単行本〕／はてなと思つたわ／書いてたものを吸取紙で隠して仕事のことを考へてる様子をしたけど／それがきつとその女に宛てた手紙だつた／あの年になるとことに四十の坂をこすと男は誰でも他愛もなくなるものだから／し易いと思つてゐるだらうが／ポルディもたらされて捲き上げられさう／だが年を取つて迷いだしたほど厄介なものはない／そして私を〔私のお尻に〕キスするのは〔私の……のは＝単行本〕ごまかすためだわ／ポルディが誰とそれをしようとちつとも焼くわけではないけど／と

にかくごまかされないやうにはしなけあ／眼の前でみせつけられない間はよいけれど／またあのぐうたら女のメアリの様になつてはたまらない／いつもポルディにお膳を据えてばかりゐて／お白粉臭い女の移り香を嗅がされるのもやりきれない／一二度よく見てみると着物に長い髪の毛がくつ著いてゐたりして／一度台所でみつけた時にはポルディは水を飲みにきた様子をしてごまかしたつけ／

男は目を離した隙に何をやりだすか、わかったものではない——

男は一人の女ではどうしても物足りないがそれは私のせいではないわ／女中に手をつけておいてクリスマスの時には食卓で一しよに食事をさしてやらないかなど言ひ出して／嫌なこと／うちでは決してさすものか／うちの芋や一ダース二シリング六ペンスもする牡蠣《かき》まで盗みだして／今日は伯母の所へ行きますからお暇を頂きますだと／まるで共謀の盗人《ドロボウ》だその証拠を握るには少し時がかゝるわ／お前証拠があるのか言ひがかりを言ふものではないといつたけれど／思ふ存分に言つてやつたわ／そしたらお前出ていつたらどうだと／私は探偵のやうなことはしたくない／女中の室で靴下留を見付けたので沢山だわ／解雇《ひま》を言ひわたした時のかんしやくでふくれあがつたあの女の顔といつたら／女中なしでやる方がましだ／部屋の片付けは私の方がよつぽどはやいけど台所のこととときたら閉口だわ／それはポルディに任して女中か私か家を出るはめになつたもの／あの女のやうな薄汚なくてづうづうしく虚言つきのなまけ者で私の目の前でごまかしをし／そこら中鼻唄をうたつてゐる者に手をつけてゐる男と思ふと触《さ》わる気もしない……

以上が土居によるモリーのモノローグのすべてである。女性のモノローグではあるが、あきらかに、ここには男性による性意識がモリーの上に投影されている。このあとモノローグはますます過激になっていくのであるが、さすがに土居はそこまでは踏み込むのを避けている。あとで見るように、土居の資質からしてそれは当然の処置であった。

土居の結論——その背信

これまで見てきたように、土居の『ユリシーズ』紹介は、じつに丁寧で、いちいち原文を翻訳してその実体を解明しようとする姿勢の真摯さを疑うものはなにひとつない。当時としては誠に異例な、詳細にわたる、適切な『ユリシーズ』解説である。なによりもふんだんに取り込まれた実例が有意義だ。小林秀雄のように、「ただフランス語の翻訳で読んだだけ」の判断とは根本的に違う。これが当時の若い文学志望者に掛け替えのない情報源になったであろうことは確実である。そしてもちろん最終挿話の画期的な斬新さと危うさとは、多くの読者を瞠目させたであろうことも、疑うことができない。

それでは土居は『ユリシーズ』についてどのような最終的判断を下したのであろうか。

まず最初の『改造』（昭和四年）論文——

ユリシイズを読む興味の一つはその表現形式にある。未来派、実感派、主動主義、表現派、ダヾ主義、内的写象主義、精神分析派等の名でよばれてゐる文学の新傾向は皆この一著述の中にある。のみならず彼は創作家が自己の精神を集中し意識の流動の姿を精妙に表現することを得るならば小説の形式、文体の新様式もまた無限であるべき事を暗示する。一般に言へば未来派実感派等新しい主義を標榜する文学はある心的態度をとつて試みる文学——即ちポウズの文学である。ヂヨイスはこれ等の主義を標榜してはゐない。彼はポオザア（Poseur）ではない。彼にポウズが認められるとすれば、それは彼が文学の伝統や主義から自由になり、彼自身を最も精妙に表現することに、彼自身がみた人生の真と美との幻を新らしい彼自身の形式を以て表現することに全生涯を捧げてゐる所から無意識に生れたポウズであつて、それは彼自身の個性そのものである。ヂヨイスのユリシイズはホオマアのユリシイズのパロディではあるが、パロディとなつたのは目的のない遊戯からではなく、力強い古伝統を破らんとする努力の結果であつて、ヂヨイスは極めて真剣であり、「若き芸術家の肖像」で描いたユリシイズである彼自身に対立するユリシイズ、即ち彼が見た社会人を前後左右内外から精密に表現したのである。このブルウムの如く精密にしかもあらゆる観察点から描かれた人間の肖像は曾てなかつた。

あきらかに土居はここで、ジョイスの文学的方法に対して、その文体の新形式と創造の心的態度を含めて、全面的に賛意を表している。文体的なパロディの方法についても、それを単なる言語的遊戯としてではなく、一個の社会人を全的に描くための独自の方法として認めている。

ところが驚いたことに、これが昭和一〇年九月の『英文学の感覚』所収の同論文では、傍線部分が次のように書き直されている。明らかに『ユリシーズ』の永続的価値についてネガティヴな意見に変わっている。『ユリシーズ』は「未完成な一つの試みであり、長く愛読さるべき傑作ではなく、世に衝戟を与へた後やがて忘れらるべき運命をもつてゐる」作品である、という驚くべき意見の修正である。『改造』論文を書いてから七年近くの間にいったい土居に何が起こったのであろうか。そのころにはすでに第一書房と岩波文庫の『ユリシーズ』全訳が完成し、世間的にも『ユリシーズ』への熱病が冷めはじめていた。その反映なのであろうか。それとも、土居自身が工藤好美に告白したように、若い人から、「土居老人あまり呑気だといつて軽蔑」されないために、芸術中心、形式主義の『ユリシーズ』への絶対的評価をいくぶん加減する必要を感じたのであろうか。（このような土居の前言撤回は、のちの「チャタレー裁判」の際に検察側の証人として出席したときにも聞かれることになる。このことについてはエピローグでも触れる。）

（略）一般に言へば未来派実感派等新しい主義を標榜する文学はある心的態度をとつて試みる文学——即ちポウズの文学である。ポウズの文学である故にユリシイズは未完成な一つの試みであり、長く愛読さるべき傑作ではなく、世に衝戟を与へた後やがて忘れらるべき運命をもつてゐるであらう。しかしユリシイズは天才が真剣の態度で試みたポウズの文学であつて、新文学の参考となり、出発点となる多くの要素をもつてゐる。ヂヨイスのユリシイズはホオマアのユリシイズのパロディではあるが、パロディとなつたのは目的のない遊戯からではなく、力強い古伝統を破らんとする努力の結果であつて……（以下略）

（『英文学の感覚』）

驚くべき前言撤回である。なにがいったい土居を、「長く愛読さるべき傑作ではなく……やがて忘れらるべき運命をもつ」というように意見を変えさせたのであろうか。

しかしそれでも、土居の最後の付記は両方とも変わらない。この小説の難解さに触れて土居は次のように書いている――

最後に付記したきはこの小説の難解なことである。私もこれを理解したとの自信は持ち得ない。これはげにディダラスが建築した古代の迷宮ラビュリントスに比すべき現代文学の迷宮である。しかしラビュリントスは古代人にとつては迷宮であつたが、現代の人々の目からみれば通路や扉が最も巧妙に、古代人には思ひがけない所についてゐる、整然たる大殿堂であつたかもしれない。ヂヨイスの創造した文学的迷宮もただ現代人にはあまりに精妙にすぎて難解をかこたれるだけであつて、次の時代の人々は整然たる殿堂と考へるかも知れないのである。

意識の流れの書法（括弧の使用）

さきにも触れたが、この章の最後に、土居が最初に開発した意識の流れを示すのに括弧を使用するやり方について触れておく。

意識の流れを括弧に入れて表記するやり方は、土居光知がはじめて日本の読者のために採用した方法である。土居はこの方法をどこから得たのであろうか。

じつはこの方法は、現在考えるほどに当時としては珍しいものではなかった。作中人物の想念が地の文の中に引用符なしで転写される場合（「…と考えた」〔"… se dit-il"〕）、頭の中で考えた部分を括弧に入れて翻訳する方法は、たとえばスタンダールの『赤と黒』の次の場合のように、よく行われていたのである。たとえば岩波文庫の桑原武夫・生島遼一訳である。

しかしジュリアンはこれを見てますます夢中になってきた。(こんなすばらしい家で暮らせたら、どうして不幸な気持ちに襲われたりすることができよう。)

それはたのしい瞬間であった。感激しているところを見つかってはと思って、彼は薄暗い片隅にかくれた。そこから彼はたくさんの本のぴかぴかした背革を、恍惚として眺め楽しんでいた。(おれはこれをみんな読むことができるのだ。こんなところにいて、どうして不服があり得よう。)

あるいはもっとあとの集英社『世界の文学』(佐藤朔訳)の場合でも、その伝統を受け継いで、次のように《 》を用いている。佐藤はこれを明確に「内的独白(モノローグ・アンテリウール)」の方法として、「ジュリアンのように仮面をかぶることの多い人物の内面を描くのに適したやり方である」と解説している。

《はじめて決闘するときは、やはりこんなにがたがたふるえて、みじめな気持ちになるのかな?》とジュリアンは思った。もともと自分のことも他人のこともすぐには信用しないほうなので、自分の心の状態を見つめずにはいられなかった。……

……ジュリアンは自分の気の弱さに腹をたてて、こう思った。《十時が鳴る瞬間に、決行しよう。今日

一日中、夜になったらやろうと誓っていたことではないか。それが駄目なら、部屋にもどって、ピストルで脳天をぶち抜くまでだ》

おそらくこの処理法からヒントを得て、土居は意識の流れの描出にそれを採用した。そしてこの方法は、土居の弟子の福永和利が昭和六年の『英語青年』の一〇回にわたる『ユリシーズ』解読連載記事でも採用している。伊藤整も一度だけ、「マルセル・プルウストとジエイムズ・ジヨイスの文学方法について」（『思想』昭和六年四月）で内的独白に括弧を使用している。

そしてこの方法は、新たな装いのもとに、当時の新心理主義小説にも利用された。それは伊藤整が昭和五年十一月に発表した二つの「実験的」小説、「蕾の中のキリ子」（『文芸レビュー』）と「機構の絶対性」（『新科学的』）にも採用され、まったく同じ時期の川端康成の作品「針と硝子と霧」（『文芸時代』）と「水晶幻想」（『改造』）でも採用される。しかしこの方法はこのときかぎり、なぜか二人とも二度とこの二重視点の書法に帰ることはなかった。

……向隅で寝ながら新聞の経済欄を頭の上に広げて話してゐる商人が二人。〔あの二人はいつまでも眠らないのだらう。〕枕もとの紙片がない。〔集めて行つたのか。あの二人が静かにならぬうちは眠れない。とても。〕船員の足音が枕元を過ぎる。〔見まわり。よく寝てゐる。ねむい。当番。〕足が遠のく。

（「蕾の中のキリ子」）

……××市場特売の前には籠を手にした女の群。覗いてゐるのは魚かしら。男の子が小便をしてゐる。

待つてゐる母親の手の包み。靴屋の靴にすき間なく貼りつけた赤札。急に陽が照る。〔花が咲いたやうだと形容さるべきだな。〕眩い。前方に立つてゐる老婆。〔耳が遠いのかな。〕「どの辺でございますか。」と運転手は前を見たまま言ふ。「此の次の四辻を右に折れてください。」警笛。手を出す。

（「機構の絶対性」）

朝子は陸橋に立ち止まつて、下を覗き込んでゐた。〔線路がない。線路はどこへ行つた。〕電車が走つてきて、霧の底に線路を浮かび上がらせた。彼女は若々しい幸福に燃え上がつた。〔海岸のホテル。雪のホテル。弟と旅をしてゐる。……ああ、線路がゐなくなつた。深い霧。どこからも、誰にも見えない。弟。〕弟が彼女の肩を叩いた。

（「針と硝子と霧」）

……しかし、気がつかなかつたのは〔ああ、青空。〕と、鏡のなかの青空が彼女をひどく驚かせて、それに心を奪はれたからでもあつた。〔青空を銀色のやうに泳ぐさかな。〕

（「水晶幻想」）

そしてこれが、まことに残念なことに、土居光知が当時の文壇に残したおそらく唯一触知可能な、影響の痕跡なのである。

第三章　伊藤整氏の奮闘

伊藤整の登場

土居の『改造』論文が発表されたころ、北海道から上京し、東京商大に籍を置きながら新しい文学の方向を模索していた青年がいた。日露戦争の二〇三高地攻略戦に参加した旭川第七師団の特務曹長の長男として、まさに戦争のさなかに懐胎し、やがてその日露戦争をささやかな時代背景の一つとする世界文学『ユリシーズ』の、最初の日本語訳者として名を挙げる伊藤整《ひとし》、のちの伊藤整《せい》である。

遅れてきた青年に特有の鋭敏な嗅覚で、伊藤は『ユリシーズ』の新しさを嗅ぎ出した。そしてほとんど時間を置かずに『ユリシーズ』の翻訳に取りかかる。いったい彼は『ユリシーズ』に何を求め、何を見出したのか。伊藤のたどった軌跡の中に、われわれは日本におけるジョイス受容の典型的な形を見ることができる。それは果敢な、ある意味できわめて不幸な、形式に偏向した、受容の軌跡でもあった。

伊藤整は、昭和三八年（一九六三）、戦後二度目の『ユリシーズ』改訳版（新潮社）の出版に当たって、最初に『ユリシーズ』を翻訳した三〇年以上前のことを回想して次のように書いている——

この小説の翻訳は、辻野久憲と永松定と伊藤整との手で昭和五年（一九三〇年）の夏から始められた。当時伊藤は数え年二十六歳であり、永松は二十七歳であり、辻野は二十三歳であった。この翻訳は《詩現実》の編集者であった今の明治大学教授淀野隆三のすすめによって企てられたものであった。当時淀野氏自身が佐藤正彰、井上究一郎氏たちとマルセル・プルーストの『失われた時を求めて』を訳していたことも想起される。第一次大戦後のヨーロッパ文学の日本への流入の盛んであった時代のことである。その年の九月号の《詩現実》に第一回を載せ季刊の同誌に四回連載した後、昭和六年十二月十日に前半部を第一書房から出版した。この書の下巻を訳了するまでには更に二年以上を費し、下巻を出版したのは昭和九年五月二十五日であった。（略）私たちは当時若く、この仕事は手にあまるものがあって、幾多不満の点を残していた（略）。

二〇歳代半ば、英文学の専門教育を受けたことのない伊藤は、大胆にも『ユリシーズ』の翻訳に取り組みながら、ジョイスを中心とする新しい文学の紹介を積極的に進める。まずその軌跡を簡単になぞっておく。

伊藤の最初の『ユリシーズ』をめぐる仕事は、昭和五年六月の『詩・現実』に載った「ジエイムズ・ジヨイスのメトオド」である。サブタイトルに「「意識の流れ」に就いて」とあるように、ここでも、そしてこのあとも、伊藤にとって『ユリシーズ』は「意識の流れ」を実践した先駆的作品としてしか意味を持たない。（このことの意味は、以下に見るように、けっして小さくはない。）

伊藤はまず、いささか興奮気味に、「小説の既存の限界内に於てはあらゆる探索がなし尽されたのである。（略）そして新しい面を打開すべき方策は唯一つしか無かつたのである。即ち生活の新しく発見された原子である無意識の世界にまでその領域を推し進めることしか」と宣言する。いま残された道は、「無意識の深海まで手探りで没入」し、「主観のみによつて無意識的流動を表現」すること、そして「融解によつて研究される現実の新属性」を開拓することであり、そしてそれは、「各分子をそれ自身の個有《ママ》な方向に走らせることによつて出現す〔る〕現実のアナルシイである」という。狙いはアナーキーというわけだ。アナーキーはこのころの流行語でもあった。

この最初のジョイス論を発表すると同時に、伊藤は永松らとともに早速『ユリシーズ』の翻訳に取り掛かっている。

そのときのことを伊藤は、「辻野久憲氏を悼む」（昭和十二年）という追悼文に次のように書いている——

昭和五年の終頃のことのようである。僕は「ユリシイズ」を読みはじめて夢中になっていた時期であった。（略）僕が永松君と「ユリシイズ」の翻訳を、できるかどうか解らないが、とにかくやって見ようという事になり、創刊されたばかりの『詩・現実』というクオタリィにのせることになっていた。（略）その時『詩・現実』を編輯していた淀野隆三君から、辻野君も翻訳の仲間に加わりたいと言っているから、三人の共訳にしてくれぬかという話があった。辻野君は仏文をやっているのに変なことだがと思ったが、僕等の側からすれば、あの小説には仏文がふんだんに出て来るし、また作者自身が校閲した仏訳の参照には仏文をやる人がいると便宜が多いので、辻野君の加わってくれることはありがたかった。こうして昭和六年には三人はこの翻訳に万事を放擲して熱中し、その年の暮に前半を訳了して出版することができた。（新潮社『伊藤整全集』第二三巻）

翻訳は、三人がそれぞれの家で、「各自分担の分を訳し終えると毎週一度か二度、順々に誰かの家に集まって、三人で読みながら検討し、直して行くという方法」で行われたらしい。

そのころの伊藤は多忙をきわめていた。『詩・現実』に『ユリシーズ』の翻訳を連載しながら、『詩と詩論』(昭和五年九月)に「文学に於ける技術の方向」を書き、みずから編集する『文芸レビュー』(一〇月)に「文学技術の速度と緻密度」を書き、『詩と詩論』の別冊特輯『現代英文学評論』(十一月)のために「ジェイムズ・ジョイス抄」を訳編し、そして翌昭和六年一月には、海外文学を紹介するために新しく興した季刊雑誌『新文学研究』の創刊号に、「新しき小説に於ける心理的方法」を書き、いかに意識の流れの方法によって「無秩序なる混沌的スティルの揚棄」が行われるかを説く。

この最後のものはすぐさま小林秀雄の「心理小説」(『文藝春秋』三月号)によって激しい批判を受けるが、伊藤は続けて「マルセル・プルウストとジェイムズ・ジョイスの文学方法について」(『思想』四月号)を書いて問題点を具体例によって論証しようとする。そしてこれもまた小林秀雄の「再び心理小説に就いて」(『改造』五月号)においてみごとに駁論を加えられる。伊藤はすぐ「新心理主義は如何にして可能か」(『新潮』昭和六年七月)において弁明を試みる。同時に『新文学研究』(六月)にも「新心理小説」を書いている。

その間も、伊藤と二人の協力者は『ユリシーズ』の翻訳に追われていて、早くもこの年の終わりには第十三挿話までを収めた前編の刊行に漕ぎつける。良くも悪くも、これは画期的な事件であった。

明けて昭和七年三月、伊藤は小林秀雄の雄弁な批判にもめげず、自陣のマニフェストともいうべき「新心理主義文学」を『改造』に発表する。続いて伊藤は、小林秀雄、川端康成、阿部知二など総勢一〇名が出席する「新しき文学の動向に就て」という『新潮』(五月号)の座談会にも顔を出している。いわゆる「新心理主義」文学が冒頭で話題になり、それがこの日の最大の論点ともなっていることから見ても、この座談会は、少なくとも結果的には、伊藤の唱える「新心理主義」を俎上に載せ、伊藤を食い物にする座談会にもなっている。それでもなお未練を捨てきれない伊藤は、五月には『都新聞』の一面に二日に分けて、「今日の我が文壇ではどんな外国作家が何う問題にされてゐるか?」というサブタイトルを持った「フロイドからジョイスへ」という悩みと恨みを込めた宣教文書を書いている。そして同じ五月の末には、春山行夫や西脇順三郎など多数が出席する「『新心理主義文学』の会」が、新宿駅階上の精養軒で開かれている。

伊藤は一貫して自分の立場を貫こうと試みるが、直接小林秀雄に対して反論することは、ついになかった。これが伊藤にとって生涯のトラウマとして残ったことは、のちに伊藤がしばしばそのことに触れていることからもあきらかである。

伊藤の理論と実践

ここで伊藤の理論と実践を見てみよう。

伊藤は『詩・現実』の第一冊(昭和五年六月)に、「ジェイムズ・ジョイスのメトオド」を発表した。

これは伊藤にとってほとんど処女論文であり、伊藤の唱える「新心理主義文学」の第一声でもあった。その直前の五月、伊藤は、福田清人、瀬沼茂樹らを同人とする雑誌『文芸レビュー』に「感情細胞の断面」を発表し、『新潮』六月号の文芸時評欄で川端康成に賞揚されたばかりであった。

それでは伊藤の最初のジョイス論はどのようなものであったのか。

伊藤はまず、「小説の既存の限界内に於てはあらゆる探索がなし尽されたのである」と宣言する。そしていまや、「新しい面を打開すべき方策は唯一つしか無かつたのである。即ち生活の新しく発見された原子である無意識の世界にまでその領域を推し進めることしか」と書く。

そしてジョイスの無意識の取扱方の独特な点は、彼が無意識の顕現を、客観的な、統一ある理論の立場から描写せず、主観のみによつて無意識的流動を表現したこと、換言すれば、無意識を純粋に無意識とし、他物の介在を排除する為にしか客観力を用いなかつたことである。ゆえにその力点は、無意識をでなくて、無意識でであると言えよう。

この主張は、のちに春山行夫に反駁されるように(後出、春山「意識の流れと小説の構成」、『新潮』昭和六年六月)、あきらかに『ユリシーズ』の手法を読み違えた上でなされている。『ユリシーズ』の作者ほどに意識的な「無意識」の描出者はいない、といっていいほどなのだ。

伊藤の意識の流れへの関心は、もっぱら言語形式に関わる一面的なものであった。しかしこれにはやむをえない事情もある。ジョイスが「物象と物象との間の空隙を完全に埋め、現実を現実から直接に、流動し去る姿のまゝ描き得るかといふことを第一目的としてゐる」かぎり、問題は流動をいかに形式化するかという形式主義にならざるをえない。

その実践例として、伊藤は第六挿話、墓地に向かう葬儀馬車の中でのブルームの内的独白を引用する。その日本語訳は次のようなものである。はたして意識は滞りなく流れてくれるのであろうか。

瓦斯工場。百日咳、彼等はそれが直すといふ。よい仕事にミリイは決してありつけなかつた。哀れな子供等。彼等を混乱の中に黒く青く積み上げる。恥だ、実に。病気を比較して軽やかに遁れた。麻疹だけだ。亜麻仁油。

これは第一書房版では次のようにいくらか改善されているが、万全ではない。

ガス会社。それは百日咳を治すと言はれる。よい仕事にミリイは決してありつけなかつた。哀な子供たち。彼等は痙攣の中に黒く青く折り曲げる。実に恥だ。比較的軽く病気が直つた。麻疹だけだ。亜麻仁油。

「よい仕事にミリイは決してありつけなかつた」とある部分は、「ミリーが百日咳に罹らなくてよかった」という意味の部分であるし、そもそも、「気の毒だ、じつに残念だ」という意味の口語用法の“[a] shame really”を「実に恥だ」と訳したのはまさに恥辱ものだが、総じて伊藤（たち）は口語的文章に特に弱い。当然ながらこれは意識の流れの理解には致命的になる。これは最終挿話のモリーの独白になるといっそうはっきりする。次に挙げるのは第十八挿話の終わり近くの部分である。分かりやすくするために、原文の意味の切れ目に当たる部分に斜線を入れ、本来のおおよその意味を括弧内に付記する。

……そして彼等〔花屋さん〕になにか花〔花を何本か〕を送らせやう／場所を変へるために〔そこいらに飾るために〕／彼〔夫〕が彼〔スティーヴン〕を明日連れて来た場合には〔連れてきたときのために〕／今日のことではない〔明日じゃない、夜中が過ぎたのだからもう今日だわ〕／どの金曜日も不幸な日ではない〔ということは金曜日、嫌だわ、金曜日とは不吉な日〕／第一に私はその場所を片づけたい〔部屋を片づけなくては〕／どうしたのか埃がその中に出来る〔なぜか自然に埃が溜まる〕／私は眠つてゐる間考へる〔眠っているうちに溜まるらしい〕／その時は我々は音楽と煙草を持てる〔彼がもし来たら一緒に音楽をやり煙草も吸える〕／最初は私は彼を連れて行ける〔まず私が彼の伴奏をしてあげる〕／私はミルクのワトルでピアノのキイを掃除しなければならぬ私は着る〔その前にピアノの鍵盤をきれいにしなくては、なにを身に着けようかしら〕／私は飾るであらう一つの白い薔薇を〔白い薔薇かしら〕／或はリプトンの中の物語の菓子を〔それともリプトンのお店のスポンジケーキはどうかしら〕

（略）

ここで最も悲惨な誤訳は「なにを身に着けようかしら」（what'll I wear ?）である。モリーのモノローグが、ジョイス式書法によって、句読点等がすべて削除されているために、アポストロフィーも疑問符も消えて“what'll”が“whatll”と表記されている。思い余った訳者は、それを「ワトル」という洗剤の一種に変身させてしまったのだ。はたして「ペネロペイア」の書法にどこまで通じていたのか、不安になるところだ。（もちろん、モリーのモノローグの中に挿入された「白いバラをつけようかしら（“shall I wear a white rose”）」が歌の一節で、ここでモリーは鼻歌を口ずさんでいる、ということを知るには、かなり『ユリシーズ』読みの年期を必要とする。）

伊藤の名誉のために付け加えておけば、この部分は第一書房版（昭和九年）では次のようになっている。『ユリシーズ』の読み方に関して、数年のあいだに格段の進歩を遂げたことがわかる。

　ここらあたりに置くために花を少し持つて来させやう／もしあの人があの人を家へ連れて来るやうなことがあつたら／明日／今日のつもりだが／駄目だ／いや金曜は不吉な日だ／あたし部屋を少し掃除したいわ／埃があたしが睡つてゐる間に沢山積つてゐることだらう／それからあたしたちは音楽をやつたり煙草をすつたり出来るわ／あたしは先ず最初にあの人の伴奏をすることができる／あたしはミルクでピアノのキイを拭かなくちやならない／何をつけよう／白薔薇をつけようかしら／それともリプトンの店のあのフエアリイケイキを（略）

伊藤はさらに、同じ年の十一月には「ジエイムズ・ジヨイス抄」を発表し、ここでは、『若き日の芸術家の肖像』の最終章から二ヶ所、『ユリシーズ』からは第十三挿話の冒頭に近い一部を「ガァテイ」と題して抄訳している。すでに本格的に『ユリシーズ』翻訳に取り掛かろうとしているころである。

「友達と一緒に坐つてぼんやり遠い距離をみつめてゐるガァテイ・マクドウェルは人が望み得る最も典型的な表情を持つたアイルランド少女であつた」とやや順調な滑り出しだが、そのあとがいけない。

「彼女を知る人は誰でも彼女のことを美人であると誉めそやした、もっとも世間ではよく、父親のマクダウェル家というよりは母親のジルトラップの血を引いているというのだが」という意味のところを、「彼女はむしろギルトラップと呼ぶべきであつたが彼女を知つてゐる人々は民族の風習に従つて美しく発音した」と訳す。父方の姓と母方の姓が把握できていないのはやむをえないとしても、pronounce（「意見を述べる」）という語を「発音する」一本槍に理解しているのはいただけない。

新発見の「意識の流れ」の手法を字義通りに理解していた伊藤は、明らかにこの部分を、文体的なパスティーシュではなく、少女の一元的な独白であると解釈しているようで、途中故意に句読点を省略してモノローグふうに訳してみたりする。そのうえで、根気が切れたように途中を飛ばして、唐突に抄訳を終わりにする――「さういふ男を待つて彼女はこの芳ばしい夏の夕方に欠伸をする」と。もちろんガーティは芳しい初夏の夕べに欠伸などするはずはなく、「そういう男性の現われるのを待ち焦がれるのでした」とあるべきところである。

このような心もとない状態で、伊藤たちは『ユリシーズ』全訳の壮途に乗り出す。

その翻訳ぶりをたとえば第六挿話の墓場の場面で見てみよう。あのジョイス嫌いのヴァージニア・ウルフでさえ、現代小説宣言として長く記憶される「モダン・フィクション」（一九二五）というエッセイの中で、「その輝き、その卑猥さ、その支離滅裂、その突然に発する意味の閃光のために、疑いもなく心の急所にまで突き刺さってくる。そのためはじめてこれを読んだ人も、これは傑作だと感嘆の声を上げずにはいられない」と賛美した章だ。（このエッセイの初出は一九一九年の『タイムズ文芸付録』の「モダン・ノヴェルズ」であるが、そこではこの部分は「その留まるところを知らぬ閃光、その関連性の欠如、深遠なる意味と支離滅裂な空虚さとの瞬間的な交錯のために、まさにこれが人生だと思わずにいられない」とある。）
ディグナムの埋葬に参列するために葬儀者用の馬車に乗り込んだブルームは、部屋のブラインドの片隅を開けて、こちらを覗き見している老婆に気がつく。伝統的な三人称過去形を採用してはいるが、ブルームの意識に焦点化し、シンタックスは断片化し、独特のジョイス話法で語られる部分だ。ここも括弧内に本来の意味を付記する。

立さつた人がある〔ブラインドの一つが押し開けられる〕。覗いてゐた老婆だ〔老婆が覗いている〕。硝子に押しつけて白く平になつた鼻。自分がうまく逃れた運命を感謝して。極度の興味を彼等は死者に対して持つてゐる〔どういうわけだか女は死者に関心を持つ〕。我々が去るのを喜ぶ彼等に我々はやつて来る強い困惑を与へる〔俺たちが死んでいくのを見るのが嬉しいんだ、生れてくるときさんざ迷惑をかけたから〕。彼等に適してゐると思はれる仕事。隅々での混乱〔声をひそめて〕。彼が眼覚めるかも知れぬと怖れてスリッパの音を小さくして歩きまはる。それから準備して。用意をする。入棺準備。モリイとフレミング夫人がベッドを造つてゐる。もつとあなたの方へ引き寄せなさい。我々の包屍布。君が死んだ時に触れる人間が解らぬ〔死んでしまえば誰に触られるかわかったものではない〕。
（『詩・現実』第三号、昭和五年十二月）

いかにもたどたどしい文章だ。この部分はそのまま第一書房版（昭和六年）でも採用される。そんなもののどこが新しいのか、という小林秀雄の恫喝の声が聞こえてきそうだ。

小林秀雄の「心理主義」批判の戦略

小林秀雄の「心理主義」批判は、人間を描くとはどういうことかという点に集中する。「私はジヨイスに就てはユリシイズの仏訳を通じて僅かに知るのみだが」と断わったうえで、小林は次のように決めつける。（以下、引用は『文藝春秋』昭和七年三月号の初出による）

ジヨイスのブルウムはラシイヌのネロンより遥かに生きた絵であるか。遥かに現実に肉薄した記録であるから遥かに生きてゐるのであるか。そんな理窟は成り立たぬ。作家が現実をどの位細密に描写するかといふ事は容易な問題である。或は容易でないかも知れぬが、作家がその現実追求を何処の点で制約するかといふ事情に較べたら遥かに容易な問題だ。

その証拠に小林は、『ボヴァリー夫人』で「フロオベルは、どんな具合に女を死なせたか」を、原文を引用し、それにわざわざ「訳文拙劣で恐れ入るが」と断わった上で、訳文をつけてみせる。

八日経つて、中庭で、布など拡げてゐると、突然血を吐いた。翌日、シヤルルが窓のカアテンを引かうと、くるりと背中を見せた時、女は、あゝ、苦しい、と溜め息をはき、気が遠くなつた、女は死んでゐた。

「何んと凄い文章だ」と小林はいう。フロベールの描きたかったのは「生の現実であったのか、それのか、外部現実を描いたのか、心理を表現したのか、行動を表現したのか、完璧を前にして論議は所詮悪夢に過ぎぬ。死は恐ろしく複雑であると同時に又恐ろしく単純なものだ。正しくて彼の眼は極端を適確に捕へた振幅を蔵してゐる」と書く。（しかし念にために書き添えておけば、この場面はシャルルの最初の妻エロイーズの死の場面であって、エンマの死ではない。のちのエンマの死が綿密周到に描かれていることはいうまでもない。）

明らかに小林は問題をすり替えている。あるいはブルームの人物描写を瑣末な細密描写の集積として理解している。もしそうでなければ、伊藤の問題設定が最初から間違っている。小林の主張は、心理学では文学は作れない、すなわち「プルウストはフロイドに学んだのだらうか。私はそんな事を信じやしない。事実は恐らく逆様だ」という一点に尽きる。そしてその主張はときに、心理学では文学は語れない、というところにまで飛躍する。

小林は伊藤の唱える「新心理主義文学」を罵倒する立論の根拠にフロベールの「女の死なせ方」を引き合いに出す。そこには小林一流の、問題のすり替えによるはぐらかしがある。

小林の「心理小説」から十六年ほど経た昭和二二年、伊藤は「『トリストラム・シャンディイ』と『得能五郎』」（『新文学』昭和二二年九月）というエッセイの中で、積年の小林に対する恨みを晴らすかのように、次のように書いている。

　この当時の新心理主義文学運動（略）を一番強力に徹底的に攻撃したのは、小林秀雄であった。彼は、方法の変化が傑作を生まないから無意味だという古典的な論法で私のジョイス論を論難し、そして、

「マダム・ボヴァリイ」の一場面を引用して、この描写に匹敵するものが現われ得るか、と見栄を切った。

春山行夫は私に、小林の文章のあの部分はシモンズが「ゾラ論」の中でフロオベルを引いてゾラの方法を非難した文章にそっくりそのままであって、引用のところもシモンズの引用したのと同じ所である。それを指摘して反駁したらどうかとチエをつけてくれたが、そんな所を言いがかりにするのは気が進まないので、私は沈黙し、一行も反駁を加えなかった。というのは、小林のその態度が当時の日本文壇全体の態度であることを私は知って居たからである。

（『伊藤整全集』第十六巻）

伊藤のいうシモンズの「ゾラ論」というは、『象徴主義の文学運動』に収録されている文章だ。といっても、あの名高い岩野泡鳴訳の『表象派の文学運動』ではなく、一九〇九年以降の増補版で追加された第二部のフランス近代作家論の中に収録された一編、「ゾラの方法に関するノート」のことである。

初版（一八九九）の『象徴主義の文学運動』には、周知のように、ネルヴァル、リラダン、ランボー、ヴェルレーヌ以下、マラルメ、ユイスマンス、メーテルリンクに至る象徴主義詩人が扱われていて、大正二年（一九一三）の有名な岩野泡鳴による最初の翻訳『表象派の文学運動』、続く大正九年の改装版は、その異様な悪訳ぶりと序文とによって、小林秀雄、富永太郎、中原中也らの大正期の文学青年を大いに魅了したとされる。しかしここで問題になっている「ゾラ論」は、増補版で追加された八人のフランス近代作家——その中にはバルザック、メリメ、ゴーティエ、ゴンクール、フロベールなどが含まれる——を論じたものの一つである。

大正末期から昭和にかけて、「表象主義の文学運動」とともにシモンズのフランス近代作家論が注目されていたことは、たとえば小林の僚友でもある河上徹太郎が、昭和十一年に、「従来愛読してゐたシモンズの評論の中でとくに興味があるものを暇々に訳していくうちに何時となく此の現実主義作家を論じたものが段々とたまつていつたので」、それを一本にまとめて、『現実派作家論――フランス十九世紀リアリズムの研究』（芝書店）という題で出版したことにも現われている。河上の選んだシモンズのリアリズム文学論は、『象徴主義の文学運動』の増補版に収録された近代作家論とまったく同じではないが、もちろんゾラ論も収録されている。河上が『現実派作家論』をまとめる以前に、個々の訳稿はおそらく別の形で発表されていたであろうから、小林はそれを通してシモンズのゾラ論を読んだ可能性もある。

河上のシモンズへの傾倒ぶりは、訳者あとがきの中の次のような文章に端的に現われている――

私についていへば、私の全批評家的存在は殆んどシモンズに負つてゐる。それは例へば語彙の点でも、読者は此の書の中に私の平生使ふもの丶大部分を発見するであらう。私は佯りもせず、悪びれもしないでそれを白状する。それに、専門の語学的興味も見識もない私が、従来翻訳をして世に問ふものがあるとしたら、それは何かの点で、私を形作つてくれたものに対する愛着からであり、つまり私の翻訳の動機はいはゞ種本公開主義なのである。今私はシモンズによつてとつときの種本を読者に御披露する。

シモンズのゾラ論

シモンズのゾラ論はゾラ弾劾の文章である。

シモンズのゾラ弾劾の標的は、ゾラの網羅主義、どんな場合でも「一項目すら省略することなしに、すべてのことを言おうとする」無差別の網羅主義である。たとえば『居酒屋』の一場面でそうであるように、前日のガチョウの毟り取りから始まって、翌朝、野良猫がそのガチョウの骨をあさってしゃぶるまでの大饗宴の情景が、延々と五〇頁にわたって描かれる。たしかにゾラは何もかもを言っていて、そこに彼の新奇と創見がある。ゾラは凄まじい執念で観察し、言葉を連ねるが、彼の観察は所詮通行人の観察に過ぎない。ただそれを、仔細に、念入りにやっただけだ。適切な言葉を見出さないまま、執拗な手探りを重ね、その結果、途方もなく長々しい記述が生れる。ゾラの表現は言葉の重みに耐え切れずに沈没する。フロベールの模倣も試みるが、彼には、フロベールの道具も、道具を操る職人の腕もない——というのがシモンズの断罪の根拠である。

ここまでくれば、フロベールに対するシモンズの裁定は明白で、小林がフロベールを引き合いに出して伊藤整の『ユリシーズ』擁護論を撃破した手続きも丸見えになる。

春山行夫がシモンズの受け売りではないかと伊藤を焚きつけたシモンズの文章は、河上の翻訳では次のようになっている部分である——

ゾラが些細な部分を入念に追求することは、彼の最大の長所であるけれども、一方から見るとそれは彼の重大な欠点の一つでもある。彼は何も単独で放つておくことが出来ない。何も省略出来ない。最も自明な事実もいはないではおられないのである。「彼は先に立つて歩き、彼女はそれに続いた。」当たり前のことだ。彼が先に立つて歩けば、彼女はそれに続くのである。何だつてその事実を明記するのだ？此の書き出しは絶対に典型的なものである。彼にとつては在る重要でない人物が、二十度目に登場する時にでも、その名前と職業について述べないではゐられないのだ。しかも名前と職業と常に両方を明記するのであつて、何れか一方だけといふことも決してないのである。彼は、部屋は四つの壁から出来てをり、卓子は四本の足から出来てゐると必ず断る。しかもゾラには、彼がさうするのと同じフロオベルがやつてゐることの違ひが解らないかのやうに見える。即ちフロオベルは多くの小さな事柄の中から、描いて居る場面に最も適したのを選び、それを巧妙な正確さを以て述べるのである。

このような前提でシモンズが「フロオベル的な描写の好例」としてあげているのが、小林が『ユリシーズ』弾劾の根拠にあげている、ボヴァリー夫人の死を伝えるわずか数行の描写なのである。小林は「心理小説」の中で、伊藤の唱える新心理主義などは、全ページを装飾的心理影像で埋めて、それを新手法として得々としているようなもので、「はや文芸問題の埒外にある」と決めつけ、生きた文学の例として『ボヴァリー夫人』を引用する。「例へば手元の名作をとつてみる、「ボヴァリイ夫人」でフロオベルは、どんな具合に女を死なせたか」と小林は啖呵を切る。しかしここで小林が「手元の名作をとつてみる」と言ってわざわざ原文を引用するのが、まさにシモンズが挙げているのと同じ文章なのである。

ちなみに、この部分は河上の翻訳では次のようになっている――「八日たつて、中庭で洗濯物を乾して居る時、彼女は突然血を吐いた。そして翌日、シャルルが窓のカーテンを閉めようとして、そつちを向いて居る間に、彼女は、「あ、神様、」と言ひ、一度溜息を付いて失神した。彼女は死んで居た。」

もうこれ以上書くまでもないが、シモンズは、この場面について、次のように結論する――

ゾラであつたら同じことを言ふのに二頁掛かり、結局肝心なことは言はなかつたであらう。ゾラはその部屋の箪笥の位置を示し、その箪笥がどんな木で出来て居たかを言ひ、箪笥の戸口に近い方の下の縁が部屋に入つて来る人達の足に当るので、其処だけ少し漆が剝げて居たことを書いたゞらう。又シャルルが箪笥のそれとは反対側の角に寄つかかつて、角の跡でシャルルの黒いフロックコートに皺が附き、それは三十分たつた後でもまだ附いて居たことを書いたゞらう。併しフロオベルが無限にある中から選んだ、かの唯一の事柄は、ゾラなら決して書かなかつたのである。

小林はシモンズのゾラ批判の手続きをそのまま踏襲して、伊藤の新心理主義を弾劾し、『ユリシーズ』に見られる網羅主義、そして瑣末主義を攻撃したのである。

いまのわれわれなら、ジョイスはゾラではない、ジョイスの饒舌はゾラの饒舌とは基本的に違う種類のものだ、と抗弁することができるかもしれない。『ユリシーズ』の書法の特性は、ゾラの網羅性を突き抜けたところにある。このことこそ伊藤は主張すべきであった。しかし『ユリシーズ』の中に溢れる無償の網羅主義（ラブレー的なカタログ作り）――たとえば第十七挿話の教義問答の章の、あの無限に増殖する網羅主義――は、欧米の初期の好意的な読者たちをも、あのパウンドをも、大いに悩ませた問題であった。それに答えるだけの用意は、伊藤にはまだなかった。そもそもジョイスとプルーストを同じ前提から擁護することに無理があったのだ。（本書の最後の部分で見るように、『ユリシーズ』の無償の網羅主義に対しては、アイルランドの人気作家ロディ・ドイルのように、いまでもそれを批判する人が絶えない。）

伊藤の弁明と小林のカウンターパンチ

このような小林秀雄の批判に答えるように、伊藤は「マルセル・プルウストとジエイムズ・ジヨイスの文学方法について」で両者の文学方法をさらに具体的に説明しようとする。『思想』四月号の「新しい芸術の諸問題」という特集記事に書いたもので、これには瀬沼茂樹の「擬浪漫主義文学の復帰」も載っている。

伊藤はまず僚友の訳者たちによって刊行されはじめた『スワン家の方』（『文学』第四号）からマドレーヌ菓子による記憶の甦りの場面を長々と引用し、「私は感嘆に終ることなしにこの一節を読了することは出来ない」と英文和訳のような文章を書いたうえで、プルーストの方法を、「感覚の強度を中心にして、記憶中のあらゆる時と、場所とを、感覚の原因から結果へ、結果から原因へと、実在の進行とは無関係に、作者の意のままに駆けまはつてゐること」だとする。

そしてジョイスについては、同じく連載中の『ユリシーズ』から、第六挿話のブルームたちを乗せた葬儀馬車がようやく墓地に到着したときの様子を描いた場面を引用する。ブルームが周りを観察し感想を漏らす場面だ。（ここで注目すべき点は、伊藤が土居光知のやり方にならって、ブルームの意識の流れをわざわざ括弧に入れて表記していることである。伊藤は「括弧は伊藤が、作中の主人公レオポルド・ブルウムの精神内のみの意識の部分を示すために、特に、試につけたもので、原文及び、本訳文には無いものである。注意を乞ふ」と書いている。括弧の採用はこの論文の場合だけで、もとの『詩・現実』第三冊にも、のちの第一書房版にも括弧はない。）

（今あの石鹸を入れかへろ。）ブルウム氏の手は尻のポケットのボタンを素早く外し、紙がべつたりくつついた石鹸を、内のハンカチ入れのポケットに移した。（略）（取るに足らぬ葬式、棺車と三台の乗用車。同じことだ。棺の付添人、金の手綱、鎮魂祭、弔砲。死の盛儀。）後方の馬車の背後に呼売商人が菓子や果物を入れた自分の手押車の側に立つてゐた。（それ等はくつつき合はされてシムネル菓子である、死の菓子。犬ビスケット。誰がそれを食べたのか。会葬者が出て来る。）

彼は彼の仲間の人々について行つた。カアナン氏とネッド・ランバアトが続いて行つた。コオニイ・ケラア（略）は〔花輪の〕一つを男の子に渡した。（さつきの子供の葬式はどつちへ消え去つたのだらう。）

観察と感想とがないまぜになったこの書法に、伊藤は在来の記述方法にはないもの、「全く別種の表現方法、かつてゾラがさう呼ばれた意味での一つの激しいレアリズムを見る」と書く。伊藤がここで、小林秀雄が心理主義小説批判の小道具に使ったゾラの網羅主義を、故意に自分の陣営の擁護のために引き合いに出しているのかどうか、それはわからない。いずれにしろ、ここでの伊藤の『ユリシーズ』賛美の根拠は、外的事象の客観描写と人物の内的独白の二重性にある。「同時展開性〔の〕ある記述能力」、それによって「音楽のそれに似た、二重表現の持つ、美しさが作品に齎され」たというのである。

そして驚いたことに、ジョイスはまだこれでは不十分、さらに今後の文学の方法がある、なぜなら「文学の記録技術の推移、韻律の滑らかさによってのみ記憶され伝播されることを得た韻文の時代から、活字の完全な作用による話術的散文時代への推移は、粗なる表現から細密なる表現への進化に外ならないのであって、話術の形に於て《物語る》表現は、やがて、より現実と直接なる《意識するまの》表現にまで進化すべきだからである」と一気に飛躍した宣言をする。今後のあるべき小説の姿は、シネマと同様に、モンタアジユだ。「機械のやうに正確なこの記述方法に、統制を与え、芸術としての正統なる構成を可能ならしめるのは、巧妙なるモンタアジユ以外に予想出来ないからである」というのである。

ちょうど映画のモンタージュの手法が話題になりかけていたころであった。

これに対して小林は「再び心理小説に就いて」(『改造』五月号)において反論を書く。要するに小林は伊藤の功利主義を批判している。このエッセイにもあふれている小林のアフォリズムが何よりの証拠だ。「文学みたいな顔をしてゐる単なる実証主義精神」といい、「フロオベルは、あらゆる抽象論を嫌悪した。ゾラは、実際派哲学の理論に酔つた。何に酔ふにせよ、酔ふ事は科学的ではないのだ」と断罪する。小林はここでもまた、例のアーサー・シモンズによるゾラ弾劾の根拠を援用する――

> 「ユリシイズ」で私を最も驚かせるものは、心理影像の豊富や、奇怪ともみえる裁断や、連続やではない、そんなものなら、フランス象徴派等の長い悪戦が、ふんだんに残して置いてくれた処だ。私が無類だと思ふのは、その全く独特の苦さである。苛烈な、虚無的な、而も肉感的な無類の味ひである。人物の行動に関する造型的な、残酷と憂鬱とが混淆した様な描写が、長々しい薄弱な心理像の連続に生彩を与へ、或は、私の教養不足の為に判じ難い知的影像の連続を苦痛を感じないで読ましてくれる様な気さへする。プルウストの場合には、幸ひにも彼の特種な個性の御蔭で、心理的現実主義文学の方法論なるものゝ抽象がともかくも、外見だけでも容易とみえるが、ジョイスに於ては、はや、われわれは、古い、而も非常に困難な、作家の人間的資質と、表現技巧の問題が絡んで来る。彼等から教はる、革命的な外面技巧、或は彼らを止揚すべき近頃流行のモンタージユ論、等々の、呑み込み易い処は、人々はすぐ覚えて、すぐに忘れて了ふだらう。

小林のいうジョイスの持つ「全く独特の苦さ」、「苛烈な、虚無的な、而も肉感的な無類の味ひ」が正確に何を指しているのか、かならずしも明確ではないが、ジョイス一味から「教はる、革命的な外面技巧」などの「呑み込み易い処は、人々はすぐ覚えて、すぐに忘れて了ふだらう」という断罪は、伊藤のような技法一辺倒の立場の人間にとって、ほとんど致命的な指摘であった。

伊藤の「自己の弁」

小林秀雄の断罪の口調は即効性を持つ。丸谷才一のいう小林特有の「飛躍と逆説による散文詩的恫喝の方法」（「袖のボタン」、『朝日新聞』平成十六年十一月九日夕刊）は、またたくまに人を黙らせる。

しかし小林の完膚なきまでの痛撃を受けてなお、伊藤は昭和七年三月、困難をきわめる『ユリシーズ』後編の翻訳出版のために悪戦苦闘しながらも、『改造』に「新心理主義文学」を発表する。これは後にこの時期の伊藤の評論活動の代表的作品となるエッセイで、翌月には、本論を含む単行本『新心理主義文学』が春山行夫編集による「現代の芸術と批評叢書」の一冊として刊行される。（同叢書にはほかに西脇順三郎の『超現実主義詩論』や阿部知二の『主知的文学論』がある。）

この論集の冒頭、「自己の弁（序にかへて）」で伊藤は、「僕が殆んど、総ての小説に退屈してゐるのはまた確かに《ユリシイズ》*Ulysses* に親しんだことが一因をなしてゐる」と書き、自分の書くエッセイや小説が「あらゆる種類の非難と嘲笑と否定と罵言と、また多少の好意ある忠告」を浴びることになったことを、痛切な思いを込めて書き記す――

一体ものを書いて行くといふこと、意見を発表して行くといふことは、こんな物々しい批判に直面しなければならないものなのだらうか。田舎に居てこつそり詩を書きためてゐた六七年の生活の静けさの中にも文学があつたとは考へられぬほどだ。僕がこんなはげしい批判を受けるに至つたのは、僕の試みた制作上のエキスペリメントと、エッセイの上の改革的言辞が原因であつたらしい。それ等は僕の制作上の途をきり開くために絶対に必要な努力だ、と一回宛僕を思ひ込ませてゐたのだ。僕のしたことに含まれてゐたかも知れぬ過誤に対する批判は兎に角として、僕は自分のしたことを悔いる気持は今いささかも持つてゐない。

「新心理主義文学」は、プルーストやジョイスのみならず、ヴァージニア・ウルフ、ドロシー・リチャードソンなどの、新しい意識の描写スタイルの作家たちを同じパースペクティヴの中で捉え、弁護しようとする試みである。そのため、エドマンド・ウィルソンの『アクセルの城』をはじめ、当時入手可能ないくつもの文献を援用して、論述を組み立てようとするが、方々から飛んでくる批判の矢玉をかわしながらの論述は、至るところで苦し紛れの弁明を産み、かなり混乱している。スタイルの革命性のみをあげつらう批判に対しては、「スタイルは結果的に目的を持たなければならない」と応じ、意識の流れの過剰に対する批判については、「人はジョイスのスタイルが、聯想の再現を中枢としてゐることでもつて、〔プルーストより〕もつと明確にジョイスを詩人だと断定し去つていい訳ではないか」と弁ずる。

おそらく小林秀雄の批判を意識した部分では『ボヴァリー夫人』を引き合いに出して、次のように言う――

極度に頭脳の鋭化した二十世紀のインテリゲンチアは小説にすらセンテンスの鋭さ、行の美しさを求めてゐる。読者は一人の女の崩壊を知るために「マダム・ボヴァリイ」を読まうとはしない。彼等の貪欲は小説に小説実体として対象を求めるばかりでなく、その取扱技術にも何等かの特殊性を要求して止まないのだ。これが今日小説にスタイルが重要なものとして生存しうる一つの原因なのだ。

ここに「新しいリアリズムの精神、即物の精神」が要求される、と伊藤はいう。『ユリシーズ』の方法に対する批判はある。国内ばかりでなく、頼りの海外からも、『ユリシーズ』は敗北の記録であるという声が聞こえてくる。ここで伊藤は『ロンドン・アフロダイティ』(第六号、一九二九年七月)に掲載されたブライアン・ペントンの説を紹介する。『ロンドン・アフロダイティ』というのは、T・S・エリオットやジョイスらの新しい文学傾向に批判的なジャック・リンゼイたちがその前年に起こした文芸雑誌(この六号で廃刊)であるが、かならずしも否定的とばかりもいえないペントンの説を、伊藤はむしろネガティヴな視点から、次のように紹介する——

ジヨイスは「ユリシイズ」に於て確かに信ぜざるを得ぬ一つの世界を創造した。彼は信じ得る世界のあらゆるダイメンシヨンを創造したのだが、惜しむべきことには、その中に何物をも入れなかつたのである。彼はフロオベエル等の古風なスタイルのかわりに、あらゆる方向に触手を延ばし、絶間なく握し合い、その中心を変へ、平衡を変へ、散乱し、また集合する、永遠に無目的な、互ひに影響して落付くことなき、ライフそのものを示すことの出来るフオルムを確立すべく試みたのだ。ところが彼の戦慄すべき主張の崖は、何等の形を残さぬまでに崩れた。ジヨイスは弱い人間でありながら巨大な仕事を試みたのだ。ただその英雄的な崩壊物の中に立つてゐるジヨイスは賞讃に値する、と。

では、はたして『ユリシーズ』は「それ自身価値なき敗北の記録であらうか」と伊藤は自問する。そして「私は殆ど逆にそれを考へやうとしてゐる」と自答する。たしかに伊藤は、「世人が、批評家が、この新しい文学運動にスタイルの華麗さのみを見、スタイルの多様性が胚胎してゐる新しい小説の実体を見やうとしないのは何故であるか」という問いを「世人」に投げかけてはいる。しかし伊藤自身が、たとえば『ユリシーズ』における目まぐるしい文体変容の根拠について、充分な把握に達していないために、例によって「最早古き様態の文学に盛ることの出来ない新しい現実」が目前に広がっている、それには新しい文学の様態を開拓する以外にない、という主張を繰り返すばかりなのである。結局は「意識の流れ」中心の形式的革新一本槍、そこからは小林秀雄の奥行きも説得力もえられない。

そもそも『アクセルの城』が、単なる象徴主義の系譜を正当化するものであるよりは、基本において批判の書であることに盲目であるために、最後には、みずから唱える「新心理主義文学」そのものが不明のまま、「この新しく花咲いた小説の条件と小説の領域、それを実践し、それを踏み越えるのでなくしては、新しき視野に於て新しき人間を描く明日の小説創造に参加し得ないであらう」と締めくくることになる。

この少しあとで伊藤は、先に触れた『都新聞』掲載の「フロイドからジョイスへ」の中で、「自分の書いてゐた詩に行きつまりを感じてほとんど絶望的に何かを捜して」いて、そのときにフロイドに出会い、解決策を求めたが、しかし超現実主義の文学はフロイディズムの末節的な応用に過ぎないと感じ、ジョイスに救いを求めた、という。ジョイスが面白いからジョイスを読むのではなく、当時手に入る解説書によってジョイスの「記述法に関する知識を得てから」ジョイスを読む。これからも繰り返される「功利主義」の図式がここにもある。「つまり、あの記述法に関しての知識が先決要件だつたのだ」と伊藤は告白する。

創作のゆきづまりからの脱却をジョイスに求める。「意識の流れ」を使って小説を書く。いまや伊藤は新心理主義の代弁者であった。そうして書かれた創作が意識の流れの方法を取り入れた「蕾の中のキリ子」であり「機構の絶対性」であった。

そして一番叩かれたのは私であつた。ある同人雑誌からあれはナンセンスだと書かれ友人は皆口をそろへて、あれは読めない。読めない小説は仕様がないと言つた。たうとう私は全く退却する道を塞がれてしまつた。私はなかなか思ふ様にあのスタイルを使ひこなせなかつた。私自身もこれでは面白いものが書けないと思ひはじめた。私はたまらなくなると川端康成氏の顔を見に出かけた。氏の冷たい、透明な顔をその頃私はよく記憶した。そして私は川端氏にすら強がりをばかり言つてゐた。

今はその連続である。私は苦しい。翻訳もしなければならないし、評論で戦つてゐなければならぬし、いゝ作品を書きたいとも思つてゐる。そして今でも強がりをばかり言つてゐる。

『新潮』座談会「新しき文学の動向に就て」

『都新聞』紙上でそんな苦渋を吐露する直前、伊藤は昭和七年五月の『新潮』座談会「新しき文学の動向に就て」に出席する。

ここでも伊藤の発言は、小林の厳然たる断言口調に封じられそうになる。スタイルだの心理主義だの曖昧な言辞にこだわる伊藤に対して、問題は要するに現実である、それに対する対処の仕方が分析的になっただけではないのか、と小林はいう。

この座談会での、『新潮』編集長中村武羅夫とのやり取りの中に、こんな部分がある——

中村（武羅夫）。僕は新心理主義も分らず、又ジヨイスの作品も読んでゐないから、実際としては分らないが、まあさういふ風な〔新心理主義的〕特徴を有つた作品が向ふにあるから、その特徴を此方で取つて、それに応じて一つの文学の書き方として行かうといふわけなんでせう。

伊藤（整）。さうです。

伊藤にとって問題はあくまで「テクニック」であった。伊藤の習作のタイトルでいえば、「感情細胞の断面」を描くことが第一、本質的に何を描くかに関心はなかった。だから『ユリシーズ』を豊饒な作品にしているあの猥雑な政治的・文化的背景についても、それは素材自体の問題として終わってしまう事柄にすぎない。この対談の中でも、伊藤は『ユリシーズ』が革命前のアイルランドを扱い、その中でいろいろな人物、頑冥な独立党員、ユダヤ人問題、独立運動下のダブリンの歴史的事情などが大きな問題になっていることを知りながら、「それは対象の問題であつて、僕等に関係するのはテクニックの問題で、僕等は僕等の持つてゐる素材とか精神とかをそれによつて生かせればいゝのですから、対象は何を取扱つても宜いと思ふ」といいきる。

『ユリシーズ』を全訳した伊藤は、まさに自分が懐胎した時間（一九〇四年六月十六日）を物語背景にした『ユリシーズ』の作中人物たちが、飲み屋でくだを巻きながらも、たとえば地球の裏側の小国が大国ロシアを相手に健闘していることに声援を送っているらしいことに、気がついていただろうか。かりに気がついていたとして、そのことからなんらかの物語を紡ぎだす用意があっただろうか。（のちの伊藤なら、間違いなくこのことにこだわったであろう。伊藤はいわば日露戦役の落とし子であり、太平洋戦争の戦時下の評論『戦争の文学』には「日露陸戦記考」を書き、最後の未完の小説『年々の花』では、あれほどに執拗に日露戦争における父伊藤昌整特務曹長の軌跡を追っているのだ。）

『新潮』座談会での小林は、伊藤の説をあまり真面目に聞いていないふうで、やや唐突に、「今月の『新潮』に西脇さんが論文を書いてゐますね、あのヂオイスの態度がアリストファーネスだといふ、非常な喜劇的態度を取つて居ると書いてあつた、あれは面白かつた」という。それに対して、伊藤はやはり、「僕はヂオイスといふ人の書く基準になる思想といふやうなものは余り面白くないけれども技術が面白いのです」と応じる。その発言に対して小林は、「〔ヂオイスの身上は〕リアリストぢやないですか」と止めを刺す。あとは「もつとずうつと消極的ですね（意味不明）」と注記された小林の発言があって、最後の小林の発言は「兎に角あの人〔ヂオイス〕は浮世を茶にしてゐる人だ」という、それこそ無茶な殺し文句だ。

小林がここでいいたかったのは、「再び心理小説について」で述べたのと同じこと、「私が〔ジョイスについて〕無類だと思ふのは、その全く独特の苦さである。苛烈な、虚無的な、而も肉感的な無類の味ひである」ということなのであろう。それはおそらくヴァージニア・ウルフが第六挿話、あの黄泉の国巡りの章に感じたのと共通する「人物の行動に関する造型的な、残酷と憂鬱とが混淆した様な描写」なのであろう。そしてそれは伊藤整が「蕾の中のキリ子」や「機構の絶対性」で試みたような「薄弱な心理像の連続」とはもっとも遠いところにあるものであるはずだ。

その意味で、小林が座談会で西脇順三郎を引き合いに出しているのは暗示的だ。次にその西脇に視点を当ててみることにする。

第四章　**西脇順三郎と春山行夫**

ロンドン体験

一九二二年七月七日、東京高等師範学校教授土居光知が文部省の在外研究員として横浜港を出発するより二ヶ月以上前のこと、慶應義塾大学予科教員の西脇順三郎は、英語英文学、文芸批評、言語学研究のため、慶應義塾大学留学生として、イギリスに向けて横浜港を出発した。パリで『ユリシーズ』が出版されて半年が過ぎていた。しかし出発に際して、西脇はおそらく『ユリシーズ』がやがて象徴することになるモダニズム文学運動の存在は知らなかった。

西脇はその二年前から慶應の予科教員に就任していて、『三田文学』などの関係で野口米次郎の知己をえていた。早くから日本語よりは外国語で執筆することに執心していた西脇であるが、「二重国籍者」野口の詩業に感応した気配はほとんどない。しかし西脇は、人に薦められて、留学に際して萩原朔太郎の『月に吠える』を携行している。のちにここから新たな「光明」をえ、日本語での詩作を決意することになる詩集であった。

西脇二九歳、一九二二年からの三年間にわたるイギリス留学は、まことに幸運なことに、イギリスにおける「ハイ・モダニズム」の時期とみごとに重なっていた。

イギリス到着後、予定していたオクスフォード大学入学の時期を逸し、一年間を「無為に」ロンドンで過ごすことになった。このことが西脇のその後の方向に決定的な影響を与えることになる。イギリスの保守的で排他的なアカデミズム、ロンドンの文壇とはほとんどつねに没交渉なオクスフォードの、まさに象牙の塔に引き込まれるまえに、西脇はロンドンの野心的なボヘミアンたち、若い詩人たちと親交を結ぶことになる。一〇年ほどまえの野口米次郎が、イギリス側でお膳立てされたスケジュールに基づいて、オクスフォードとロンドンで、ときの桂冠詩人ロバート・ブリッジズ、あるいは「ケルト的薄明」の詩人W・B・イェイツ、あるいは俳句的イマジズムの信奉者エズラ・パウンドたちと、その日本趣味の体現者・実践者として交友したのとは、かなり事情が違うだろう。

西脇は若く無名な文学志望者、言語研究者として、同じく無名な、伝統の絆からの解放を願うロンドンの文人たち、とくにジョン・コリアとの交流の中で、その詩観を根本から揺すぶられ、いくつかの通過儀礼を体験する。出版されたばかりの『ユリシーズ』、T・S・エリオットの『荒地』、エズラ・パウンド、あるいはウィンダム・ルイスの存在を知り、新しい文学観、芸術観に目覚める。当時のロンドンは、未来派、表現派、キュービズム、ダダイズム、シュルレアリスムの新しい波がヨーロッパ大陸から激しく流れ込んでいた。新しい前衛的な雑誌の刊行も相継いだ。そのいくつかは、いまのわれわれの文学史的な「後知恵（ハインドサイト）」から見れば、たしかに「一過性」のものではあった。しかし、たとえそれが一過性のものではあっても、その衝撃は西脇にとっては根源的なものであった。

そのころのことを西脇は、「ジェイムズ・ジョイスの芸術」（昭和三九年八月）の冒頭に次のように書いている――

私は偶然一九二二年の八月から翌年の九月頃までロンドンに放浪していたが、この年はヨーロッパ文学としてはアヌス・ミラビリスであった。私は幸にモダニズムを支持する若い詩人や「トランジション」の仲間の人達などに付き合いが出来た。ジョイスの『ユリシーズ』はかれらの話題となってすでに有名であった。私はこの発禁の本をフリート・ストリートの某書店の奥の室へ買いに行った。ねだん《(ママ)》は二ポンドいくらという学生の身分では買われないから、金持の友人から買ってもらった。（川口注。もしこれがエゴイスト版だとすれば、一九二二年一〇月十二日発行、値段は二ポンド二シリング。二千部印刷。番号（スタンプ）入り。五百部（一説には四百部）はアメリカへ送られ、そのほとんどが没収焼却処分に遭った。）またこの年の末「クライティアリアン」誌の第一号を買ってエリオットの『荒地』のイギリス版の初版を買った。私などは日本にいてイエイツやワイルドやムアやシモンズやショーやゴールズワーズィーなどしか知らないのに初めてそうした名と本を知ったこの田舎の青年を読者は想像するだろう。この二人の作品は英文学というよりもヨーロッパ文学の新しい見本であった。

三年間の滞在を終えた西脇は、ささやかな自作の英文の詩集一冊（*Spectrum*）と妻マージョリーを携えて帰国し、翌年からは慶應義塾大学教授に就任した。

帰国後の西脇は、清新なヨーロッパ文学と芸術の体験者として、『三田文学』を執筆の中心に詩と詩論を発表し、滝口修造、佐藤朔などの慶應の文科の学生を集めて、新しい文学サークルを形成した。西脇を中心に、佐藤朔を編集人として日本最初のシュルレアリスムのアンソロジー『馥郁タル火夫ヨ』が刊行されたのは帰国から二年後、昭和二年（一九二七）の暮のことであった。

このころまた、西脇は日本での新文学運動の担い手となる春山行夫や堀辰雄を知り、文化学院に出向して英語を教えている。二年前からここで堀口大学がフランス文学を講じていた。

昭和三年九月には、春山行夫の編集で『詩と詩論』が厚生閣から創刊された。その創刊号に西脇はJ・Nの名で「超自然詩学派」を寄稿した。以後この雑誌が『文学』と改題するまで、十四号にわたって毎号作品とエッセイを発表し、この新詩運動の中心的位置を占めるに至る。ここに発表された主な文学論を拾えば、「中世期英吉利詩の様式に就きて」（第二冊）、「形而上的詩人について」（第七冊）、「二十世紀文学の一面」（第九冊）、「文学的無神論」（第十二冊）、「ロオランス〔D・H・ロレンス〕の世界」（第十三冊）、「二十世紀英国文学評論」（別冊）など、この後の西脇の評論活動を方向づける論文が並ぶ。

西脇の最初の著作は、昭和四年の『超現実主義詩論』（厚生閣書店）であった。大正末年から昭和の冒頭にかけて主として『三田文学』に書いた詩論を集めたもので、「詩を論ずるは神様を論ずるに等しく危険である。詩論はみんなドグマである」という前提で、それぞれ超現実主義が発生する所以を、独特のクリプティックな文体で文学史的に述べたものであるが、タイトルの「超現実主義」のほかに「超自然主義」、「超自然詩学派」などの用語がかならずしも区別されずに、それぞれに「超」の字が冠せられる歴史的必然――ロマン的な詩の消滅、「メタフォー」の消滅――が論じられる。

翌年の『シュルレアリスム文学論』（天人社）は、それに較べればはっきりとした文学運動としての「シュルレアリスム」を各論的に論じたものである。

しかしいまのわれわれにとって重要なのは、昭和八年に『ヨーロッパ文学』として出版された論集である。昭和五年から八年にかけて『詩と詩論』、『三田文学』、『セルパン』、『新潮』などを中心に発表されたものを網羅的に集めたものであるが、この年はまた、西脇のエッセイ集『輪のある世界』、詩集『Ambarvalia』、訳詩集『ヂオイス詩集』、評伝『William Langland』なども刊行され、まさに西脇の仕事の最初の集大成の年、西脇流にいえば、まさに「驚異の年」（アヌス・ミラビリス）でもあった。

「二十世紀英国文学評論」

『ヨーロッパ文学』の冒頭に置かれたのは、先にあげた『詩と詩論』別冊の『現代英文学評論』の巻頭論文、「二十世紀英国文学評論」であった。それを少し覗いてみよう。

『現代英文学評論』は、責任編集者春山の英文学の新傾向に関するみごとな博捜ぶりを反映して、その当時の真新しい作品とエッセイから満遍なく（しかしかなり断片的に）拾い集めて、それぞれの訳者に割り振ったものである。

作品としては、ヴァージニア・ウルフの『灯台へ』から中間部の「時は流れ行く」、ノーマン・ダグラスの「彼等は行った」、ロナルド・ファーバンクの「足に踏まれた花」、そしてすでに第三章で論じた伊藤整による「ジェイムズ・ジョイス抄」などがあり、エッセイの部門では、D・H・ロレンスの「詩に於けるケイオス」、ハーバート・リードの「詩の将来」、T・S・エリオットの「詩におけるエクスペリメント」など十一編の翻訳、じつに盛りだくさんだ。しかしこの論集の本命は、なんといっても、ただ一つ最初から日本語で書かれた西脇による五〇ページにわたる「二十世紀英国文学評論（総論）」である。

西脇は、まず、ようやく三〇年を経たばかりの二〇世紀文学を考えるに際して、その「大方が死んでいる」ヴィクトリア朝の人たち、「今日では元老で稍々もすると若い人達から馬鹿にされる危険にある」エドワード王朝の人たち、そしてそのあとに出てきたジョージ王朝の人たちとに時代区分してみせる。その上で、「極めて俗悪な方法」によって、「名声があるがしかし通俗的 popular なもの」、すなわち「女学校の学生や所謂 schoolmistress に評判の良いもの」と、「これに比して popular でないが、最も理智的で、moral に関して自由な思考に、sex〔に〕関しても科学的に自由な解説をみるもの。モダニストであるもの」とに区分してみせる。そしてもちろん、「二十世紀に殊に特色となつたものは、所謂モダニストの文学である」という。若々しい西脇の筆致には、固唾を呑んで待ち受ける聴衆を前に、新しい文学状況について託宣を垂れる預言者の風格がある。

このような前置きのもとに、西脇は第一章　一般論、第二章　各論の輪郭、第三章　歴史の一端、と論を進めるが、これ以後の西脇の論証がいつもそうであるように、啓蒙的・概論的であろうとしながらも、論述はときに一転して省略的でクリプティック、飛躍的・断片的になる。「一九一四年までにモダニズムの運動があつた」として、ウィンダム・ルイスの機関雑誌『ブラースト』やウィーヴァーの『エゴイスト』の果たした機能を紹介し、一九一〇年のロンドンでの印象派美術展が与えた影響などを解説し、イマジスト運動の元祖としてのT・E・ヒュームの思想の重大さを指摘する。かと思えば、一転して、T・S・エリオットの詩は「パロディストと表現主義に過ぎない」し、批評の方も「イーポク・メイキングなものかも知れないが」、ハクスリーやルイスに比較すると「矢張りアメリカの学問のテンパラメントがありすぎる。彼の主幹する *Criterion* も *New Criterion* も highbrow にすぎない」と断定される。

途中で、二〇世紀のモダニズムの「大体の傾向」を列挙している部分があるが、その中でジョイスに関連して述べられているものを拾うと、まず「心理的な、印象主義的な、潜在意識的なものを好む」傾向が指摘され、そしてそれはジョイスの場合、時間の哲学の一種の応用として discontinuity の傾向をもつ、という。次に「フロイド派のサイコ・アナリスイスとエロテイスイズム」の傾向を指摘したあと、項目の四として次のような文章が続く——

Joyce の「*Ulysses*」の如く、「時のない」状態の変形として、一日の生活上のつまらない事を平面的に書かずに vertical な心理的歴史的記述を集める。アリストテレスのミトスを作る規則に当てはまるから古典主義者の好みのやうになるが、しかし時間の統一といふことは、時間が短いといふことだけでない。統一といふことは、必然的結果として識別することである。

やや曖昧な文章で、ジョイスにはそれなりの統一があるといっているのか、ないといっているのか判然としないが、おそらく西脇の趣旨は『ユリシーズ』の時間的不連続性の中に秘められた何らかの一貫性を弁護することにあったはずだ。しかしこの段階での西脇の共感はあきらかに、より大きくウインダム・ルイスの芸術運動に傾いているようで、ジョイスについてはまだ充分に親しんでいる様子はない。
この論文の第二章の「各論の輪郭」は、じっさいは、シェラード・ヴァインズの『近代英吉利詩及び散文に於ける運動』（一九二七）の祖述である。ヴァインズは、大正十二年（一九二三）から五年間にわたって、西脇の同僚として慶應で英文学の教授を勤めた人物で、帰国直前にオクスフォード大学から出版されたこの本は、当時の日本の英文学研究に多大の影響を残したものであった。西脇が紹介するこの部分では、ヴァインズは、女性の成長と挫折をその人物の意識に焦点を当てて描いた『メアリ・オリヴィアの生涯』と『ハリエット・フリーンの生と死』などで当時人気のあったメイ・シンクレアの「意識の流れ小説」と、ジョイスの小説とを比較して論じている。それを紹介する西脇の文章はこうだ——

Vines 氏はこの理知的な小説の二つの例を取つて説明する。Sinclair は（一）抽象的な（二）一般的な（三）精神的な点から出発して下方に向かつて動く。これに反して Joyce 氏は（一）具体的な（二）局部的な（三）物質的な点から出発して上に向かつて動くものであるとす。前者は Platon 的現実主義者で、後者は Aristotle 的唯名論者である。この説明は極めて暗示的であるけれども、未だはつきりした著者の理論上の説明でない。「下方へ向かつて動く」とか「上に向かつて」とは如何なる意味か。恐らく精神的なものが物質的なものになる作用、または物質的なものが精神的になるといふ意味であらう。若しさうだとすれば、後者の方が寧ろ Platon 的であつて、前者は Aristotle 的であるやうに思ふ。若し自分の解説を許さるゝならば、物質的なるものが精神的なるものに働く作用が Joyce の小説であると思ふ。Platon 流に換言すれば、精神の作用が不合理なものから合理的なるものに進むことである。即ち形而上的なものである。故にJoyce は結局は形而上的なもので、これに反してSinclair は唯物的な結果を生むことになる。更に故にこの両者を哲学的といふことは出来るかも知れないが、外観に反してSinclair は唯物的でJoyce は形而上的である。《勿論議論はJoyce の *Ulysses* を対象にした時の場合である》この問題は文学批評の原則論に非常に重大な関係がある。作品それ自体に表はされてゐるものが形而上的であるとか、物質的であるとかいふのではない。形而上文学といふことは作品自身が形而上的であるといふのでない、その作品の与へる作用が読者の精神を形而上的に働かす場合、その作品を形而上的であると便利上称するに過ぎないのである。丁度吾々が或るものを美しいと称する場合は即ち実はそのものが吾々の心情に美感と称する作用を起こさしむることに過ぎない。作者の立場から説明すれば、作者の精神を形而上的に働かすやうに作品を作るときには、その作品を形而上的と称するに過ぎぬ。それと同様なることを物質的文学の説明に当てはめることができる。

いかにもまとまりの悪い紹介の仕方である。シンクレアは精神的なものから出発し物質的なものに至り、それに対してジョイスは物質的・即物的なものから出て形而上的なものに至るというだけのことを述べているにすぎないともいえる。西脇はここではまだジョイス文学の本質について、態度を決めかねているところがある。

昭和七年になると、西脇の仕事は、『詩と詩論』を改題した『文学』に執筆の舞台が移る。同時に、『新潮』、『セルパン』などにも執筆している。このころまでの文学論の多くは、昭和八年五月の『ヨーロッパ文学』に収録されている。その中には、「ヂエイムズ・ヂオイス」（『新潮』昭和七年四月）、「《ユリスィス》の位置」（『セルパン』昭和七年五月）、「ヂオイスの自然主義に対する態度」（『文学』第二冊、昭和七年五月）などが含まれる。

『ヨーロッパ文学』に収録された三篇のジョイス論の中でもっとも注目すべき文章は、なんといっても、最初に書いた『新潮』論文である。この中には西脇の『ユリシーズ』観のすべてが含まれている。

西脇の「ヂエイムズ・ヂオイス」

これは数ある西脇のジョイス論の中でも出色の、いわば珠玉のエッセイだ。伊藤整たちの「メトオド」中心の受容とは明らかに一線を画した、いま読んでも、われわれが『ユリシーズ』に関して大きな忘れ物をしてきたことをいまさらのように思い出させる、気持ちのいい文章だ。

この文章を採録した『ヨーロッパ文学』の序に、西脇は、この論集に集められたエッセイは、従来の文学観を支えてきたロマン主義的世界観を批判し、脱人間化することを「意識的にも無意識的にも感じて書いたものである」という。西脇の論述の姿勢は、いかにも西脇流の次の言葉にもっともよく現われている——

教室といふ伝統的な世界を出来るだけ遠くさけて、大工と魚屋の樹木との間に往来してゐる目と耳のために書いたものである。今日まで発達した、数理的、認識論的、理化的な学問の体系を排斥して、単純な識別の機能によつて、僕は僕自身の formalism の平面の上で表現してゐる。街路に坐つて fetish（土人の人形）を説明して売つてゐるものにすぎない。

「ヂエイムズ・ヂオイス」はある不思議な語り手を介して語られる。印度洋にある一つのヘソのような島へ、「ボティチェリの Venus の誕生の如く現れた」アカシアのパイプを銜えた一人のオーストロネジア人がいる。この人物は、親父がこの島の酋長兼材木輸出業会社の社長で、カンボジア大学を卒業して、ある事情からダブリン大学へ留学して古典を修めた青年である。毎日午後二時ころになると町から少し離れた海岸へ自動車で行って、アカシアのパイプをふかしながら紫にかすんでいる沖の方と椰子樹の中へ砕けてくる金髪のような波を見て夢を見ている青年である。

この奇妙な語り手は、あきらかに西脇自身のダブルである。西脇にはつねに、原始的な人生観照の理想郷としての土人回帰願望があった。たとえば「純粋な楽器の世界」(『今日の文学』所収、昭和八年二月)の中に次のような文章が出てくる——

僕はカゼをひいて熱があると、非常に憂鬱になる。即ち原始的になり、土人の世界になりたいと思ふ。(勿論僕自身は土人であるが、いはば他の種類の土人になりたいと思ふことである。)先づギリシアのリリクがすきになる。

さてその奇妙な青年の見る夢というのは次のようなものである——

また文学なんぞを夢みてゐるのかね。いや、ペルシア戦役のことが変にあたまにこばりついてゐるのだ。それからレモン・スクオシがいつも自分にはホメロスをおもはしめるね。それが殆んど感覚的にホメロスのやうな気がする。ホメロスはギリシア人といふよりも自分にはオーストロネジア人のやうに印象づけられる。此の嶋はオデセイに出てくる嶋によくにてゐる。夜明けはいつも薔薇の手がひろがるし、太陽が沈むと、すべての道が暗くなるね。

この青年がぽつりぽつりと、一見とりとめもなく、ジョイスを語る。段落なしに続くモノローグで、まるで『ユリシーズ』最終挿話、話題のペネロペイアのモノローグのパロディの趣がある文章であるが——そういえば、小林秀雄も「おふえりや遺文」（昭和六年）でペネロペイアのパロディを実践していたのだった——やむなく以下では断片的に引用することにする。（引用は『新潮』所収のものによる。）

近頃、我が親愛するダブリン人が《ユリスイズ》といふ話を書いたが。をかしなものだぜ。あれを読むとダブリン人は皆笑ふ。世界中の人達が皆ふき出してゐる。あれを読むとドンキホーテでも《ブーバルとペキユシエ》でも余りをかしい程のものでなくなるぜ。ホメロスのオデセイは真面目な御伽噺であるが、ヂオイスの物は笑の文学だな。ホメロスの文学も原始的なものでつまらないことを細かに描いてゐるが、ヂオイスの文学も同様に原始的なかき方をまねてゐる。大便の記述をあんなに細かにかいてゐるものは他にはないね。事にふれ物にふれて、ヂオイスの心に浮んで来ることを不必要にも全部かき上げてゐることは大便をすることを細かにかくと同様に原始的だな。（略）現代の学問のある批評家は《意識の流れ》とか《内面的独白》とか心理小説とかいつてゐるがね。これらの批評家は小説の内容を批評せずに表現の方法ばかりで判断をしてゐるやうにみえるね。ヂオイスが《ユリスイズ》を書いた目的は単に〈意識の流れ〉を記述することでなく、やはり人間の内面的、外面的生活を皮肉にをかしく批判しながら描出することであつて、《意識の流れ》といふことは単に一つの表現方法にすぎないものであると思はれる。

ここで西脇が言及しているのは、もちろん、『ユリシーズ』第四挿話の終わりの部分、ブルームが屋外に用意された便所で、通俗雑誌の懸賞小説の当選作を読みながら、朝の用便を済ませる場面だ。読書行為と排便行為とが奇妙に連動して、立ち昇る臭気がブルームの「創作意欲」をくすぐる。ジョイスのスカトロジカル（糞便学的）な趣味が現われる代表的な場面だ。これが最初にアメリカの前衛雑誌『リトル・リヴュー』に連載されたとき、この部分を受け取った編集者のエズラ・パウンドは、さすがに官憲の目を恐れて、肝心の部分を削除し、その結果ブルームがここで何をしているのかがわからなくなった、いわくつきの、『ユリシーズ』受難の先駆けとなる部分である。

便器に腰掛け畳んだ雑誌を広げ、むき出しの膝の上でページを繰った。何か新しくて読みやすいものはないかな。なにも急ぐことはない。ちょっとの時間つぶしだ。本誌の当選作、『マッチャムの入神の技』、作者は……（略）。

そおっと、自分を抑えながら、最初のコラムを読み、力を緩め、しかしこらえながら、第二のコラムを読みはじめた。途中で、読みながら、最後の抵抗をあきらめ、腸が自然に静かにゆるみ、じっと忍耐強く読むうちに、きのうのあの軽い便秘もすっかり消えた。あまり大きくないといいが、また痔になるといけない。あ、大丈夫、ちょうどいい大きさだ。それ。それ。よーし！

アカシアのパイプを銜えた語り手は、『ユリシーズ』が面白いのは、その記述の方法にあるのではなく、そこに表現されている「人間の生活に対する皮肉な態度」であるという。つまり『ユリシーズ』の生命は「笑いの文学」にあり、イギリスでいう「ウィットの文学」、フランスでいう「エスプリの文学」にある。

小説などにもられてゐる人間の世界よりも、僕に興味あることは小説を通して出てゐる作者の人間批評と作者のウイットであるね。（略）〔その意味で〕ヂオイスなどは二十世紀のアリストファネスだね。非常にその態度が似てゐる。このコメディイの精神がインド・ヨーロッパ人の理智の歴史だね。バルザックもフロオベエルも此のコメディの精神が中心になつてゐるね。（略）ダンテもさういふ風に解釈すべきであると思ふね。涙で濡れてゐる美よりも、乾燥した美を求めるね。

『ユリシーズ』翻訳の困難さに触れて、次のようにも書いている――

ヂオイスの《ユリスイズ》をオーストロネジア語で訳してみやうかな。困ることはヂオイスの文章はあらゆるスタイルを混ぜて書いてゐるからね。それから表現方法としてあらゆる表現方法を使つてゐることだ。俗語で書いてゐるかと思ふと、印象的に象徴的に表現してゐる。こんなものを全部翻訳としてはそのまま書くべきであるが僕は英語がよく出来ないから、其等のことを忠実に翻訳することは困難だらうな。

しかし話題はどうしても『ユリシーズ』の喜劇性に戻る――

勿論僕はヂオイスを読む場合は喜劇的態度で読む。（略）ウイツトを読む積りだ。喜劇的態度で又は皮肉な態度で書いたものは、それと同様な態度で読むことは先ず最初に行ふべき正当な読み方だと思ふからね。（略）ヂオイスが面白くないといふ人があれば、多くの場合はその態度が違つてゐるからだと思ふね。《ユリスイズ》にはペイソスがないとか人情的涙がないといふ意味で嫌ふなら、丁度砂糖はカラくないからつまらないといふことに同じことだ。（略）ヂオイスのやうな人間がゐることは情けなくて涙を出す人達がゐるかも知れないが、作品自身には涙がないね。完全に乾燥した人間を好む人は涙を出すことさへコミツクに思ふだらう。《ユリスイズ》は現代のファブリオだと思ふ。

さらにまた――

二十世紀では理智的な皮肉な笑の文学が一般的に要求されて来たね。（略）ヂオイスの位置はルネサンス時代に於るラブレエのものと類似であるね。どうしてもラブレエだね。そして近代のエウトラペロスな人として代表的なものだね。だがラブレエよりはアリストフアネスに最もよく似てゐると思ふ。（略）悪種の自然主義小説はセンチメンタルでよくないが、この点ではヂオイスは殊に《ユリスイズ》ではほがらかな全く喜劇的な精神に充ちてゐる。

それなら、ジョイスの喜劇的精神の根底にあるのは何か。自然主義と象徴主義とアポリネールあたりのダダイズムという三つの要素が結合して、その「喜劇的テアトル」ができている――

《ユリスイズ》は十九世紀の漫画だと思ふ。しかし十九世紀全体の漫画ではない。十九世紀の小説家や詩人の思考の漫画だと思ふ。（略）憂鬱な自然主義の死のお祭に《ユリスイズ》といふ喜劇が献上されてゐるのだな。しかし自分の生活が果して《ユリスイズ》といふ笑の文学を必要とするか。これを考へるとよくわからない。笑ふことは笑ふがそれでいいのかな。結局《ユリスイズ》で自然主義を笑ふことを学んだのかな。（略）しかし自然主義を修整するに効果のあつたのはヂオイスの喜劇だ。ほがらかな皮肉を学んだことは古典文学を少しやつたからだ。そのうちでもアリストフアネスを崇拝したことが大切なことだつた。

このように、「アカシアのパイプを銜へた一人のオーストロネジア人」という仮説上の人物を介して『ユリシーズ』を自由に語ったあと、西脇は最後に仮面を脱いで、素面で結論を語る――「単に心理学の研究室のやうに〈意識の流れ〉とかフロイド主義とかばかり考へることも弊害があるやうに思はれる。心理的な理論としてヂオイスの表現方法を研究することもよいことであるに違ひないが、しかし小説はそれだけでないことは明かであると思ふ。小説は心理学の原則を発表するところでないことは勿論である」と。

西脇がいうように、小説は「心理学の原則を発表するところでない」という大前提は、伊藤整の「新心理主義」の標榜と真っ向から対立する立場で、それはまた、「心理学は頭にくる酒みたいなものだ。安かつたと思つてもあとで吃度後悔する。私は両方とも性懲りもなく経験して来た」（「批評家失格I」）と啖呵を切る、小林秀雄の伊藤批判の最大の根拠でもあった。そして喜劇的精神が『ユリシーズ』の根幹をなすという西脇の主張は、まさに小林にとって、わが意を得たりという主張であって、そこから小林の「今月の『新潮』に西脇さんが論文を書いてゐますね、あのヂオイスの態度がアリストファーネスだといふ、非常な喜劇的態度を取つて居ると書いてあつた、あれは面白かつた」という、伊藤にとって致命的な断定が引き出される。

『ユリシーズ』受容に関しての基本的対立にからんだのは、伊藤整、小林秀雄、西脇順三郎だけではなかった。もう一人の重要な人物がいた。のちに伊藤整にとっての終生の盟友となる春山行夫である。

春山行夫——楡のパイプを口にして

昭和四年、春山行夫は厚生閣書店の「現代の芸術と批評叢書」の一冊として、エッセイ集『楡のパイプを口にして』を出版している。西脇夫人マージョリーの装丁になる瀟洒な一冊だ。その冒頭に、佐藤一英による著者紹介が載っている。

おそらく春山自身の執筆になるその年譜によれば、春山は一九〇二年（明治三五年）、小林秀雄と同年に、名古屋で生れた。家業は貿易の陶磁器に絵を焼きつける仕事であった。土地の習慣で、手踊りと茶の湯と墨絵と生花を習い、商業学校に通うことを強制される。週に三日は図書館に残り、「あるたけの翻訳文学とEveryman's Libraryを愛読」した。残りの三日間はテニスをした。家業の廃止に伴い、陶器会社でヨーロッパ向けの仕事に就き、夜だけの英語の中学校に通う。「卒業するまで一日も休まなかった」という。会社では、主に図書の購入と整理にあたり、テニスコートの係りを務めた。「午後三時に退けるこの会社は二十歳の青年にブルジョアのすべての姿態を教えた」と春山は書く。

すでに詩作をはじめていた春山は、父の死とともに上京する。その後の経過について春山は、「上京後あらゆる意味で総てのものをやり直す。二百通の履歴書、三十ヶ所の採用試験、一度も成功しない。友人の紹介で娯楽雑誌六ヶ月編輯、陸海軍省、実業家訪問、編輯事務、雑誌の廃刊後三ヵ年就職を断念し、詩学研究、書家松下春雄、粗末な木造小舎を無賃で貸して呉れた建築家、安原稿、転居十回」と書く。この中にわれわれは後年の春山を培ったすべての要素を見ることができる。

『詩と詩論』の創刊の時点で春山は二六歳、その後全十四冊の季刊雑誌『詩と詩論』を編集し、その間にも別冊の『現代英米文学評論』（昭和五年）を編み、さらにその継続としての季刊雑誌『文学』全六冊を編集、さらにその別冊の新進小説年鑑ともいうべき『小説』（昭和七年）を編集している。（この中には伊藤整の新心理主義小説「M百貨店」、小林秀雄の「眠られぬ夜」、堀辰雄の「病める人」などが収録されている。）さらに春山の仕事には、厚生閣書店つきの編集者として、「現代の芸術と批評叢書」二二冊がある。その中には、堀辰雄の『コクトオ抄』、安西冬衛の詩集『軍艦茉莉』、阿部知二の『主知的文学論』、そして伊藤整の『新心理主義文学』がある。

このように、編集者としてまさに八面六臂の活躍をし、すでにみずから編集する「現代の芸術と批評叢書」シリーズで詩文集『楡のパイプを口にして』と『植物の断面』（いずれも昭和四年）を出し、昭和六年には同じシリーズの一冊として『詩の研究』を出していた春山であるが、本人の述懐によると、本格的な文壇登場は『新潮』に書いた「「意識の流れ」と小説の構成」（昭和六年八月）によってであったという。

春山自身が、『第一書房長谷川巳之吉』（林達夫ほか編、日本エディタースクール）に寄せた「私の『セルパン』時代」の中で次のように書いている――

私が批評家として文壇にデビューしたのは、昭和六年（一九三一）八月（『詩と詩論』の編集時代）の『新潮』に初めて寄稿した「意識の流れと小説の構成」という評論で、これは多分文壇に欧米の前衛的な文学の本質やテクニックを伝えた最初のものだったとおもう。（略）当時、『朝日』で杉山平助が「豆戦艦」という小さいコラムで、辛辣な時評を連載していて、学芸界からおそれられていたが、どういう風の吹き回しだったか（略）、無条件でその評論を推称してくれた。（略）

この推称は、その原稿を採用した『新潮』の主幹中村武羅夫氏の目にとまり、直ちにつぎの原稿の依頼をうけたので、私はそれに答えて「小説の芸術」（略）を書いた。それがきっかけで、私は『新潮』の執筆者として迎えられた。

このことはほんとうに嬉しかったと見えて、春山は、この論文を『文学評論』に収録するに当たって、「個人的な回想になるが」と断わった上で、次のように注記している。「このエッセイは私が詩論以外のエッセイとして書いたもので、はじめて原稿料といふものを貰つたものであつた。（略）どういふめぐり合せか、この数年間私に対してつねに悪罵の鞭を振つてゐる《文藝春秋》が、その時は（略）〈きわめて行届いた啓蒙的な好論文〉」であると賞讃してくれたという。賞讃を与えてくれた相手が違っているが、「この外にも二三賞賛を受けた」とも書いているので、いくつかの場所で好評であったということであろう。

「「意識の流れ」と小説の構成」

春山行夫の「「意識の流れ」と小説の構成」は、伊藤整の新心理主義文学論の第一声「ジエイムズ・ジヨイスのメトオド『意識の流れ』に就いて」（『詩・現実』第一号）への反論として執筆された。春山は、日本において最初に「意識の流れ」の手法を具体的に主張した伊藤の、この用語についての自家撞着ぶりを鋭く指摘する。これは伊藤にとって、その半年前の、小林秀雄の「心理小説」による痛撃と同じく、かなり身に応えるものであったことは、のちの伊藤の回想にもよく現われているところだ。

春山は、冒頭で、伊藤が、意識の流れとは、「無意識の取扱い方を、無意識的に、流動的に表現する」ことであると説明しながら、しかし直ちに同じ文中で、「無意識をではなく、無意識に」表現することである、と述べていることを、取り上げる。春山にいわせれば、これでは、「意識の流れ」ということは、少なくとも、「無意識を」扱うものではなくなってしまう。

伊藤はさらに、このあとの論文である「新しき小説に於ける心理方法」（『新文学研究』第一冊）において、この「無意識に」という意味を、「これを判断し、整理して」「厳重に発生の順序によつて」書くことである、といっている。だとすれば、「無意識的に」書かれるはずであった「意識の流れ」は、もはや、「無意識的に」書かれることを拒否してしまっているのではないか、というのが春山の批判である。

これでは、折角、「無意識の取扱方を、無意識的に」取扱ふことによつてこそ、画期的なメトオドであつた筈の「意識の流れ」は、影もなく消滅して、結局、あとには、「意識を、意識的に取扱ふ」といふ通常の文学の方法が残つてゐるに過ぎなくなつてしまつてゐる。意識を、意識的に取扱ふといふやうな、常識的な手法であつたら、「意識の流れ」小説に限らず、あらゆる文学の作品の基調として、当然のことではないであらうか。

さらに春山は、『ユリシーズ』の語りの視点の問題に触れて、『ユリシーズ』を特徴づけている「語りの心理的リアリズム」を「心理的断絶性」という観点から説明する。なにもかも一元的な「意識の流れ」から説明しようとする伊藤には欠けていた重要な概念である。

伊藤のいう意識の流れの手法は、この手法がデュジャルダンの『月桂樹は切られた』の場合のように、ある一人の主人公の連続した独白によって成り立つ作品において、はじめて全体的な手法となることが可能であるが、『ユリシーズ』のように、「一面苛烈とも見えるまでに皮肉な第三人称の客観的描写のはいつた作品に於ては、到底このやうな独白のみによる手法を以て一貫することは不可能であるといはねばならない」と春山は主張する。

春山は、日本では『ユリシーズ』が何から何まで「意識の流れ」で書かれているかのように論じられていることに異を唱える。『ユリシーズ』においては、意識の流れの転写されたもの（これを春山は「沈黙の独白」という）以外に、「ありとあらゆる手法を網羅してゐる」のであるから——

> 「意識の流れ」を具体的に転写する手法がなんであるかといふこと、更に、その手法である「沈黙の独白」を全体としての小説の構成に使用する、も一つの重要な観察を念頭に置かないものは、ジョイスを、更に「ユリシイズ」を充分に語ることができないのではないだらうか。

春山の批判は、最後に、小林秀雄の『改造』論文「心理小説」の最大の聞かせどころ、『ユリシイズ』で私を最も驚かせるものは……」という名台詞をも援用し、伊藤を圧倒するものであった。春山の主張のポイントは、小林と同様、ジョイスの「詩人的手法よりも、小説家的努力」を評価することにあった。

> 心理小説が「心理」を取扱ふために発達した小説の構成の発達によつて進歩したと同様に、「意識の流れ」小説も、それが小説であらうとする以上は、いかにしてそれが小説といふ形態に構成されるか、といふ最も古い問題を離れては、単なる反動といふ以外に、小説の本質になんらの革命も、進化をも加へ得るものではないであらう。

小林と春山による批判は、伊藤にとって致命的であった。

春山が述懐するように、春山はこの論文によって、はじめて原稿料を貰い、「文筆で独立」することができた。これによって春山は、毎号四〇〇ページからなる季刊の雑誌『詩と詩論』を五年間にわたって通巻二〇冊まで出したのを最後に、昭和八年春、お抱えの編集者業を廃し、文筆業に転ずることができた。『詩と詩論』の発行元の厚生閣書店の社主の岡本正一は、春山の恩義に報いるために、春山がやめるに当たって評論集『文学評論』を出してくれたほどであった、という。(『文学評論』は、『新潮』論文と『三田文学』に執筆したエッセイを中心に編集したもので、じっさいに『文学評論』が出たのは、昭和九年のことである。)

独立すると同時に、春山は「ヨーロッパの新しい知的な文学の発生と展開を、ジェームズ・ジョイスの「意識の流れ」を主軸にしてくわしく書きたい」という思いから(「私の『セルパン』時代」)、『ジョイス中心の文学運動』に取り掛かった。「勤めのために時間を拘束されず、同時に出版社の色いろな制約(とくに枚数)を受けず」、ついに菊版で四〇八ページの本ができた。昭和八年十二月のことであった。出版社は長谷川巳之吉の第一書房であった。

第一書房は、漱石の娘婿松岡譲の『法城を護る人々』(大正十二年)でスタートし、堀口大学の豪華本『月下の一群』(大正十四年)で名を挙げた出版社であったが、金に糸目をつけぬ資産家の「道楽息子」太田黒元雄の潤沢な資金援助によって、太田黒の著作(『洋楽夜話』のほかにジャン・コクトオやロマン・ロランの音楽エッセイの翻訳)だけでなく、このころすでに、『小泉八雲全集』、辰野隆の『ボオドレエル研究序説』、茅野蕭々の『ゲョエテ研究』(一〇四四ページ)、「円本時代」の向こうを張った『近代劇全集』(このために太田黒はなんと七万円、あるいは一説によれば十二万円を、用意したという)、堀口大学・青柳瑞穂共訳のヴァレリー・ラルボー『仇ごころ』、西脇順三郎の『ヨーロッパ文学』、そしてもちろん伊藤整らによる『ユリシイズ』前編を出していた。『ユリシイズ』は長谷川が、『詩・現実』に連載されていた伊藤らの翻訳に「感服」して出版を決意したものであるという。

さてその春山の『ジョイス中心の文学運動』を見てみよう。

これは壮大な計画の本である。まずアーサー・シモンズの『象徴派の文学運動』からタイトルの暗示をえている。「文学運動」という文字を使用することは、青年時代にこの本から受けた「印象」へ敬意を表するものであり、そして自分はシモンズよりはむしろその翻訳者である岩野泡鳴に「一層多くのもの」を負っているし、泡鳴の『悪魔主義の思想と文芸』にも「精神的負債を担つてゐる」ので、「若し僕の仕事がその隣に並べられて批評されることを望むとしたら、この書であるに他ならない」とまでいう。大変な意気込みである。

はしがきによれば、本書の意図は、ジョイスを中心としてジョイスの文学が成立するに至った環境を見ることと、ジョイス的文学とでもいうべき文学グループと、同時代の他のグループの文学ないしはその先駆者との関係を一瞥しようとしたものである、という。

第一部に選ばれた作家・詩人・批評家は七人、いまから見てもジョイス文学の名声の形成に重大なかかわりを持った「ハイ・モダニズム」の代表的人物ばかりで、人選に不足はない。エズラ・パウンド、T・S・エリオット、リチャード・オールディントン、ウィンダム・ルイス、フォード・マドックス・フォード、ハーバート・リード、ガートルード・スタインである。第二部に取り上げられているのは、ジョイスの先行者、あるいは同時代人であっても間接的なかかわりしか持たない人物たち、オスカー・ワイルド、アーサー・シモンズ、ヘンリー・ジェイムズからはじまって、D・H・ロレンス、ヴァージニア・ウルフに至る十四人である。

これらの多様な人物について、春山は日頃の勉強の成果と持ち前の衒学趣味とを存分に発揮して、各人の文学的特性とジョイスへの反応と批評の概要を逐一報告する。たとえばウィンダム・ルイスの項では、ルイスが現代のディオゲネスであること、戦闘的な前衛雑誌と絵画運動の推進者であること、『時間と西洋人』というジョイスその他のモダニストたちの弾劾の書を出版したこと、その「悪魔主義」のことなどが、適宜引用を交えて解説される。

春山は自分の論証の方式について、「僕のとつた批評のシステムは対角線的で、垂直線的でも水平線的でもない」と断わっているが、本書を手にしてまず驚くことは、間接的なジョイスへの言及ばかりが列挙されていて、正面からジョイスに取り組んだ文章がまったくないことである。これについて春山は、「第一部にジョイス自身の項目が独立していれてないことは、ジョイスに関する部分は丁度この書に匹敵した枚数を必要とするために、それだけは出来るならば別に纏めて出したいと思つてゐるためである」と弁明しているが、この約束はついに果たされなかった。そればかりでなく、この本が二年後に「略装廉価版」として再版されたときには、どこにもなんの断わりもなしに、『二十世紀英文学の新運動』と改題された。ジョイスの文字はすっかり姿を消してしまったのである。

というわけでわれわれは、ついに春山のジョイス論を聞く機会を失った。春山は第一書房の機関誌でもあった『セルパン』の編集に駆り出され、やがて第一書房専従の社員になってしまった。と同時に、『ユリシーズ』を中心とするいわゆる「新心理主義文学」への一般の関心も下火になってしまったのである。

第五章　**第一書房対岩波文庫——『ユリシーズ』翻訳合戦**

海賊版『ユリシーズ』

『ユリシーズ』出版からちょうど一〇年を経た一九三二年（昭和七）の六月八日、ジョイスは東京からの手紙で、この年の二月五日に『ユリシーズ』の日本語訳が二種類出版されたことを知らされる。いわゆる日本語の『ユリシーズ』海賊版騒動である。それまでもアメリカの海賊版対策に散々悩まされていたジョイスにとって、またしても頭の痛い情報であった。

ジョイスによれば、この海賊版は一万三千部印刷され、総売上げは十七万フランに達する、という。ジョイスは、さっそく、友人のポール・レオンに依頼して東京のイギリス領事に手紙を書き、法的手段に訴えるよう働きかけるが、日本に関しては、ヨーロッパの著作は出版後一〇年、したがって『ユリシーズ』の版権はまさにこの月で切れることがわかる。交渉の結果、小額の版権料が支払われるが、ジョイスはそれを、怒りに任せて突っ返した——とリチャード・エルマンの『ジェイムズ・ジョイス伝』にある。

ジョイスのいう二種類の日本語訳『ユリシーズ』というのは、一つはもちろん伊藤整ら三人による第一書房版の『ユリシイズ』である。原著出版後一〇年近く経った昭和六年十二月に前半部（前編）

を出版し、それから二年半後の昭和九年五月に後半部（後編）をようやく出版した。もう一つは岩波文庫版の『ユリシーズ』で、こちらは原著出版のちょうど一〇年後の昭和七年二月に第一冊を出し、その年の内に第四冊までを出版した。ジョイスが右の手紙を書いた段階では、第二冊までが出ている。最終巻の第五冊は、さまざまな事情から三年も遅れて、ようやく昭和一〇年の秋に日の目を見た。

両者ともにこのように最後に出版が遅れた理由は、単に版権騒動ばかりではないが、一つの大きな理由はあきらかに版権問題にある。この間の事情は、『ジョイス書簡集』に採録されているミス・ウィーヴァー宛てのジョイスの手紙（一九三二年六月八日）に見ることができる。

　今朝届いた東京からの手紙で、今年の二月五日、二種類の日本語版の『ユリシーズ』が東京で出版されたそうです。いままでのところ一万三千部が不法に出版され、総売上げは十七万フランに上るといいます。一つの出版社は昨年の七月にこちらの条件を聞いてきました。どうやら、ヨーロッパの版権に関しては一〇年間は保護されるが、そのあとはどんな本でも出版自由ということのようです。T・S・E〔エリオット〕に頼んで彼の会社の販売部長に意見を聞いてもらうようにいいました。（略）彼の回答は、ひじょうに高い版権料のひじょうに高い前渡し金を要求すべきだ（金額は忘れました）というたいそうご立派なものでしたが、一〇年法についてはなにもいってきませんでした。日本側はこちらの条件はとても飲めないといい出し、二月二日のお祝い〔ジョイスの誕生日で、『ユリシーズ』が出版されて一〇周年記念日〕が終わるまで待ち、いまだに決着がつきません。

この件に関しては、第一書房の後編（昭和九年）の「訳者の序」に事情説明がある。

訳者たちは、上巻の翻訳に一九三〇年六月から翌年の八月までを費やし、それはその年の十二月に刊行されたことを説明したあと、続いて次のように書いている――

以後我々は直ちに下巻の翻訳に着手し、三十二年の全部と三十三年の前半分をこれに費やし、同年九月には漸く全部を校了とすることが出来たのであるが、計らずも原書出版者との交渉に一頓挫を来たし、爾来一ヵ年本下巻は発刊の運びに至らなかつた。上巻に着手してより満三ヵ年、訳者三人が共通して持つた余暇の殆ど総てを割いて完成したこの訳業が闇から闇に葬り去られることは、我々の忍び得ざる痛恨事であつたが、漸く此処に原作者、原書出版者のパアミッションを得て、下巻が日の目を見るの機運に至つた。

これで見るとどうやら問題は解決したらしい。その「小額の版権料」をジョイスが「怒りに任せて突っ返した」のかどうか、さらに岩波版のほうはどうであったかは、確認できない。

ところで、ジョイスの手紙にある、発行部数と総売上げが二種類の「海賊版」のどちらを具体的に指しているかは曖昧であるが、ここでジョイスのいう二月二日というのは、二種類の『ユリシーズ』を指すのではなく、直接には岩波文庫の第一冊を指すのだろう。これは昭和七年の二月五日に発行されている。そしてもちろん、間接的には、前年の終わりに出たばかりの第一書房の前編をも指すだろうと思われる。

それではジョイスのいう一万三千部発行し、売上げは十七万フランという根拠についてはどうだろうか。まず岩波文庫の方から検討してみよう。

岩波文庫は次のような順序に出版されている。

最初の三冊は二ツ星★★で定価は四十銭。残りの二冊は三ツ星★★★に値上がりしてそれぞれ六〇銭である。

第一冊　昭和七年二月　四〇銭
第二冊　昭和七年四月　四〇銭
第三冊　昭和七年八月　四〇銭
第四冊　昭和七年十二月　六〇銭
第五冊　昭和一〇年一〇月　六〇銭

これに対して第一書房版は前編だけで定価は二円、二年半後に出る後編も同じく二円である。

発行部数についてはどうか。

これについては、第一書房版は奥付に「初版二千部」と明記してある。しかもこれはたちまち増刷を重ねて、少なくとも昭和七年の三月までに、つまりジョイスが手紙を書いた段階までに、各五〇〇部ずつ第四刷まで、総部数三千五百部出ている。

問題は岩波文庫版である。(ジョイスがいっている部数が第一冊、第二冊それぞれの部数なのか、両方を合わせたものなのかどうかで計算はとうぜん違ってくる。)

岩波文庫の発行部数については、たとえば先に引用したことのある土居光知が工藤好美に宛てた書簡集が参考になる。残念ながら工藤側の手紙は残っていないが、どうやら工藤は、昭和三年から四年にかけて、ペイターの『短編小説集』を翻訳したものの出版先を求めて、土居に相談したものらしい。

それに対して土居は親身になって相談に応じ、岩波文庫、第一書房、研究社などいろいろな出版社に当たっている。

先日岩波とペイタア短編集のことに就き話しましたが、喜んで貴兄の訳書を出版したいが一年ぐらゐの間に於いて時期を任せて頂けるならば非常に好都合であると申してゐました。岩波文庫に入れたいと申し上げたことはその方が経済的に有利だと考へたからであつたと申してゐました。岩波文庫ですと一万は出ると申します。（土居光知『工藤好美氏あて書簡集』昭和三年七月二十一日）

土居はまず、岩波文庫は初版が通常五千部、だいたい一万部は見込めるので他の出版社より「経済的に有利だ」という。岩波文庫が発刊されてまもなくのことである。しかしそれからあと、翌年になると、改造社の廉価本攻勢に押されて、岩波文庫の売上げが厳しい状況になっていく。「改造社の十銭文庫と競争することになり（略）五千部を一版〔初版〕とすることも困難になりさうです。本屋は実に愚なことを初めたものですね」と土居は嘆いている。結局この本は岩波文庫ではなく、菊版の書籍の形で『ウォルタア・ペイタア短篇小説集』（初版千部印税保証、定価二円五十銭）として昭和五年に岩波書店から出版されている。

このやりとりから、岩波文庫の初版が通常五千部、その後の売上げ次第で一万部、というのが常識的な線であったことがわかる。しかしそれはペイターのような地味な作品の場合で、『ユリシーズ』のような、世紀の問題作の翻訳合戦をめぐる当時のフィーヴァーぶり――「苟もヂオイスを語らんと欲する者は岩波版ユリシーズに来れ！」（岩波の宣伝文）――からみれば、初刷が一万三千というのはかならずしも法外ではないかもしれない。
岩波文庫版『ユリシーズ』第一冊に付された「序」には、すでに引用したように、訳者たちの意気込みが次のように記されている——

わが国に於いても、文学、殊に小説が行き詰つたといふ声を聞くことは久しい。しかもこの難関を打開するためには、何うすれば可いのか。只一つそこに『ユリシーズ』がある。この作一たび現はるの報に接するや、わが国の創作家批評家は勿論、凡そ文学に関心を持つほどの者の間に、期せずして意見の一致を見た。それは如何にもしてこの新しい文学の金字塔に攀じ登つて、その仄暗き内奥を探検し、それに依つて唯一の開かれたる道を求めようとする熾烈な要請である。

このような熱気は、新傾向の文学が出るたびに反復され、われわれも何度かそれを目撃してきたものであるが、『ユリシーズ』をめぐる熱病は、その中でも最大級のものであった。「序」の筆者によれば、翻訳が出るまえから、「各洋書輸入店では『ユリシーズ』の原書が羽の生えたやうに売れた」という。そして岩波版の『ユリシーズ』第一冊も、二月五日に初刷を出してから、その直後の二月二九日には、第二刷を発行する勢いであった。
もしジョイスが主張するように、岩波文庫版が一万三千部という発行部数だとすれば、一冊の売上金は総額で五千二百円ということになる。当時フランは、一九二八年に平価切下げが行われたあと、一フランが八銭五厘で安定していた（河盛好蔵『わたしのパリ』新潮社）という。それに従うと、約六万一千フラン。第二冊と合わせても、ジョイスのいう十七万フランには届かない。

他方、すでに前編を出している第一書房のほうは、この時期までに第四刷、合計で三千五百部発行している。一冊の定価が二円、フランに換算すると一冊が一三・五フランである。合計で八万二二五〇フランだ。これに岩波文庫の金額を加えると十四万フラン強になり、ジョイスのいう十七万フランにかなり近い金額になる。それをふいにすることを恐れるジョイスの切歯扼腕ぶりは十分に想像できる。

いずれにしろ、春山行夫の『文学評論』(昭和九年)の「作家と作品」の昭和八年十二月の項には、「やはりその座談会の席で雑談に移ってからの話であつたが、日本ではジョイスの《ユリシイズ》の翻訳が一万以上売れたし近くはジイドの翻訳の売行が他の文学書の群を抜いてゐるといふ」とある。これはおそらく第一書房版前編のことであろう。

『ユリシーズ』原著の値段

ついでながら、パリで発行された『ユリシーズ』原著の値段はどの程度のものであったのか。シェイクスピア・アンド・カンパニーの『ユリシーズ』原書には、いわゆるデラックス版と普及版がある。

デラックス版(初版)は全部で一千部、そのうち最初の一〇〇部は、オランダの手漉きの用紙、署名入りで三五〇フラン、次の一五〇部は透かし入りの手漉きの用紙に印刷してナンバー入りで二五〇フランである。残りの七五〇部はリンネル紙に印刷して一五〇フラン、日本円に換算すると約十二円、日本の翻訳本と較べても、いかに高価なものであったかがわかる。(ただし一九二四年の第四刷以降は、紙質も悪くなり、値段は六〇フランであった。多くの日本人が手にしたのはこの版である。)『ユリシーズ』の予約販売の勧誘を断わったバーナード・ショーが、出版社主のシルヴィア・ビーチに宛てて断わりの手紙を書いている。その最後にショーは、「念のために申し添えますが、私は老齢のアイルランド紳士であります。そもそもアイルランド人が、老齢のアイルランド人であればなおさらのこと、たかが一冊の本のために一五〇フランを払うなどとお考えであれば、貴殿はわが祖国の人間をよくご存知でないと申さなければなりません」と書いた。あながちショー一流の皮肉とばかりはいえないのである。

ある計算によると、『ユリシーズ』の普及版一冊の値段(一五〇フラン)はその当時の労働者の一週間の給料に相当したという。特別紙質のデラックス版に至ってはその何倍もの値段で予約販売され、初版一〇〇部の署名入り豪華版の値段(三五〇フラン＝七ポンド七シリング＝三〇ドル)はほぼ月収に相当するのであった。(ロレンス・レイニー『モダニズムの制度——文学エリートと公的文化』)まさに法外である。

これはこれまであまり注目されてこなかったことであるが、このような高額な値段設定の背後には、ハイ・モダニズム特有の経済戦略があった。その系列の作品は、一般読者の購読のためであるよりも、好事家の投資戦略と関係していたのである。『ユリシーズ』の発売当初、一般読者が購買したのは、全体のわずか三五パーセントにすぎなかった。しかも初版は発売後四ヶ月でみごとに完売したという。パリ版『ユリシーズ』はその後一九三〇年五月まで十一版出ている。四—五版は質の悪い紙に印刷され、値段は六〇フランであった。それでも第一書房の日本語版よりは高価である。パリ版は第八版から全面組版変えになったが、シェイクスピア・アンド・カンパニーが出版した冊数は、最終的に全部で二万五千冊であった。英米と違って、さいわい猥褻文書の取り締まり対象にならなかった日本で、「羽の生えたやうに売れた」のは最終段階のパリ版である。

このころ海外に遊学していたらしい勝田孝興の証言が、大正十五年（一九二六）の『英語青年』に載っている。それによれば、「*Ulysses* は昨年一〇月第七版を発行した。初版から三版までは部数を限って発行され、又屢々政府に没収されたので仲々珍本と成り、市価頓に上り、初版の如きは一千フラン位は出す覚悟で無ければ手に入らない。しかし第七版は巴里では、七〇フランで容易に手に入れることが出来る」ということである。

なおついでながら、大正八年、一九一九年頃、野口米次郎の「冬夜漫録」によれば、野口自身が神田の古本屋で買ったある本にロンドンの値段が一部値一志（シリング）と書いてあり、それは日本円に換算すると「約五〇銭」とある。すなわち、当時は一ポンド（二〇シリング）が一〇円くらいだったことがわかる。それから三年後の一九二二年一〇月、ロンドンのエゴイスト・プレスが出したいわゆるイギリス初版は、二ポンド二シリング、日本円で二二円ということになる。これも相当に高価だ。

日本語訳『ユリシーズ』の歴史

すでに触れたように、『ユリシーズ』の翻訳はまず、一九三〇年（昭和五）の九月から翌年にかけて、季刊雑誌『詩・現実』（第二—五冊）に、伊藤整・永松定・辻野久憲の訳で、四回分が掲載された。訳者の一人の伊藤整がのちに述懐しているように、「第一次世界戦後のヨーロッパ文学の日本への流入の盛んであった時代のこと」で、伊藤は数え年で二六歳、永松は二七歳、辻野は二三歳、無謀といえば無謀、若さに任せた力技であった。この雑誌は第五冊で終刊になったが、その年の暮れには、第十三挿話までを収めた前半部分が、第一書房から『ユリシイズ』（前編）として出版された。ジョイスのいう第一海賊版である。

しかしジョイスも知っていたように、『ユリシーズ』翻訳はこれだけではなかった。第一書房版が前編を出した直後の一九三二年（昭和七）二月、岩波文庫がヂェイムズ・ヂョイスの『ユリシーズ』を出しはじめる。こちらは、森田草平以下六人の訳者が名を連ね、協力者には野上豊一郎、呉茂一、西脇順三郎、谷川徹三など、当時望みうる最高の教養人が選ばれている。岩波文庫は結局全五冊で完結するが、ジョイスが行動を起こした一九三二年六月の時点では、第二冊目までしか出ていない。この年のうちに第十五挿話までを収めた第三—四冊が出るが、最後の三挿話を収めた第五冊が出るのは第一書房の後編が出た翌年、四冊目から三年を経た一九三五年のことである。遅延の理由は、第一書房版と同様、版権の問題と翻訳の困難さのほかに、なによりも、第五冊の現物を手にとって見ればわかるように、夥しいブランク（伏字）を余儀なくされた最終挿話の「猥褻性」にあるだろう。

このことについてはのちに改めて検討する。そのまえに岩波文庫の成立事情を考える。

『ユリシーズ』ア・ラ・モリタ――岩波文庫の『ユリシーズ』

岩波文庫版には森田草平以下五人が訳者として名を連ねている。名原広三郎、龍口直太郎、小野健人、安藤一郎、村山英太郎である。

むかし私が愛読した平田禿木のエッセイ（『英文学講話』一九四九、全国書房）には、第一書房の『ユリシイズ』と競合して出版された岩波文庫版を、「『ユリシーズ』ア・ラ・モリタ」と称して絶賛している文章があった。その頃から疑問に思っていたことだが、いったい森田は岩波の『ユリシーズ』翻訳にどのようにかかわっていたのだろうか。

森田草平はジョイスとほぼ同年の生れ、『ユリシーズ』翻訳にかかわりはじめる昭和六年ごろには、五〇歳であった。明治四二年（一九〇九）、平塚らいてうとの恋愛事件を素材にした『煤煙』で一躍脚光を浴びて文壇に出るが、その後創作上の行きづまりもあって、もっぱら翻訳に本腰をいれ、イプセンの『鴨』からはじまってドーデー、ダヌンツイオ、ドストエフスキー、トルストイ、ゴーゴリ、ゲーテ、ボッカチオの『デカメロン』と、矢継ぎ早に翻訳、評論、翻案小説を世に送り出した。この翻訳活動は昭和七、八年まで続けられる。（根岸正純『森田草平の文学』桜楓社）

その森田が『ユリシーズ』の翻訳にかかわるようになったのはなぜか。

じつは岩波文庫版『ユリシーズ』の訳者に名を連ねている六人のうち、安藤一郎を除く五人は、いずれも法政大学の教授か卒業生であった。

法政大学は、大正九年、新しい大学令によって従来の専門学校から正規の大学に昇格し、名実ともに大学になり、法文学部と経済学部、大学予科と大学院を持つようになった。このとき森田を含む漱石門下の文学者・哲学者が大挙して大学に迎えられた。創立以来主として法律専門学校であった法政は、総合大学として、野上豊一郎を中心に、森田草平、安倍能成、内田百閒、小宮豊隆ら夏目漱石系の文学・哲学者を迎え入れて一新を図る。「ことに野上を中心とする漱石系学者たちは、大正デモクラシーの時代の潮流をふまえて自我と人格と教養とのまったく新しい観念を提出し、自由な思考と近代的な人間観とによって、それまでのアカデミズムのもちえなかった明るい気風をつくりだした」と『法政大学八十年史』にはある。

森田を中心とする法政グループを岩波書店に紹介したのは、法政大学学長の野上豊一郎であった。野上弥生子の夫君である。

ところが『ユリシーズ』の翻訳作業が進行している段階で、いわゆる法政大学騒動が起こる。森田が法政大学教授に就任して十四年目の昭和八年のことである。騒動の発端は、ともに漱石の門弟である森田と学長野上豊一郎の衝突である。やがて事件は、野上の休職、森田草平の辞任で決着がつくことになる。

野上弥生子はのちに、この事件を素材に「子鬼の歌——ある女のある年の記録」(『中央公論』昭和一〇年一月)という小説を書いている。

背景はM——大学、野上は氷見という名前で、M大学に長く関係し、理事で、学監で、予科長で、外国文学の教授という肩書きで登場する。森田は杉という名で悪役として登場する。「まだ若い時分、今では著名な婦人思想家となつてゐる一婦人〔平塚らいてう〕とともに、死の目的で那須の山奥に駆落をし」、それを作品化して評判をえた人物として描かれる。もちろん『煤煙』事件のことである。
野上のこの小説は、この他にも森田草平の欠陥を戯画化して描いているかなりあざとい小説であるが、この中には『ユリシーズ』の翻訳グループも登場する。『ユリシーズ』最終挿話の綽名（ペネロペイア）の英語読みであるペネロピーから借りて、作中では「ペネラピ・グループ」と呼ばれている。弥生子自身は伊津子という名前になっている。こんな場面がある。

……〔伊津子は〕「ペネラピ」を訳したのこそは彼等であつても、それを有利に華々しく出版させたのは氷見〔野上豊一郎〕の尽力であるのを誰よりもよく知つてゐた（略）。打ちあけて云へば、著名な出版社〔岩波書店〕で、氷見の親友なるO――〔岩波茂雄〕は、杉〔森田草平〕には手を焼いてゐることがあつて、彼の人間をも仕事をも信じてなかつた。君が中心となつてやつてくれるのなら出してもよいが。――かう云ひ出すと人一倍頑固に純真なO――を、僕は学校と自分の仕事で一杯なのだから杉でいいぢやないか、若い連中がきつと熱心にやるよ、と無理に説きつけたのであつた。

これによると、岩波の社主岩波茂雄は、もともと『ユリシーズ』の翻訳を野上豊一郎に任せるつもりであったのに、公務が多忙のために野上は断わり、渋る岩波を説得して森田草平に譲ったという経緯があるというのだ。
任された『ユリシーズ』翻訳グループが思い上がり、鼻息が荒くなる様子は、氷見が妻に語るこんな台詞として描かれる――

「とにかくこの気持ちは分かるだらう、なにか傑作を訳してゐると、それがだんだん自分のもの見たいになる、自分が著者と同等にえらくなつたやうに思へて来る、あの感じさ。それがペネラピ・グループの鼻息を荒くしたところへ、平田一派の手が動いたわけで（略）」

これ以上引用は控えるが、小説の出来としてはけっしてよくはない。要するに、日ごろから胡散臭い存在であった森田に対する意趣返しの作品である。しかし岩波版『ユリシーズ』誕生の背景の一端はここから窺うことができる。この作品が発表されたのは昭和一〇年一月号、岩波版の『ユリシーズ』の最終巻が出るのはその九ヶ月後のことである。それでも第五巻の訳者後書には、翻訳について「多大の労を煩はした」関口存男ほか十五名、「直接間接尠からざる御同情御激励を賜つた」市河三喜、斉藤勇、土居光知、西脇順三郎、正宗白鳥など十六名のほかに、別記として、「この出版について尽力された野上豊一郎氏に対して特に謝意を表したい」とある。

はたして森田は『ユリシーズ』の訳者代表として、どの程度に『ユリシーズ』にコミットしていたのであろうか。それを見るのに格好なエッセイが、森田の「僕の性に会ふもの合はぬもの」というエッセイである。

森田草平の「僕の性に会ふもの合はぬもの」

森田は昭和六年九月、佐藤春夫の編集する『古東多万（ことだま）』というしゃれた和装本の小雑誌に、「僕の性に会ふもの合はぬもの――ゴルスワージイの「駆落者」とジョイスの「ユリシイズ」」というエッセイを書いている。

この同人誌は、佐藤の言葉によると、「刻下のジャアナリズム以外に清新にして多趣多益なる定期刊行物を得たしとの素志を実現せん」とするもので、同人に井伏鱒二、小林秀雄、久保田万太郎、谷崎潤一郎、泉鏡花なども加わっている。この中で森田は文学作品における「シチュエーション」の重要さを説くのであるが、ここで森田が展開する「シチュエーション」という概念については、ほかの場所でも森田がしばしば論じているものであるから、単なるその場かぎりの思いつきではない。

じっさい森田は、すでにこれより二〇年以上も前（明治四三年）に、『東京朝日新聞』の文芸欄で、「シチュエーション」を提唱したことがある。「丁度その頃自然主義が行き詰まつて、どれもこれも身辺雑事を取り扱つた作ばかりで面白くないといふ非難が高かつた。で、私はこのトリヴィアリズムの傾向を打破するために、もう少し脚色の上のシチェエーションに注意を払つてはどうかといふやうなことを云ひ出して見た」のだが、この作りものの劇的展開を主張するシチュエーション説は、たちまち森鷗外の反撃を食ってしまった、という前歴がある。

いずれにしろ、「僕の性に会ふもの合はぬもの」で展開される森田の主張は、どう見ても『ユリシーズ』の訳者代表にふさわしくない。

ジョイスとゴールズワージーを並列して、森田は平気でジョイスは「僕の性に合はない」、ゴールズワージーの『駆け落ち者』（四幕物の芝居、原題 *The Fugitive*, 1913）こそが森田にとって「性に合ふもの」だと書くのである。（ゴールズワージーはいまではほとんど忘れられた作家であるが、大正中期、たとえば菊池寛はショーやゴールズワージーから作劇術の多くを学んだ、当時もっとも有力な劇作家であった。）

森田はまず、「僕の趣味は平俗だ」と認めたうえで、劇でも小説でも、昔から、物語の「局面」(situation) の面白いものが好きだ、という。こうした趣味は、平俗ではあるけれども、「一般的にして且恒久的」であり、アリストテレスもいうように、性格がなくても劇は成り立つが、土台、脚色のない劇はありえない。その意味でゴールズワージーの『駆け落ち者』は、まさにハラハラドキドキ、「局面」から来る緊張した情味がじつに面白い。

ところがそれと「ちやうど正反対の行き方をしたものが近頃有名な『ユリシイズ』である」と森田はいう。「これは英国文壇に於る所謂新興芸術派の聖書のやうなもので、音に聞こえた難解の書だが、僕は友人と一緒にこの書の翻訳に着手した関係で、ほんの少し許り齧って見た。」どういう因縁で翻訳の仲間に入ったかはともかく、森田には『ユリシーズ』は少しも面白くなかったらしい。要するに『ユリシーズ』には、彼のいう「局面」から来る「圧力とか迫力とかいふものは全然ない。そんなものは頭から無視してかかつてゐる」と森田はいう。

彼は『ユリシーズ』の言葉が「意味深長で、流麗で、力強くて、時には随分難解で」あることは認めても、「局面の展開」というものが見られず、「何処まで行つても発端を読んでゐるのと同じやうな気持で」、要するにさっぱり話が面白くならない、と不平をいう。たしかにわれわれの人生は、お芝居や小説に見られるような、都合よく整理されたものではないが、「小説といふものは何うしても『ユリシイズ』のやうな行き方でなくちやならないといふ論理的根拠、その方が一層 natural であるといふ以外に、僕には未だ解らない」と森田はいう。

要するに、『ユリシーズ』のような行き方もわからないではないが、「何しろ僕の性には合はない」――というのが森田の結論である。

森田がこの文章を書いたのが昭和六年の七月十八日、岩波文庫の第一冊（昭和七年二月）はまだ出ていないが、若い「友人たち」が必死で困難な翻訳に集中している最中だ。小規模な内輪の同人誌とはいえ、当時の花形執筆者を揃え、世間も注目したであろう『古東多万』の誌面に、『ユリシーズ』の訳者代表がその作品が「性に合はない」ことを喧伝するのもどうかと思うが、さすがの森田も気を使って、「性に合はないものを翻訳するのは、読者に対しても済まないわけだが、僕の協力者――と言ふよりも、主としてその業に当たつてゐる人々には僕よりも遥かに熱心で新進気鋭の若い篤学者が揃つてゐるから、その点は乞ふ心を安んぜよだ。僕としてはたゞ新興芸術の殿堂が余所ながらでも覗いて見たさに、六十の手習ひのつもりで、後からぼつぼつ随いて行くまでである」と臆面もなく書く。

森田は、作品の内容について、わずかに「ステイブン・デイダラスの気持ち、思索、感情」には触れているが、やがて『ユリシーズ』の中心人物になるブルームのことには一切言及していない。おそらく森田は、『ユリシーズ』の冒頭の数章を読んだだけで、ブルームが登場する挿話は読んでいないのかもしれない。最後にとってつけたように、「兎に角、『ユリシイズ』は世界文学史の上に提出された現代の Sphinx だ。どうかそのなぞの解ける日を待つてゐて下さい」とあるのも、いかにも白々しい、無責任な言い草としかいいようがない。

岩波版『ユリシーズ』

ところが驚いたことに、岩波版『ユリシーズ』は、冒頭の訳者による「解説」では、まず訳者代表が長年唱えてきた「シチュエーション」の概念を否定することからはじまる。岩波文庫第一冊の解説の冒頭に、『ユリシーズ』の特性を説明していう——

大概の小説に於て、読者の興味はそこに使用された境遇《シチユエーシヨン》や人物の行為、性格等から由来する問題に依つて喚起されるものである。併し『ユリシーズ』の意義は、スチュアト・ギルバートの云へるやうに、主人公のあらゆる行為や諸人物の精神的扮装《メイキ・アツプ》の分析に求めるべきでなくて、寧ろ各種の挿話の手法のうちに、言葉の陰影《ニユアンス》のうちに、全巻に点綴された無数の符合《コレスポンデンス》と言及のうちに内在するものではなからうか。

これまでの一般の小説は、物語の巧みな劇的展開（これが森田のいうシチュエーションだ）や人物の行為と性格などから構成されるものであったが、『ユリシーズ』の意義は、物語内にちりばめられた言葉の断片の内在的照応関係と引照のネットワークにある、というのだ。もちろんこれは、その当時出版されたばかりの、スチュアート・ギルバートの『ユリシーズ』研究（一九三〇）の受け売りである。そしてそのことを誰が非難することができよう。ギルバート自身が、作者ジョイスの指南に忠実に従ってその本を書いたのであった。

昭和初年の段階で、信頼できる参考書は多くなかった。ヴァレリー・ラルボーのN・R・Fの紹介文（一九二二）とギルバートの本以外はほとんどなかった。翻訳の最終段階に入って、ようやくフランク・バッジェンの『ジェイムズ・ジョイスと『ユリシーズ』の生成』（一九三四）が間に合ったが、これはジョイスの創作の現場報告が主体で、直接、解釈や翻訳の手助けになるものではなかった。

いずれにしろ、当時の訳者たちの意気込みと雰囲気は、岩波文庫冒頭の訳者の序にもっともよく現われている。すでに触れたように、訳者たちは、小説が行きづまっている現在、「新しい文学の金字塔」である『ユリシーズ』に「攀ぢ登つて、その仄暗き内奥を探検し、それに依つて唯一の開かれたる道を求め」ることは、自分たちに課せられた「熾烈な要請である」という。しかし残念ながら、いままで完全に近い理解をもって読破した者はほとんどいない。訳者は、「評判のみ高くして、これほど実際に読まれない作品も尠いであらう」ともいう。当然ながら翻訳の困難さは計り知れない。

訳者たちが『ユリシーズ』の翻訳に取り掛かったのは、伊藤たちのグループよりも早い、昭和四年九月のことであった。第一冊が「四箇年に亙る吾吾のハーキュリーズ的苦闘と、吾吾の先輩友人の惜しみなき助力と声援の結果」ようやく本になるのは、昭和七年二月のことであった。最初の四冊はその年のうちにほぼ順調に出版された。これには岩波の文化的人脈が総動員で、「助力と声援」を送った結果でもあった。

それに対して伊藤グループは、昭和五年の夏に翻訳を開始し、すぐさま『詩・現実』に連載を開始した。同人誌を持っていた分、発表も早かった。そしてそれがすぐ単行本になって出版された。第一書房社主長谷川巳之吉の蛮勇によるものであった。

やがて伊藤たちが『ユリシイズ』前編につけた「訳者の序」には次のようにある——

我々訳者は本書上巻の翻訳に一九三〇年六月から一九三一年八月までを費した。その間我々は割くことのできた総ての時間をこれに宛てたにも拘らず、幾多不満を未だ残さざるを得なかつたことを遺憾とする。翻訳は巴里シエイクスピア書房版の英文テキストを使用し、かつ原著者の校閲を経たる仏訳を参照した。（略）然し出版されて以来十年、欧米の文学界を革命したとすら称せられる本書を、最初に邦文に移し得たことは、我々が避け得られなかつたかも知れぬ過誤にも拘らず、なお何等かの意義を齎すものなることを信ずる。迷宮に等しい本書の完全な理解は我々の生涯をも要求するであらう。また我々はそれを果すことを期するものである。

この翻訳には、のちに伊藤みずからが回想するように、「手にあまるものがあって、幾多不満の点を残していた」のは紛れもない事実である。

図らずも第一書房に先を越された岩波文庫版の宣伝広告文には、あきらかに伊藤たちの仕事を意識した文言が意図的に使われている。

岩波文庫版の『ユリシーズ』発刊と歩調をあわせるように創刊された『新英米文学』（新英米文学社）の創刊号は「ヂエイムズ・ヂオイス特集」（昭和七年二月）であるが、その表紙裏ページには、全ページを使った広告が掲載されている。それは、「現代世界文学に於けるヂエイムズ・ヂオイスの位置は正に太陽のそれである。ヂオイスなくして恐らく廿世紀文学の太陽系は存在し得なかつたであらう。そしてヂオイスの今日をあらしめたものは実に『ユリシーズ』一篇である」という最大級の賛辞からはじまる。

その上で、おそらく伊藤整たちの仕事ぶりを意識して——

……その表現に使用したテクニークは過去のあらゆる文学的手法の一大綜合であり、綜合であるのみならず実に新しく大胆な実験でもあつた。『意識の流れ』の手法は一部のテクニークに過ぎない。小説の革命。（略）その影響は（略）遂に日本の文壇に新心理主義となつて現はれた。然し日本に於けるヂオイスへの理解は、恐らくそのテキストの難解の故に、全的とは言ひ難い。

と伊藤たちの仕事を暗に指し、最後にはもっとあからさまに、一介の文学者ごときにこのような「難解書」は手に負えないであろうと次のように断じる——「『ユリシーズ』の如き難解書は単なる文学者の企て及ぶものに非ず、この点、岩波版は最も信頼し得るものたることと確信する」と。

さらに第二冊目の出版に際しては、同じ『新英米文学』の広告欄に、「無限の驚異を秘めたる宝庫の扉を開く胡麻の実の呪文は正にこれ！」、「苟もヂオイスを語らんと欲する者は岩波版ユリシーズに来れ！」などという威勢のいい謳い文句とともに、「訳者は飽くまでも翻訳者としての謙虚な態度を持し、一に原文の正しき伝達を意図せるものである。一方訳文の芸術的高揚を瞬時も忘れまいと願ひ、日本語の持つ独特のリズムまで尠からざる苦心を払つた」と、敵陣営の欠陥を暗に匂わせる。

そして『新英米文学』の第三号（昭和七年四月）の巻末には、全ページを使って、写真入りの『ユリシーズ』出版記念会の報告記事が載っている。これを見ると、「文壇、英学会の知名士百数十名」を集めて東京会館で開かれたこの記念会がいかに盛会であったかがわかる。まさに当時の錚々たる光利一や堀口大学など八〇名が参加しているのである。（第一書房のほうは、前年の十二月、新宿の明治製菓楼上で、発起人代表が（森田との確執はこの際忘れて）野上豊一郎、訳者代表が森田草平、座長が戸川秋骨、テーブル・スピーチが斉藤勇、西脇順三郎、谷川徹三以下九名、参会者の中には、岩波書店の社主岩波茂雄、河盛好蔵、中野好夫などに混じって、当時東京高等師範学校と東京文理科大学で教鞭をとっていた「ウキリアム・エンプソン」などの名がある。

エンプソンは、のちにニュー・クリティシズムの聖典として崇められることになる『曖昧の七つの型』（一九三〇）の著者として有名であるが、まだ無名時代の一九二九年（昭和四）、避妊具を所持していることが発覚してケンブリッジから追放され、やむなくフリーランスのライターとしてその日暮らしをしていて――そのときの出版が『曖昧の七つの型』であるが、名著になることを誰も予測できなかった――東京での三年間の教師のポストに飛びついた。新設の東京文理科大学に着任したのが一九三一年の夏、エンプソンはまだ二五歳になっていなかった。そして着任早々『朝日新聞』の三面記事に登場することになる。深夜、投宿先のステーションホテルに舞い戻り、一階の窓から侵入しようとして、強盗と間違えられたのである。「強盗にあらず実は大学教授／戸惑ひ英国人が今暁東京駅宿直室に侵入」という見出しの九月一日の記事がそれである。名前はなぜか「ダブリユ・エンプ」となっている。じつはそのエンプソンは、のちにたびたび『ユリシーズ』論を物し、アメリカのジョイス学者（とくにヒュー・ケナー）を目の敵にして、かなり癖のある『ユリシーズ』の伝記的解釈――死後出版の『伝記を使うこと』（一九八四）に所収――を書き残している。着任後一年に満たないエンプソンが、岩波の『ユリシーズ』出版記念会になぜ出席し、どんな振る舞いをしたかはわからない。（エンプソンが西脇夫人のマージョリーから絵の手ほどきを受け、仏像の写生などをしているので、西脇とのつながりかもしれない。津田塾大学の西脇文庫には、東京の砧で出版されたエンプソンの私家版の詩集が収蔵されている。）

全五冊のうちの第一冊しか出ていないのにこの騒ぎである。

そしてその同じ『新英米文学』第三号には、「読んでわかるユリシーズ」という広告が載っていて、「翻訳が原書を読む以上に難解であつては、それで翻訳の責を果したと云へやうか」とか、「私どもは「ユリシーズ」のこの流暢なる音律を移植する事に渾身の努力をつゞける事四星霜、こゝに漸く完訳を世に送り得るに到りたるは歓喜にたへない」ともある。ようやく二刷目が出ようとするころのことである。

なお『新英米文学』には、創刊号から、翻訳の進行に合わせて、名原広三郎たち三人による『ユリシーズ』の注解つきの対訳記事が連載されている。わずかな部分が選ばれているだけであるが、翻訳も注解もかなり丁寧なものである。

二つの版の翻訳比較

ここで岩波版と第一書房版の出来ばえを、いくつかのサンプル抽出によって比較してみよう。まず第五挿話から、いくつもの語りのレベルが交錯する場面を選んでみる。

主人公のブルームは、郵便局で受け取ったばかりの秘密の文通相手からの手紙をポケットに、中身を読む機会を窺っている。そこへ運悪く、おしゃべりでお節介のチャーリー・マッコイが現われる。(この部分は土居光知も引用して翻訳している。) しかしブルームの関心を肝心の手紙からそらすのは、マッコイだけではない。通りの向こう側のホテルの前で、上流婦人が馬車に乗り込もうとしている。うまく行けば女性の踝を覗き見できるかもしれない。ブルームはマッコイのおしゃべりに生返事をしながら、女の様子を窺っている。

次の引用では、①マッコイのおしゃべり、②ブルームの視線、③ブルームのモノローグ、④そしてわずかばかりの語り手の説明が交錯して、一つのテクストの流れを構成している。まず拙訳でお目にかける。

ドラン、ライオンズ、コンウェイの店。女は手袋をした手を髪の毛まで持ちあげた。そこへホッピィがやってきて。一杯ひっかけてよ。彼は頭をうしろにそらし、脱帽した瞼の下から遠くを眺めると、日差しを浴びて輝く明るい鹿革、編んだ髪飾りが見えた。きょうは物がじつによく見える。あたりに湿気があると遠くが見えるのだろう。あれこれ際限のないおしゃべり。上流夫人の手。どちらから乗るのかな。

①　最初のセンテンスはマッコイのしゃべったことであるが、このままではわからない。ブルームは相手のおしゃべりを上の空で聞いているから、これだけしか聞こえてこない。マッコイがしゃべっていることをわかりやすく再現すれば、「俺がコンウェイの店でボブ・ドーランと飲んでいると、そ

こへバンタム・ライオンズの奴が来やがってよ」ということになる。マッコイのおしゃべりはさらに際限もなく、「そこへホッピィの奴が、すでに一杯引っ掛けてやってきてよ」と続く。だからブルームは「あれこれ際限のないおしゃべり」と考える。もちろんブルームのモノローグ（③）である。

② いささか窃視症的傾向のあるブルームは、マッコイに付きまとわれながらも、女の鹿革の手袋、編んだ髪飾りを見る。

③ これは当然②と関係している。前の例では、物がよく見えること、それがどうやら湿気と関係があるらしいこと、といった感想、あるいは「際限なくおしゃべりをしてうるさいな」といった苛立ち、どちらから女が馬車に乗るかという予測と期待など。

④ 語り手の説明（物語論ではディエゲーシスという）はここでは微妙である。「女は手袋をした手を髪の毛まで持ちあげた」というのははたして語り手の説明なのか。あるいはブルームの視線を通した彼の意識なのか。はっきり外側の語り手として断定できるのは、「脱帽した瞼の下から」遠くを眺めたという部分だけである。この奇妙な表現は、ブルームはマッコイに挨拶するために帽子を脱いだ、そのため太陽がまぶしいので「目を細めて」という意味である。じつはこの部分の原文は、“from beneath his *vailed* eyelids”というものであるが、初版以来、最近のガーブラー版で改定されるまでは、“vailed”（「脱帽した」）が“veiled”（「ヴェールをかけた」）と誤記されていた。翻訳者泣かせではある。

さて以上の文章を、第一書房版と岩波文庫はどう訳しているかを見てみよう。

ドオラン、コンウエイの店のライオンズ。彼女は手袋をはめた手をその髪に上げた。ホツピイが現はれ出た。酒気を帯びて、頭を後へそらして、彼のかぶさつた眼瞼の下から遥か遠くを眺め、彼は仔鹿の革、刺繡のしてある円筒が閃光の中に輝くのを見た。今日ははつきり見ることが出来る。あたりの湿気がずつと遠くを見るやうにするのだ。あることを、また他のことを話しつつ。婦人の手。どちら側に彼女は乗るだらうか？（第一書房）

ただ字面を追って訳しているだけで、語りのレベルの区別が曖昧なので、言語の発話主体、言語レベル（話し言葉か描写か）が区別されずに翻訳され、読む立場からいえば、誰が何をしているのかがわからない。まるでブルーム本人が朝から「酒気を帯びて」さえいるように読める。誤植された"veiled"についても、解釈に苦労して「彼のかぶさつた目瞼の下から」と訳している。

ドーランとライオンズがコンウエイの所で。おやあの女は手袋を穿めた手を髪へ上げた。ホツピが這入つた。一杯引つ掛けてゐるな。彼は頭を後へ引いて隠れた瞼の下から遠くを眺めた、そして、ぎらぎらする日光の中に明るい鹿毛色の皮、組糸の総飾りを見た。今日ははっきり見える。湿気があると遠見が利くんだらう。何やら言つてやがる。淑女《レイディ》の手。彼女はどつちから乗るのかしらん。（岩波文庫）

よくできた翻訳であるが、ご覧のように、「ホッピが這入つた。一杯引つ掛けてゐるな」の部分は、語りのレベルを取り違えている。マッコイの台詞であるのに、あたかもブルームの視界の中にホッピが「一杯引つ掛けて」入ってきたように訳している。また問題の部分についても、ブルームが「頭を後へ引いて隠れた瞼の下から遠くを眺めた」というのも「隠れた瞼の下から」というのがわからない。

龍口直太郎

岩波版『ユリシーズ』の第一冊が出た直後、訳者の一人である龍口直太郎は、『新英米文学』の第二号に、「ヂオイスと〈意識の流れ〉」というエッセイを書いている。その趣旨は、この年（昭和七年）の『新潮』二月号に載った土田杏村の意識の流れ論に対する反駁にあった。

土田の主張は、『ユリシーズ』では、意識の流れを一本の糸を手繰るように描いているが、「実際の意識の流れは、そんな風に一本の糸の構造を持つものであるか。一つの心像は、実際にはもつと端的に、全的に現れる」のではないかということと、（これはもっと重要な指摘であるが）ジョイスの意識の流れは、単に観念の尻取遊戯に堕していて、そこには何等の生活の裏打ちがない、「推移して行く意識の内容は、すべて偶然的のものであり、一が他を生起せしめなければならない生活上の関聯は、そこに少しも見られない」というものであった。いかにも労働と教育の統合を目指した社会思想家土田らしい指摘である。

これに対して龍口は、いくつかの意識の流れの具体例を挙げてジョイスを弁護している。その一つに次の例がある。第五挿話の終わりで、ブルームが秘密の文通相手の女性から受け取った手紙をポケットに入れたまま、時間つぶしに教会に立ち寄り、やがてその教会をあとにしようとする場面である。ブルームは、気がついてみるとチョッキのボタンが二個はずれている。この失態は、当時としては、電車の吊革にぶら下がっているときに「社会の窓」が開いているのに気がつくほどの重大な失態である。（ついでながら、第十二挿話の酒場の場面で、語り手が披露する話題の中で、「まあ、あなた！社会の窓が開いてますよ、あなた！」という売春婦の台詞が、のちの『ユリシーズ』猥褻裁判で、問題の箇所として挙げられることになる。）

龍口は岩波版を引用している――

彼は立ち上がつた。しまつた。俺の胴着のボタンが初めから二つ外れてゐたんだ。女はそれを嬉しがる。注意してくれないと困つてしまふ。何故貴女はもつと早くそれを私に教へてくれなかつたんです。決して告げてはくれないんだ。だが俺なら。御免なさい、お嬢さん、貴方の後ろに（ふつ！）うぶ毛（ふつ！）がくつついてますよ。

だがこの得意の翻訳も、傍線部分が明らかにおかしい。もとの意味はただ、「こういうのを見つけると、女は途端に嬉しがる。絶対に人に教えたりなんかしない」というだけである。「何故貴女は……」とパラフレーズする必要はまったくない。

ついでにこの部分の第一書房版も見ておくと――

彼は立上つた。おやおや。俺のちよつきの釦が二つ、ずつと外れてゐたのだつた。婦人はそれを享楽する。もし君が……しないと困る。何故もつと早く俺に知らせてくれなかつたのか？　決して諸君に言はない。然し我々は。御免なさい、お嬢さん、ここに（うふ！）丁度（うふ！）薄い毛があります。

「……」は原文のままである。ここだけでなく、伊藤たちはブルームの意識の再現に不可避な言語の断片化を示すのに、しばしばこの「……」を使っているが、やはり伊藤たちは、意識の流れを含む書法での、語りのレベルの自在な転換を習得していない、ひいては、ブルームのメンタリティ（たとえば、女性を一般化して解釈する、など）に通じていない、といわなければならない。

しかしこのあたりはまだ『ユリシーズ』の序の口である。たとえば龍口が先のエッセイの中で、ジョイスのリアリズムの極限としてあげている第十一挿話、すでにブルームの立ち去ったオーモンド・ホテルのバーで、恍惚として音楽に聞き惚れるホステスの描写はどうか。

濡れた瞳、高まる動悸、波打つ胸、それにつれて上下する胸のバラ、彼女の下腹部の小さなメイドン・ヘア（＝クジャクシダの類）の戦《そよ》ぎ――いくつもの層の語りのレベルと言葉遊びに彩られたこの文章は、華麗に叙情的な表層のために、生半可な翻訳者の挑戦を拒否する。

あえて岩波文庫から引用すれば――

女《ウーマン》の子宮《ウーム》のやうな眼の潤ひを帯びた瞳が睫の垣の下から、静かに凝視して聞いてゐた。ほら、彼女が口を利かないでゐるとあの眸はほんとに美しい。ずつと遠くの河水を。緩やかな、ふくらむ繻子の胸（彼女のふくらむ豊かな胸）の一波毎に、赤い薔薇が緩やかに高まり、赤い薔薇がゆるやかに沈んだ。彼女の呼吸は彼女の心臓の律動だ…呼吸は生命。そして細い細い処女髪《はこねしだ》のすべての薄葉は戦いだ。

Womb of woman の頭韻の効果や maidenhair の両義性など、いくつかの困難を、語句にルビを振ることによって回避しているが、「赤い薔薇が緩やかに高まり」（red rose rose slowly）の同音異義語はそのままである。これでは酒場のホステスの性的興奮の高まりのリズムが伝わらない。なによりもこの挿話を通して鳴り響く歌がない。この場面は、やがて第十三挿話、夕方のサンディマウントでの性的恍惚にもつながっていく、ジョイスによる典型的な文体練習である。

さらにこの挿話には、物語の断片化と再構成にあわせて、言葉がその都度断片化したり繋がりあったりする。語りの中心はとりあえずオーモンド・ホテルのサルーンに据えられるが、別の場所での出来事が、語りの空隙を縫って容赦なく介入してくる。それは単にブルームの意識の中に、別な場所での出来事――たとえば留守中の妻の不貞――が予測的に介入するというだけではない。

すでにホテルのバーから立ち去ったブルームの物語と、バーのサルーンに残って「夏の名残りのバラ」（日本では「庭の千草」の曲で知られる）を歌うベン・ドラードの動きとが、一つの文章に融合される。ブルームは昼食の際に飲んだブルゴーニュ・ワインのせいか、腹中にガスが充満するし、歌い終わったドラードは、バーのホステスを性的に陶酔させたまま、ピアノの側を離れる。場所を違えた二つの出来事が、一つのセンテンスの中に無理やり凝縮される。しかもブルームとドラードという二人の人物は、人間的個性を剝ぎ取られて、いずれも小文字で表記される。

’Tis the last rose of summer dollard left bloom felt wind wound round inside.

二つの行為が、文の中央で、“dollard *left*/bloom *felt*”という押韻によって折り返される。前半部は、「「夏の名残りのバラ」を歌い終わってドラードはその場を離れた」という意味と、「ドラードが残していったのは夏の名残りのバラであった」という意味が重なり、後半は「ブルーム（＝花）は屁（＝風）が体内で旋回するのを感じた」という意味だ。そしてもちろん wound/round のアソナンス（母音韻）も無視できない。翻訳はどうか――

ドラドが残して行つたのは独り淋しき夏の最後の薔薇であつた、ブルームは瓦斯が腹中にぐるぐる旋回するのを感じた。（岩波文庫）

ドラアドが残したのは夏の最後の薔薇だ、ブルウムは彼の中に風が渦巻くのを感じた。（第一書房）

翻訳比較――第八挿話

もっと問題含みの部分として、ここで第八挿話の終わりの部分を見てみよう。ここだけは原文をあげて考察することにする。

ブルームはサンドイッチとブルゴーニュ・ワインの昼食を済ませた後、ダブリンの国立図書館へやってくる。新聞社の広告取りとしての仕事の必要から、ある新聞のバックナンバーを調べようという目的だ。図書館はキルデア・ストリートにある。同じ敷地に国立博物館もある。図書館へ入ろうとしたところで、通りの向こうに、今日の午後四時に妻の情事の相手となるはずの（！）「色男」ボイランの姿を見かける。名前も、それを指示する代名詞も言語化されることはないが、指示対象であるボイランは、言語化を阻まれたまま、ブルームの意識内には厳然と存在する。非在によって存在を主張する、それが現前しないだけにいっそうその存在が顕著な、言語化されない指示対象である。乱れた文章は、ブルームの動揺をそのまま反映してもいる。

ご覧のように、かなり段落の多い、断片的な文の羅列である。二つに分けて引用する。

Mr Bloom came to Kildare street. First I must. Library.

Straw hat in sunlight. Tan shoes. Turnedup trousers. It is. It is.

His heart quopped softly. To the right. Museum. Goddesses. He swerved to the right.

Is it ? Almost certain. Won't look. Wine in my face. Why did I ? Too heady. Yes, it is. The walk. Not see. Get on.

Making for the museum gate with long windy steps he lifted his eyes. Handsome building. Sir Thomas Deane designed. Not following me ?

Didn't see me perhaps. Light in his eyes.

The flutter of his breath came forth in short sighs. Quick. Cold statues : quiet there. Safe in a minute.

No. Didn't see me. After two. Just at the gate.

My heart !

His eyes beating looked steadfastly at cream curves of stone. Sir Thomas Deane was the Greek architecture.

まず、ややできのいい、岩波文庫版から引用する――

ミスタ・ブルームはキルデア街まで来た。兎も角も俺は是非。図書館に。

陽射《ひざし》を受けた麦藁帽子。黄褐色の靴、折り返しズボン。あれだ［ボイラン］。あれだ。

彼の心臓は微かに動悸を打つた。右の方へ。博物館。女神たち。彼は右手へ逸れた。

あれかな？　大抵は間違ひなからう。見まい。酒が顔に出てやがらあ。何故俺はあんなにやつたのかな？　余り早く酔が廻りすぎるんで。さう、あれだよ。歩道のとこだよ。見てはいかんぞ。ずんずん行つちまへ。

博物館の入り口を指して風を切つて大股で突進しながら、彼はふと目を上げた。美しい建造物。トマス・ディーン卿の設計だ。俺の後を追つて来はしないかしら？

奴、俺の姿が多分眼に入らなかつたんだ。陽射《ひざし》が奴の眼に当つたんだね。

彼の呼吸の顫へが短かな吐息となつて現はれた。生垣。冷たい像…あそこはひつそりしてゐるだらう。もう一分で助かるんだ。

いや、俺の姿は見えなかつたんだ。二時過ぎ。丁度入り口の所。

いや驚いた！

彼の痙攣する眼はクリーム色の石の曲線をじつと見詰めた。トマス・ディーン卿のはギリシヤ式の建築なんだね。

キルデア・ストリートまで来て図書館へ入ろうとしたところで、麦藁帽子に黄褐色の靴、当世風の折り返しズボンを穿いた伊達男ボイランの姿を見る。誰よりもいちばんに遭遇したくない相手だ。
原文の“It is. It is.”はもちろん“It is *him*. It is *him*.”の対象人物が言語化を阻まれて、飲み込まれてしまったものだ。「あいつだ。あいつだ」となるところだが、岩波文庫は、「ボイラン」と割注つきで「あれだ。あれだ」としている。第一書房には意味不明の「それだ。それだ」とある。

ブルームは慌てて右側にある国立博物館へ身を避ける。裸身の女神像が陳列されてあるところだ。動揺するブルームは、昼食にワインを飲んだこともあり、少々頭がふらつく。「なぜあんなに飲んだんだ」(Why did I [drink that much]?) と反省する。岩波の「酒が顔に出てやがらあ」という訳は、まるでボイランのことを言っているみたいで、誤解されないであろうか。強靭な伊達男ボイランは酒が顔に出るような男ではないのである。

確信はないが、あれは間違いなくボイランだ。それは「あの歩き方」(The walk.) からも確かだ。岩波の「歩道のとこだよ」は誤訳だ。第一書房もここは「遊歩道」だ。博物館へ逃げ込みながらも、ブルームはボイランが後を追って来ないかと心配だ。息を弾ませながら「急げ」(Quick.) と自分を励ます。翻訳ではなぜかこれが「生垣」となっている。「もうすぐで安心だ」(Safe in a minute.) が「もう一分で……」とあるのも奇妙な直訳である。

それより問題なのは、女神の石像を眺める「彼の痙攣する眼」である。もちろんこの段階で、ブルームに、石像をゆっくり鑑賞している心の余裕などあるはずがなく、じっと見つめる振りをしているだけである。

原文はジョイス特有の凝縮表現である。いくつかの構成要素が無理やり押し込まれている。

His eyes beating looked steadfastly at cream curves of stone.

彼の痙攣する眼はクリーム色の石の曲線をじつと見詰めた。（岩波）
彼の眼は瞬きしながら石のクリイム色の曲線をぢつと眺めた。（第一書房）

この文の基本は、"He looked steadfastly at cream curves of stone."（「彼はクリーム色の石の曲線をじっと見つめた」）ということだ。主語に行動主体の人物を持ってこないで、その身体の一部（この場合なら「彼の眼」）を持ってくる例は『ユリシーズ』に特有の表現だ。この例はこのすぐあとにも出てくる。「彼の周章てた片手がすばやく片一方のポケットに飛び込んだ」（＝「彼は慌てて片一方の手をポケットに突っ込んだ」）がそれである。この描写方法は、サミュエル・ベケットも多用したもので、それによって人物の主体性は剝ぎ落とされ、操り人形化する効果を生む。それを極端に利用したのがベケットの小説である。

それでは岩波版が「彼の痙攣する眼」と訳した部分はどうか。もちろん眼は beat しない。beat するのはもちろん heart である。だからこの原文をパラフレーズすれば次のようになるだろう――

His eyes, *with his heart beating*, looked steadfastly…

その伏線はその直前の文にある。独立したパラグラフで、"My heart!" とあるのがそうだ。「俺の心臓が！」というブルームの意識が語り手のディエゲーシスに侵入して、"His eyes *beating* looked…" という凝縮した表現を生んだのである。岩波はこれを「いや驚いた！」と訳したために、語りの領海侵犯が表面から消え、結果的に「彼の痙攣する眼」という奇妙な訳を生んでしまった。第一書房の「瞬きしながら」は辻褄合わせの苦心の訳である。

そのほかにもこの部分の第一書房版には、岩波では「奴、俺の姿が多分眼に入らなかつたんだ。陽射《ひざし》が奴の眼に当つたんだね」とある部分が、「多分俺を見なかつたらう。彼の眼の輝き」と誤訳されている。

さらにその続きを見てみよう。描写上のいくつもの興味深い表現が見られる場面だ。これもまず原文を掲げる。

Look for something I.
His hasty hand went quick into a pocket, took out, read unfolded Agendath Netaim. Where did I?
Busy looking.
He thrust back quick Agendath.
Afternoon she said.
I am looking for that. Yes, that. Try all pockets. Handker. Freeman. Where did I? Ah, yes. Trousers. Potato. Purse. Where?
Hurry. Walk quietly. Moment more. My heart.
His hand looking for the where did I put found in his hip pocket soap lotion have to call tepid paper stuck. Ah soap there I yes. Gate.

Safe!

何か捜してゐるんだな、俺は。

彼の周章てた片手がすばやく片一方のポケットに飛び込んだ、取り出して、読んでみると開いた儘のアゼンダス・ネタイム［広告《ビラ》］だ。何処へ俺は遣つたかな？

一生懸命に捜しはじめた。

彼はそそくさとアゼンダスを元へ返す。

午後だと彼女は言つてゐた筈だ。

俺はあれを捜してゐるんだ。さうさう、あれだつた。ポケットを片端から捜せ。ハンケ〔チ〕。フリーマン紙。何処へやつたかな、ああ、さうだ。両方のズボン。財布。馬鈴薯。何処へ入れたかな、俺は？

さあ早く。ゆつくりと歩け。もう一寸。いや驚いた。

その「何処へ入れたかしら」を探し廻つてゐた彼の手は、お臀のポケットの中で、シヤボンと美顔水と——訪ねなければ——ぴつたりくつついた生温かい紙とを一緒に見付けた。やれやれ、シヤボンはこんなところにあつたか！　さうだ。入口。

まず、これで助かつた！　（岩波文庫）

ボイランをやり過ごすために、できるだけ平静を装いながら、いかにも重大な探し物をしているかのように、ポケットのあちこちを探る。探している振りをする。冒頭の“Look for something I.”は、岩波の訳者が考えたように、“I look for something.”の語順が変わったものではない。自分に対する命令、「探せ」、「探す振りをしろ」である。“I”のあとには動詞が隠れている。“forgot”だろうか。“Busy looking.” というのも、「一生懸命捜しはじめた」ではなく、「忙しく〔なにかを〕捜している〔ふりをしろ〕」という意味である。

ポケットには昼間に街頭で貰った宣伝ビラ、ハンカチ、財布、お守りのしなびたジャガイモ、入浴用の石鹸がある。同時に、妻とボイランの逢引きの約束が午後四時（二時間後だ）だということ、妻にローションを買って帰る約束などを思い出す。お気に入りの女神の裸像の鑑賞などは上の空で、誰も見ていないのに、できるだけ平常心での行動を装う。それを伝える語り手の文章は、ちぢに乱れ、断片化する。シンタックスの根幹だけがかろうじて残り、たとえばハンカチーフも後ろ半分が消える。

その典型が、岩波版が「彼の周章てた片手がすばやく片一方のポケットに飛び込んだ、取り出して、読んでみると開いた儘のアゼンダス・ネタイムだ」と訳した部分だ。

この部分の英語をもう一度見る――

His hasty hand went quick into a pocket, took out, read unfolded Agendath Netaim.

ここでもまた、「彼は急いで手を……」ではなく、「彼の周章てた片手が……」と身体の一部が主語になっている。問題はその次の部分である。ポケットに手を入れ、すでに開いてある（unfolded）チラシを取り出して読んだ、と岩波文庫は解釈している。この部分の第一書房版は、「彼の手は急いでポケットの中に這入つて、引つ張り出し、ひろげてエイジンダス・ネテイムを読んだ」と訳している。岩波は“unfolded”を過去分詞（形容詞）と考え、第一書房は“read unfolded”を、何故か順序を変えて、“unfolded and read”と解釈している。

しかしこれは、私の考えでは、“read/unfolded”はこれだけで一語、二つの行為が同時に起こることを示しているのだ。むしろできれば“unfolded”と“read”を二段重ねに印刷したいところだ。それならなぜ“unfolded read”にならないか。その原因は文のリズムにある。弱強のスタッカートのリズムだ――

His éyes...tóok out, réad unfólded Ágendath Nétaim.

最後に翻訳者泣かせのもう一つの「ねじれ文」を見てみよう。引用の終わりのほうに出てくる次の文だ――

His hand looking for the where did I put found in his hip pocket soap lotion have to call tepid paper stuck. Ah soap there I yes. Gate.

シンタックスは混乱し、ほとんど文の体裁をなしていない。意味単位を確認するために、第一センテンスの意味の切れ目に斜線を入れてみる。

His hand looking for the/where did I put/found in his hip pocket/soap/lotion/have to call/tepid paper stuck.

彼の手は探している〔振りをしている〕。エーとあれは何だっけ。どこに入れたんだっけ〔じつはブルームは何も探していない〕。ポケットにあった。先ほど公衆浴場で使った石鹸だ。そういえば女房に〔量り売りの）ローションを買ってくるように頼まれていたんだっけ。（薬局に）寄らなければ。（使いかけの石鹸がポケットの中で）生ぬるくなった紙にくっついている。

追い込まれ、いまようやく窮地を脱しようとするブルームの行動と意識を、語り手は一つのセンテンスに押し込む。けっして岩波文庫版のように、「その「何処へ入れたかしら」を探し廻ってゐた彼の手は、お臀のポケツトの中で、シヤボンと美顔水と……ぴつたりくつついた生温かい紙とを一緒に見付けた」というような整然たるシンタックスを持ったセンテンスではないのである。この部分は第一書房版も、「彼の手はどこにそれを入れたかを探して……石鹸を発見した」と訳している。

それでも『ユリシーズ』前半はまだいい。伊藤整たちが後編の訳者序で述懐するように、訳者たちは上巻の経験から、「ある程度『ユリシーズ』の文体に慣れたとの自覚を持っていたにもかかわらず」、後編に至って、「迷宮」に入ったような困難を幾度も味わう。後半は「記述が一層複雑多岐を極めるとともに形式文体は更に甚しく、訳筆を投じて嘆息せねばならぬこと一再でなかった」と告白する。『ユリシーズ』後半には、ありとあらゆる文体の饗宴、物語形式の万華鏡がある。翻訳者泣かせである。しかしその細部をここで検討することはしない。次章では、『ユリシーズ』のもう一つの（ブルームふうにいえば）「現象」であるその猥褻性をめぐる騒動のあとを追ってみることにする。

第六章　『ユリシーズ』裁判——猥褻と検閲

猥褻文書としての『ユリシーズ』

『ユリシーズ』出版の半年後、ジョイス夫妻は久しぶりにロンドンを訪れる。おそらく祖国へのある種の感傷から、二人はロンドンのターミナル駅ユーストンのステーション・ホテルに投宿する。アイルランド行きの「ボート・トレイン（臨港列車）」に乗る客が定宿とするホテルだ。ここに二人は数週間滞在し、もとはといえばミス・ウィーヴァーの出資金でさんざん豪遊し、はじめて会うミス・ウィーヴァーをやきもきさせた。

このときジョイスは、ダブリン出身の従妹のキャスリンと面会する。『ユリシーズ』執筆のために種々煩瑣な情報提供者として応援してくれたジョゼフィーン叔母さんの娘で、当時ロンドンの病院で働いていたのだ。どんな場合でも自分の作品の評判に敏感なジョイスは、半年前に送った『ユリシーズ』についての叔母さんの感想を聞かせてくれという。躊躇しながら、キャスリンは答える——「それがね、ジム、母はあの本は読むにふさわしくないっていうの」と。

これに対してジョイスは、「もし『ユリシーズ』が読むにふさわしくないのなら、人生は生きるにふさわしくないってことになる」と答えたという。真偽のほどはわからない。パトリシア・ハッチンズ（『ジェイムズ・ジョイスの世界』）が伝える話である。真偽のほどはわからないが、このエピソードはジョイスにまつわる数々のエピソードがそうであるように、いかにももっともらしい説得力を持つ。ジョゼフィーン叔母さんの感想は大方の善良な読者の感想を代表するものであったからである。そしてそのことはジョイス自身十分に心得ていた。『ユリシーズ』は雑誌連載の段階から何度か禁書の憂き目に会っていたからである。

その叔母さんの危惧のとおり、『ユリシーズ』が出版されると、「ホッテントットも吐き気を催す」などというスキャンダルを巻き起こし、パリ版の八ヶ月後に発行されたロンドン版は、アメリカに送られた五〇〇部のほとんどが税関当局によって没収され、焼却される事態となった。

出版前の裁判沙汰——悪徳防止協会

こうして『ユリシーズ』は、それから十二年間、アメリカ合衆国ニューヨーク南部地区地方法廷において無罪が決定するまで、アメリカでは禁断の書であった。

しかし『ユリシーズ』にまつわる裁判沙汰はこのときが最初ではない。すでにこれより十三年前、まだそれが一冊の本として出版される以前に、『ユリシーズ』は法廷に引き出されている。

二人のアメリカの女性、マーガレット・アンダーソンとジェイン・ヒープが、一九一八年の四月から、ニューヨークで自分たちの雑誌『リトル・リヴュー』に『ユリシーズ』の連載を開始し、そのうちの三号が、合衆国郵政省により没収され、廃棄処分になったのである。

第一回目は一九一九年一月（第八挿話「ライストリュゴネス族」）、第二回目は五月（第九挿話「スキュレとカリビュディス」）、そして三回目が翌年の一月（第十二挿話「キュクロプス」）である。しかし決定的であったのはこの年の夏、七―八月の合併号であった。この号に掲載された第十三挿話「ナウシカア」が、ついに「ニューヨーク悪徳防止協会」の事務局長ジョン・S・サムナーの目に止まり、正式の抗議を受けたのである。じつはアンダーソンが『リトル・リヴュー』の販売促進のために無料で配布した七―八月合併号（「ナウシカア」掲載号）が、ニューヨークの著名な弁護士の娘のもとに届き、その娘が父親にご注進に及んだものであるという。

悪徳防止協会というのは、アントニー・コムストック（一八四四―一九一五）が組織したアメリカの道徳十字軍のことだ。

コムストックは猥褻文学の撲滅に積極的に活動し、不道徳な作品を禁じるニューヨーク州の法令（一八六八）を作成し、一八七三年には、さらに厳格な、猥褻文書取締りの連邦郵便法を制定させる。同時にニューヨーク悪徳防止協会を組織、死ぬまでその事務局長の職にあった。その間、一六〇トンの書籍と書画を没収焼却したという。リベラルな敵からは札付きの頑迷男、支持者からは伝統的道徳観の頑強な砦の象徴であった。

コムストック法によって禁書となった作品には、アリストパネスの『女の平和』、ラブレーの『ガルガンチュア』、チョーサーの『カンタベリー物語』、ボッカチオの『デカメロン』、『アラビア夜話』などの古典から、バルザック、ヴィクトル・ユーゴー、オスカー・ワイルド、ヘミングウェイ、ドス・パソス、ユージン・オニール、D・H・ロレンス、スタインベック、フォークナーなど、じつに多彩な顔ぶれが並んでいる。

悪徳防止協会のスローガンは、「芸術や文学ではなく道徳を！」と「書物は売春窟を育てる！」(Morals not Art and Literature! Books are feeders for brothels!) というもので、コムストックは芸術と文学のエロティックな主題を撲滅しようとしただけでなく、性、出産、避妊に関する情報をも抑圧しようと奮闘した。一八七三年には、議会を説得して、"lewd, indecent, filthy, or obscene" (いずれも卑猥、不潔、猥褻などを意味する裁判所の常套句) と思われる書籍・物品の配達を禁じる法律 (全米反猥褻法) を成立させた。さらに彼は連邦郵便局の特別エージェントに任命され、ポルノグラファーを攻撃するため銃を携行することまで許された。

じっさいにアメリカで書物を流通禁止にすることの正当性について公的な議論が起こるのは、第一次大戦が終わってからの話で、一九三〇年に関税法が改定されるまでは、多くの文学的古典が猥褻の理由で輸入を禁止されていた。それが改定されたあとでも、発禁の動きは執拗に続き、『ユリシーズ』の没収焼却事件はその典型であった。ほかに有名な例には、ロレンスの『チャタレー夫人の恋人』、ヘンリー・ミラーの『北回帰線』、クレランドの『ファニー・ヒル』などがある。

ついでにイギリスの場合も見ておくと、十九世紀と二〇世紀のイギリスでは、検閲の対象は多くは、政治や宗教にかかわるものよりは、やはり猥褻と判断される文書であった。一八五七年の猥褻文書法の通過によって、多くの告発や書物の没収が行われ、この法律は実質的に一九五九年まで続いた。この年の新しい法律によって、猥褻性を決めるのに芸術と文学の専門家の意見を証拠として提出することができるようになり、猥褻の嫌疑をかけられた作品は、その部分ではなく、作品総体として判断されなければならないことになった。この判断のきっかけになったのが、ロレンスの死後三〇年、ペンギン・ブックス創刊二五年を機に行われた、一九六〇年の『チャタレー夫人の恋人』裁判であったことはよく知られている。

それではジョイスの本国アイルランドの場合はどうか。

エルマンは『ジェイムズ・ジョイス伝』の冒頭に、「アイルランドの同郷人にとって、ジョイスの本はいまなお猥褻で、ジョイス本人はほぼ間違いなしに気違い、ということになっている。『ユリシーズ』を禁書リストから外すのも、アイルランドが最後の国であった」と書いている。

しかしこれは事実に反する。前半部分、すなわちアイルランドの人間がごく最近に至るまでジョイス（あるいはアメリカを中心とする「ジョイス産業」）に疑惑と嘲笑の眼差しを向けてきたことは紛れもない事実である。それは、作中人物バック・マリガンのモデルにされたオリヴァー・スンジャン・ゴガーティの「みんなジョイスを知ってるつもり」（一九五〇）という辛辣な揶揄をこめたエッセイからはじまり、詩人パトリック・キャヴァナーの「誰がジェイムズ・ジョイスを殺したか」（一九七〇）という詩の中の特権的な「ハーヴァードの学術論文」とか「イェールの学者ども」という嫌悪感あらわな言い方にまで続く、抜き差しならぬ反応であり、アイルランドの一般人の間にも、ジョイスへの不信感（祖国を裏切った人間）が消えたわけではない。しかしエルマンがいうように、そして一般に信じられているように、『ユリシーズ』がアイルランドで正式に禁書処分になったわけではない。『ユリシーズ』が出版された年は、アイルランドが、自治領として「アイルランド自由国」の名称をえた年であった。この名称は一九三七年まで続くが、その初期の段階では、アイルランドは依然としてイギリスの税関法を継承し、そのため『ユリシーズ』も禁書リストに入っていた。しかしやがてアイルランド自由国は独自の出版物検閲法をもつことになり、一九二九年以降は、新たな検閲委員会が『ユリシーズ』を禁書リストに加えることはなかった。（ジョーゼフ・ブルッカー『ジョイスの批評家たち』）そもそも、バーナード・ショーがいったように、貧困にあえぐアイルランド人には、禁書にするまでもなく、誰もこの高価な『ユリシーズ』を買う余裕などあるわけがなかった——「一九三五年から一九五五年に至るまで、『ユリシーズ』はなかなか入手困難であった。禁書になっていたわけではない、どの本屋でも売っていなかったのである。たしかにこれは、じつにアイルランド的なパラドックスではあった」とアイダン・ヒギンズは回想する。正式に禁書にはなっていなかったけれども、『ユリシーズ』がアイルランドで、書店を通した特別注文で入手できるようになったのは、ようやく一九六〇年代になってからであった。

『ユリシーズ』の最初の読者——エズラ・パウンドの警告と検閲

エズラ・パウンドは『ユリシーズ』の最初の読者であった。

ジョイスがスイスのロカルノで『ユリシーズ』の原稿を執筆し、チューリッヒ在住のイギリスの俳優が、ある穀物商から借りたタイプライターを使ってそれをタイプに打ち、オリジナルのほかに二通のカーボンコピーが作られた。それをジョイスが訂正し、二通がロンドンのパウンドに送られた。それをパウンドが読んで、一通をロンドンの『エゴイスト』のためにウィーヴァー女史に、もう一通を

『リトル・リヴュー』のためにアメリカのアンダーソン女史に送った。

すでに述べたように、『ユリシーズ』の連載は、一九一八年の三月号から始まり、一九二〇年の九―十二月合併号まで続いた。十三挿話（「ナウシカア」）が猥褻性のゆえに告訴され、ついに第十四挿話（「太陽の雄牛」）の途中まで連載したところで中絶することになった。しかし『ユリシーズ』の原稿受理人兼編集者としてのパウンドの役割は、一九二一年、第十五挿話（「キルケー」）を受け取るまで、じつに三年以上にわたって続く。意表を突く文体の変貌と過剰な言語表現の工夫を重ねて、つぎつぎに書き続けられる『ユリシーズ』に対して、パウンドがその都度どのように反応したか、そして全作品が完成したときにどのような評価をそれに与えたか、このことを跡づけることは、パウンドという卓越した読者の眼識の軌跡としてばかりでなく、当時の文学受容の臨床例としてもじつに興味深いものがある。しかしここでは、主として検閲者パウンドの側面に光を当てて見ることにしよう。

編集者としてのパウンドは最初から発禁について神経質であった。その意味でパウンドは『ユリシーズ』の最初の読者であると同時に、最初の検閲者でもあった。

じつは『リトル・リヴュー』には、『ユリシーズ』掲載以前にも、発売禁止（というか、コムストック法による雑誌の配送停止処分）の前科がある。手淫を匂わせるウィンダム・ルイスの作品（"Cantleman's Spring Mate"）を載せたために、一九一七年十一月号が処分を受けたのである。そしてパウンド自身も、ルイスを中心とする「渦巻派」の機関紙『ブラースト』の創刊号に"Fratres Minores"という詩を掲載したために、その中の「有害な（offensive）」三行をめぐって騒動を巻き起こした経験を持つ。すでに詩を印刷したあとで、出版社の指示で、若い女性を総動員して（！）発売以前に問題の個所に墨を塗るという作業を行わなければならなかったのである。

問題の三行は次のとおりだが、その大意は、「精神は依然として睾丸の上空をさまよい、下腹部の三本の神経叢をもってしても永遠のニルヴァナ（涅槃）を産みだしはしない」というものだ。何よりも問題は「睾丸」（testicles）であった。

With minds still hovering above their testicles
That the twitching of three abdominal nerves
Is incapable of producing a lasting Nirvana

「英米のどのリトル・マガジンと較べても最も大胆で最も傲慢な雑誌」と評されたこの『ブラースト（爆風）』という雑誌は、その電話帳のような巨大さ、人目を引く表紙、さらに中身はまるでポスターのような芝居がかったレイアウトとタイポグラフィによるマニフェストの連続、どれ一つをとっても、これこそ良識の人にとってまさに言葉本来の意味で"offensive"（「目に余る」）ものであった。それなのにその中に、"testicles"という語と"abdominal nerves"という専門用語を含むという理由で、以上の三行がパウンドの詩から削除された。その他の点でいかに人の神経に「有害」であっても、それが性的に無害である（と考えられる）かぎりかまわないという、じつに暗示的なエピソードである。

当時の支配的道徳律の特質は、たとえば『ブラースト』誌の責任者であるルイスの、いわゆる四文字語に対する潔癖な拒否反応にもうかがわれる。ルイスは若きT・S・エリオットの詩を掲載するにあたって、パウンドを介してエリオットに次の点について念を押している――「エリオットの詩を

『ブラースト』に印刷しようと思うが、-Uck, -Unt, -Uggerで終わる語は載せないというぼくの素朴な決意は変わらないつもりだ」と。もちろんここに選ばれた三語は、それぞれ頭にF、C、Bを加えてもとの「有害な語」（いわゆる「四文字語」）がえられるのだが、じつはいずれものちに『ユリシーズ』に何度か登場し、結果的に物議をかもす原因となった語でもある。

パウンドが「猥褻性」について神経質なのは、一つにはそうした前歴のせいもあるかもしれない。第一挿話を読んだときのパウンドの反応に、すでに警戒の念は現われている。第一挿話を読んですぐに書いた手紙（一九一七年十二月十九日）には、それが予想どおりの出来ばえであることに対する満足感とともに、発禁処分に対する危惧が表明されている。「第一章をこのまま印刷したのでは、きっと発売禁止になるだろう」というのだ。

しかしこの段階では、パウンドは、すぐには検閲の手段には出ず、「しかしそれだけの危険を冒す価値はある。小生にはわかりかねる話です、アントニー・コムストックが自分の祖父母が交接している現場を見て恐慌を来たし、その結果腰布一枚を付けたままの姿で狂い回ったからといって、国民全体に目隠しをしなければならない理由がどこにあるのか」と、アメリカでの検閲制度への抵抗の姿勢を示している。

そのためかどうか、第一挿話には、冒頭の偽ミサのような瀆神的な場面はもとより、さきのパウンド自身の詩で問題になった「睾丸」と似たような、"scrotumtightening"（「陰嚢が縮み上がるような」）といった語句もそのまま掲載されている。のちの日本語訳で次のようになっている部分だ。六月のダブリンの海は「青洟色」をしていて、たしかに寒い。まさにscrotumtighteningなのである。

青洟色の海。睾丸をひき絞める海。（第一書房、岩波文庫）

第二挿話には問題はなかった。

しかし第三挿話には犬が海岸で小便をする描写がある。この部分について心配になったパウンドは、ジョン・クィンに相談して、「排尿は淫ら（lascivious）であろうか」と質問している。それに対してクィンは雑誌の場合はやはり慎んだほうがいい、と答えている。結果的に雑誌連載ではパウンドの校閲の手が入り、浜辺をうろつく犬が放尿する場面には、しかるべき修正が加えられる。

その結果『リトル・リヴュー』ではこの部分は次のようになった。肝心の部分を削除したために、奇妙な具合に同一語句が反復され、犬は哀れにも、岩の匂いを嗅ぐことしか許されず、放尿は「公序良俗」に反するものとして墨を塗られることになったのである。

〔犬は〕突堤の端に沿ってのろのろと歩き、岩の臭いを嗅ぎ、突堤の端の下からのろのろ歩き、岩の臭いをかいだ。何かをあそこに埋めたのだ。自分のお祖母さんか。

元の原稿では次のようになっていた部分だ。岩波文庫版でお目にかける。（「のろくさと」というのは最初の草稿にはなく、ジョイスがのちに追加した語句である。）

彼は防波堤の縁伝いに〔のろくさと〕ぶらぶら歩いた。一つの岩を嗅いで、ひよいと上げた一本の後脚の下からその岩にぴつぴつと小便をひつかけた。彼は更に小刻みに走つて行つた、そして後脚を上げて、又もや一つの岩へ嗅ぎもせずにぴっぴっと小便をひっかけた。憐れな単純な快楽。それから後脚で砂を蹴散らした…それから前脚でばちゃばちゃ地面を掘った。彼は何かをそこへ埋めて置いたんだらう、彼の祖母かな。

『ユリシーズ』第一挿話を載せた号ができあがるころ、パウンドは、いよいよブルームが登場する第四挿話（「カリュプソー」）の原稿を読んだ。あきらかにパウンドは、物語の視点が、これまでの内省的青年スティーヴンから、一転して平凡な市井人ブルームに変わったことに、精神の形而上学から即物的な肉体の形而下学へ急転したことに、うろたえている。

（略）貴兄の最初の号が印刷になり、三〇部が手元に届きました。これは発売禁止になるだろうと思う。エゴイスト誌ならこういうものはけっして載せないだろう。第一章が発禁になるのは構わない。それだけの〔印刷するだけの〕価値はある。〔じっさいに『エゴイスト』は第一挿話の掲載を見送った。〕

第四章はすばらしい点がいくつかある。しかしこれはやりすぎだ。（略）

この章のある部分は紛れもない悪文だ。悪文という理由は貴兄が暴力を根拠なしに使っているから。必要以上に強い言葉を使っている。悪い芸術。不必要な最上級の使用が悪い芸術であるのと同じこと。

ブルームの内省的な詩と外的環境の対照はみごとだが、なにも排泄するところを詳細に描かなくてもそれは可能なはず。（略）

貴作の無削除版はいずれギリシア語かブルガリア語に訳されたときにでも印刷することにすればよい。冒頭ページの urine（尿）という語だってはたして必要かどうか。〔この語を使わなくても〕同じこと

> は明確に伝えられると思う。
>
> このままではかえって効果が損なわれるだけ。糞便は人びとがそれと対照をなす事物の本質に気づくことの妨げになる。
>
> （略）われらの威厳ある女性編集者に臭い飯を食わすわけにはいかないのだ——とにかく小生自身が、まったくの練達の業（maestria）によって書かれているとは思えない部分が原因で、そんなことになるのは絶対に避けたい。（一九一八年三月十九日）

同じころパウンドは、第一挿話をはじめて読んでその猥褻性（というよりはむしろ猥雑性）にたじろぐジョン・クィン（雑誌の出資者でもあった）に対して、ある程度の猥雑性が文学表現上正当であることを主張して、「ご意見には賛成できません。〔第一挿話の〕母の死とか海の描写は、汚濁と嫌悪すべきものの中に埋め込まれてはじめて、あのような力を持つのです」とジョイスを弁護するが、受け取ったばかりの第四挿話については、やはり次のように書く——「さらにいえば、数日前第四章を受け取りました。ニューヨークへ発送する前に約二〇行削除しました。ジョイスにも、当該部分が行き過ぎである理由を書きました」と。

パウンドの不満あるいは不安は、ジョイス特有の、はやくにH・G・ウェルズが『若き日の芸術家の肖像』に関して指摘した、「糞便学的（排泄腔的）強迫観念」にあった。

「人並みの官能の男」(l'homme moyen sensual) の登場

『ユリシーズ』の第四挿話は、まさにパウンドの意表をついて、いきなりブルームの食嗜好の描写からはじまる。ジョイスとしては、これまでの思弁的なスティーヴン中心の物語から一転して即物的なブルームの物語に入ることを知らせるためにも、これ以上に効果的な導入の方法はなかった。いわゆる「人並みの官能の男」の登場である。

> ミスタ・レオポールド・ブルームは好んで獣類や鳥類の内臓を食べた。(略) 就中彼は焙つた羊の腎臓が好きであつた、それが彼の口蓋に微かに匂ふ尿の乙な臭味を与へた。(岩波文庫)

ピューリタン・パウンドはまずこの傍線部分の描写に動転した。「尿」という単語を印刷することに不安を感じた。

さらにこの挿話の最後を締めくくる排便の描写を、二〇行にわたって削除した。野良犬ですら海辺の放尿を禁じられるのであるから、現代の英雄たるユリシーズ=ブルームは、朝の排便をすら人に知られてはならない理屈で、事前検閲官パウンドは、ブルームが裏庭にある屋外便所を訪問する場面で、所期の目的を果たす場所も機能も一切わからないように、排便に関する描写をばっさりと削除してしまった。その結果、この場面でのブルームは、ただ庭に出て、「いい朝だな」という感想を漏らすだけに終わっているのだ。この部分はすでに第四章に拙訳でお目にかけたが、岩波文庫では次のようになっている。みごとな翻訳である。

彼は便台に腰を掛けたまま前屈みになつて、新聞を広げ、裸の膝の上で頁を繰つた。（略）大して急ぐことはない。少し我慢しやう。（略）

彼は我慢しながら、静かに第一段を読んだ。それから要求に服しながらも抵抗しつつ第二段を読んだ。中途まで読んだ時、最後の抵抗を放棄して、腸を軽くした、昨日のお残りがすつかり出てしまふまで辛抱して読み続けた。余り大きい奴でないといいが、でないと又痔になるからな。いや、丁度いい。さうさう。やれやれ！

ジョイス自身はパウンドのこのような事前検閲を当然快く思っていたはずはなく、単行本刊行のときに削除部分を復活することを強く主張していた。そして、パウンドがこれほどに発禁を恐れ、この部分が「悪文」であることを説得しようとしていたにもかかわらず、ジョイスには少しもひるむ様子はなかった。便器に腰掛けて朝の思索に耽る主人公を描写することの「猥褻さ」について、ジョイスがいかに反省することが少なかったか、前掲部分の特に最後のパラグラフで、ジョイスはさらに排便の描写をその後加筆していることでもわかる。

前述の二〇行の削除のほかに、パウンドはさらにこの挿話の中の重要な一語を修正している。ウィンダム・ルイスが先に、T・S・エリオットに使用禁止命令を出した、例の四文字語のうちの一つである。ブルームが、遠い昔のユダヤの民の放浪に思いを馳せ、荒涼たる死海の有様を、あらゆる生殖能力を失った灰色に落ちくぼんだ女性性器になぞらえる場面で、世界の民の究極の源泉としての死海を、じつに鮮烈な衝撃を与える“the grey sunken *cunt* of the world”と映像化してみせる。

今は最早産むことが出来ない。死…老婆のそれだ…世界の灰色な落ち込んだ陰部。(岩波文庫)
も早それは生むことが出来ない。死んでゐる、老婆の、白毛になつた萎んだ世界の谷。(第一書房)

パウンドはこの中の問題の一語を“belly”(腹部)に変更したのである。代表的なタブー語をこのように修正することは、当時としてはやむを得ない処置であった。この語を復活させた単行本『ユリシーズ』が発禁になった一つの理由には、あきらかにこの語があった。そのことは、のちの『ユリシーズ』裁判の判決文に、直接ではないが、この語に対する言及があることからもわかる。

そもそも“cunt”という語は、英語の語彙の中では十四世紀から使われてきた、「由緒正しい」英語なのであるが、これがはじめて正式に辞書に採録されたのは一九二七年、『オクスフォード英語辞典』(OED)の付巻(サプリメント)が最初であった。『ユリシーズ』裁判の判事(ウルジー)のいうように、誰でも知っていながら辞書に採録されない代表的な語であった。これに相当する日本語の四文字語は、いまだに日本の標準的な辞書(たとえば『広辞苑』)にも採録されていない。

だからもちろんこの語は、「陰部」などというお堅い語とは無縁で、ましてや第一書房の「世界の谷」という間接表現とも違う強いインパクトを持つ。第一書房版がこれを「谷」と訳したのは、おそらく自己検閲である。『詩・現実』では、「死んでゐる、老婆の、萎んだ世界の××」となっていたものである。(なお伊藤整は、昭和二五年、『チャタレー夫人の恋人』を翻訳した際の「感想」で、次のように苦渋を語っている——「いちばん当惑したのは、肉体や性行為の術語風な言葉が、日本の文学に無いことである。(略) 殊に cunt という言葉には困った。これは日本語の omanko が適語らしいが(略) それは困るので、私は「もの」とした。無理だった。」『図書新聞』昭和二五年五月三一日)

なおこの語は、OEDのサプリメント (一九二七) ではじめて辞書の中の市民権をえたのであるが、もちろん『ユリシーズ』のこの部分が名誉ある初出例として引用されている。その後の第二版で、ジョイスとともに今世紀前半の貴重な文献として採録の名誉を担っているのが、D・H・ロレンスの『チャタレー夫人の恋人』からの用例 (一九二八) である。奇しくも、伊藤整はその両方の最初の日本語訳者であった。ついでながら、一九六〇年のイギリスでのチャタレー裁判の際に検察側が数えたところでは、『チャタレー夫人の恋人』に使われている「四文字語」は、fuck (-ing) が三〇回、cunt が十四回、balls が十三回、shit と arse がそれぞれ六回、cock が四回、piss が三回だという。ちなみに、『ユリシーズ』の場合は、fuck (-er, -ing) が十一回、cunt が一回 (もっとも Cunty Kate という人物もナイトタウンの場面には登場する)、shit (e) が八回、shithouse が一回、arse と piss がそれぞれ一〇回 (もっとも Pisser Burke と渾名される人物も登場する) といったところである。

このあとの挿話でも、パウンドは雑誌掲載に不穏当と思われる表現をいくつか削除している。初期の段階で朱筆を揮うのはもっぱらパウンドの仕事で、編集長アンダーソン女史がそれを行うことはなかったようだ。

第五挿話で削除された語句には、軍隊に性病が蔓延していることに思いをいたすブルームの思索の中から、「性病」をただ「病」にしたこと、路上に休息する馬車馬の股間に揺れる性器の描写を削除したことなどがある。

おまけに去勢されてやがる……黒いグタペルカの切株が一つ股の間にぐにやぐにやになつて揺れてゐる。それでもやっぱりあの方が幸福なのかもしれない。（岩波文庫）

おまけに去勢されて、腰の間にぶらぶら揺れてゐる黒いペルシヤ護謨の切株。それでもやっぱり幸福であるかもしれない。（第一書房）

グッタペルカというのは、マレー語の「ゴム」から来た語で、樹液を乾燥させたゴム状のものであるらしいが、いかにもジョイスらしい喚起力十分の語である。それだけにパウンドが慌てて削除した様子が想像できる。

さらに第五挿話では、秘密の文通相手の手紙に「頭痛がする」ということばがあったことに対して、ブルームが、持ち前の連想を働かせて、「おそらく月のものだろう」と推測する場面がある。ジョイスは原稿では“Has her *monthlies* probably.”と書いたのだが、これもパウンドは削除した。懲りないジョイスは、のちにこれをさらに“Has her *roses* probably.”と推敲した。

おそらく赤バラなんだらう。（岩波文庫）

多分彼女はメンスだらう。（第一書房）

パウンドはさらにウィンダム・ルイスのもう一つの禁止語であるbugger（本来は肛門性交の実践者の意）を含む文章（“Where the bugger is it?”）を削除しているが、最も重大なのは、この挿話の最終場面、主人公がトルコ式浴場に浸り、桃源郷に遊ぶおのれの姿を夢想するあの美しい最後の三行——のちにジョイスの友人画家フランク・バジェンが一枚の絵に仕上げているあの場面――を、浴槽に漂う性器と陰毛を「写実的に描いた」という理由で、容赦なく切り捨てていることである。残るのは「彼は見た」だけになってしまったのである。

彼の臍、肉の蕾…そして、彼の叢林の暗いもつれた縮れ毛が漂ふのを、幾千人の子孫を生み出すぐにやぐにや父さんの周りを漂ふ流れの毛を、ゆつたりと漂ふ花を見た。(岩波文庫)

肉の芽である臍を見た。また漂ふ叢林のこんがらがつた捲き毛、無数の子孫の骨無しの父の周りに流れ漂ふ毛、しなびた漂ふ花を見た。(第一書房)

『リトル・リヴュー』に連載中の『ユリシーズ』があまりにもあちこち削除されることに業を煮やしたジョイスは、やがて弟に宛ててチューリッヒからこんな手紙を書くことになる(一九一九年九月八日)――「あちこちの部分が削除されて、ぼくのテクストはめちゃくちゃだ。日本でも印刷されることになるのではないか、と思う」(原文はイタリア語)と。ジョイスは日本は検閲の無風地帯であるとでも思っていたのだろうか。それから一〇年以上たって、自分の本の翻訳が無残に削除される運命にあったというのに。

連載への抗議――読者からの投書

このような事前検閲を重ねながらも、パウンドの重要な役割は、反動的なピューリタンの代表として検察官の役割を果たすことであったのではもちろんない。パウンドの弁護のためにいえば、彼の検閲官ぶりは、『ユリシーズ』受容の初期の歴史を彩る発禁騒ぎを先取りするものとして、きわめて暗示的ではあるけれども、その最大の功績は、なによりも、市場への積極的売込み、フランス・リアリズム文学の新たな継承者としての『ユリシーズ』の正典化を図ることにあった。

それなら当時の雑誌購読者の反応はどうであったのか。

『リトル・リヴュー』には、「ディスカッション」という討論の場のほかに、「読者批評家」という読者からの投書を載せるページがあった。『ユリシーズ』の連載は一九一八年三月から開始されたが、それから四号目の六月号には早くも読者からの抗議の投書が二通と、それに対する編集者の弁明が載っている。

この雑誌は当時としては一級の前衛的な雑誌であるから、これらの投書の主を一般読者と呼ぶのはふさわしくないかもしれないが、当時の代表的な知的読者ではあるわけで、ほとんど予備知識もなく、のちの読者のような『ユリシーズ』に対する文化的信仰（カルト）に似た予断とも無縁であった彼らの反応は、それが素朴・率直であるだけに、アメリカ側からの最初の『ユリシーズ』に対する反応として、じつに興味深い。

まずシカゴのS・S・B氏からの投書――

ほんとうにもう、ジョイス！　いったい彼は何をやっているつもりなのだろう。いったいどうなってるんだ。たしかに私は『ユリシーズ』を読んだ。しかし何のことやら、誰が誰で、場所がどこなのか、いまだにわからない。月を追うごとに事態は悪化するばかりだ。私は自分ではかなりの知識人だと思っている。読書量も人並み以上だ。作家ならやってもらいたいことがいくつかある。その一つが一貫性というものだ。ジョイスがこの先まだ続くのなら、ぜひ文体を変えてもらいたい。彼の印象主義と格闘するだけの時間と忍耐力のある人はほとんどいまい——かりにあったとしても、それによって得るところは皆無であろう。

これはこれ以後も長く続くことになる『ユリシーズ』攻撃の記念すべき第一声である。この投書の主が、部分的な猥褻さを突くのではなく、なによりも作品の有機的一貫性の欠如に不満を述べていることは注目に価する。ある意味で誠実なこの投書に対して、説得的に答えることのできる者はじつは誰もいなかったのである。

そもそも、最初の数章を読んだだけの知識で、このような不平に対して満足のいく回答の出しようがなかった。さらにこれから数年後、『ユリシーズ』全巻が完成してからだって、はたして『ユリシーズ』の一貫性・統合性がどこにあるのか、『ユリシーズ』を一個の緊密な自律的作品として「凝集・合着」させているものは何であるかについて、容易には合意はえられなかったのである。

このような素朴な疑問に対して、編集者は回答をしなければならなかった。『リトル・リヴュー』のバック・ナンバーを繰ってみると、このような読者の苦情に答えるのは、ほとんどが当時の編集協力者の一員であった"jh"（ジェイン・ヒープ）の役割になっていたことがわかる。彼女はこの投書に対しては、そっけなく次のようにつっぱねる方法を選んでいる——「芸術家の唯一の関心事は、短い生涯の中で〔芸術家の〕内部的衝動に応じる努力をするだけです。聴衆や観衆の要求には何の関心もありません」と。彼女はこれで大切な読者を一人失ったかもしれない。とうてい相手が納得したとは思えないからだ。

この投書が『ユリシーズ』の意味するもの、いわば物語の構造をめぐるものであるとすれば、同じ号に載ったもう一つの投書は、作品の内容・素材にかかわるもの、端的に言えば、（予想通り）その猥褻性に関するものであった。

ロスアンゼルスのR・McM氏の投書――

どうやら貴誌はピンク色の異常芸術の狂信者であるらしい。芸術には順応性とか寛大さとかヒューマーとかはないのだろうか。もしジョイスが芸術家であるのなら、彼をツルゲーネフ、チェーホフ、ゲーテなどの横に並べてみるがよい。上品さ（貧血症、青白く病的）という点からだって、哀れなオスカー・ワイルド、ボードレール、ひょっとしたらスウィンバーンにさえ及ばないのではないか。（略）ただ単に「彼の作品は芸術だ」という宣言文ではない、ジョイスを正当化する説得力のある説明が聞きたいものだ。（略）もともと美しい肉体にさらに化粧する娼婦は、それで不自然な魅力を加えたことにはなるだろうが、なぜそれが芸術なのか。ただ人目を引くだけのために（略）ジョイスが人生の猥褻な日常の出来事を描写する根拠は何なのか。

これに対してもジェイン・ヒープはあれこれと答えているが、彼女自身よくわかっていなくて、「ジョイスが猥褻などということはありえません。彼はあまりにみずからの作品に集中し、人生についてあまりにも宗教的なのです」などと要領をえない答えを出している。

翌月七月号でも投書は続き、その一つでは、かつてアメリカで最もすぐれた出版物の一つであった『リトル・リヴュー』が、最近では、ペテン師どもに占領されてしまったことを嘆いている。「最近評判のジョイスの『ユリシーズ』は下劣そのもの（punk）、〔ウィンダム・ルイスの〕『架空書簡』はさらに下劣、エズラ・パウンドはもっとも下劣」とこきおろした投書者は、「わけのわからぬ世迷いごとの真ん中へ汚物の塊をぶちこむジョイスお得意のやり口は、おもしろくもなんともない、不快なだけだ」という過激な言葉を吐き、あげくのはてに、暗にパウンドを指して、「文学部門アドヴァイザー」の交替を要求している。

最初の処分――郵政省の配達禁止

さて『リトル・リヴュー』連載も八号まで進み、第八挿話の前半（五ページほどを残した大部分）を載せたところで、ついに『ユリシーズ』は、アメリカ合衆国郵政省の配達禁止処分を受けることになる。これからも繰り返される禁止処分の、これが第一回目、一九一九年一月のことであった。

パウンドはこの挿話のタイプ原稿から「ビールみたいな人の小便」という句をあらかじめ削除しておいたのだが、それでも禁止処分を受けたのは、ブルームが、パブでゴルゴンゾラ・チーズのサンドイッチとワインの昼食を取りながら、二匹のハエが交尾する様子を見て、妻とのなれそめのころを回想する、その場面が当局の逆鱗に触れたためと思われる。

ブルームとモリーが、ホウス岬の羊歯の茂みの中で抱き合ったまま、口の中で暖かく噛んだシードケーキをそっと口移しにする官能的な場面である。（なお、この場面はブルームが回想する幸せな過去のうちのハイライトで、作中で何度か回想される。）ややぎこちない翻訳だが、岩波文庫から引用しよう——

窓硝子にこびりついて、二匹の蠅がぶんぶん、ぴたりくつついた。
燃え立つ酒が口蓋に触れて躊躇ひながら呑み下された。密かな感触に応へて俺に旧き日の記憶を告げるやうに思はれる。（略）ホウスの丘の野生の羊歯の下陰に隠れて。二人の足下には湾、そして眠れる空。音もなし。空。（略）彼女はその髪を俺の上着に枕してゐた。（略）彼女の項《うなじ》の下には俺の手、私を思ふ存分揺ぶつてちやうだい。まあたまんないわ！　香油でひんやり柔かな彼女の手が俺に触れた、愛撫…彼女の俺を見詰めた眼は外らされずにゐる。夢中になつて俺は彼女の上に重なり合つた、豊満な唇が豊かに開いてゐた、彼女の口に接吻した。イアム。彼女は俺の口の中へそつと温い噛み砕いた香子餅《シード・ケーキ》を入れてくれた。彼女の口で噛み砕いて唾と一緒になつた甘く酸ぱくむつとするやうな果肉。歓喜…俺はそれを食べた…歓喜。

丹念な描写はまだ続く。横たわる二人の側を、放し飼いの山羊が「スグリの実〔のような糞〕」を落としながら通りかかる。まさに文字通りの「野合」の場面である。

〔彼女は〕熱い抱擁の中で声を放つて笑つた。狂気のやうに俺は彼女と重り合つて、彼女に接吻した。

眼、彼女の唇、彼女の伸ばした頸、脈動する、女の乳房が彼女の薄羅紗の胴衣の中に張り切つて、ぼつたりした乳首が堅くたつてゐた。(略)

パウンドの不満

第八挿話の禁止措置騒ぎが済んでも、平穏な連載は戻らない。パウンドはその都度、少しずつ検閲の筆を加えていく。たとえば第九挿話で、スティーヴンが回想する娼婦との一夜を、「牧師の娘ジョージーナ・ジョンソン」としたこと、お得意のシェイクスピア論議の中で、処女のことを"uneared wombs"と表現したことなどである。(ちなみに岩波文庫はこれを「未開墾の子宮達」と正確に訳し、第一書房は「嫌々ながらの子宮」と不思議な訳をしている。)

しかし第十一挿話(セイレーン)に至って、ついにパウンドの不満は爆発する。それはジョイスの「生理学的リアリズム」に向けられるだけでなく、ジョイスの文学的方法への不満となって現われる。この挿話は全体が「カノンによるフーガ」という音楽的構造でできているだけでなく、その構造を支える下部組織(通奏低音)の一つとして、最後にブルームの朗々たる放屁音で締めくくられるのである。

一九一九年六月一〇日付のジョイス宛ての手紙は、パウンドとしてはさほど珍しいことではないが、書き方も論旨の展開も、ことさらに気ままでぶっきらぼうだ。まず「生理学的リアリズム」に関して、パウンドは次のように書いている——

受け取ったばかりの原稿を前にして、どうしても個人的意見を添加する要がありそうだ。貴兄はまたしても「アスパラガスの生えるところまで〔人生の暗部、恥部まで〕」落ちてしまい、とてつもない好意的なlector（読者）といえども、吐息をつきかねないところまで来てしまった。

じつはパウンドは、『ユリシーズ』の猥褻さに愛想がつきたというだけではない。この手紙の支配的な意味あいは、これまでどおりパウンドがジョイスの「排泄腔的強迫観念」あるいは「糞便学的強迫観念」に不満を述べているかのように読めるのであるが、もっと大事なことは、その中に次のような短いパラグラフがあることである。パウンドは、いよいよ過激になるジョイスの言語的実験に愛想が尽きたのだ。彼は、この挿話の導入部にある、きわめて実験的な、プレリュードの手法を認めていないのだ。これはジョイスとしてはまったく不本意な指摘であったはずだ。

消去してほしいとは頼まない――しかし、一、二、三の標識、たとえば二〇語くらいの筋の通った表現を三ヶ所か五ヶ所に補えば、冒頭ページの意味は明白になるだけでなく、ずっとよくなる〔のではないか〕という意見を述べておく。

この手紙にはさらに長い追伸がついている。この中には、「印刷までにはまだ十分に時間があるから、印刷を停止するなり、書き直すなりしてはどうか」という前提で、これまでにたまった不満を思いつくままに箇条書きに列挙している。

第一に、このごろどこかおかしいのではないか。第二に、全体が長すぎる。第三に、仕掛けが大げさすぎる。第四に、フランス風の男根嗜好に対して、中央ヨーロッパ的ヒューマーは排泄腔に向かう傾向があるが（ジョイスは中欧のトリエステで『ユリシーズ』を執筆していた）、格別にその方面ばかりを描くことで衝突を強化しようなどと思わないでほしい。第五に、放屁を描写してはいけないというのではないが、いくらこの章の構成が「カノンによるフーガ」だからといって、章のクライマックスに放屁音をもってくるのはどうかと思う。最後の二行を削除して、かわりに、過激なことは舞台裏で起こるというラシーヌふう古典劇の方式を借りてはどうか、たとえば「ブルーム氏は開放感を感じた（スーッとした）」（"Mr. B. felt relieved."）というように。

パウンドがここでいう「放屁音」についての不満は、昼食にブルゴーニュ・ワインを飲みすぎたために腹中にたまったガスを放出する音、少しずつ漏れ出る放屁音の最後の「開放音」と、アイルランド解放の運動家ロバート・エメットの墓碑銘の最後の単語（"Done."）とがみごとに共鳴してこの挿話が終わる、その不謹慎さに対する不満である。

Pprrpffrrppffff.
Done.
ププルルプフウルルププフウウ。
「終れり」　　（岩波文庫）

以上のパウンドの不満はいずれも、「ある作品の総体的効果は、つねに作者の健全さの確信に由来する」というパウンドらしからぬ命題に要約され、ジョイスに突きつけられる。結局、排泄腔的強迫観念を放出するに際してはもう少し慎重にやってほしいというのがパウンドの主旨なのであるが、この主旨を伝えるパウンドの遊戯的（しかし根は大まじめ）な文章は、原文のまま引用する価値がある。「審美的（aesthetic）」ともう一つの四文字語「尻＝けつ」（arse＝ass）との言葉遊びである。

But *obsessious* arseore-ial, cloacal, aesthetic as opposed to arsethetic, any obsession or tic shd. be very carefully considered before being turned loose.

『リトル・リヴュー』の敗北

しかし『ユリシーズ』の成行きに対する高まる不満、自分を取りまく文壇状況など、いくつかの不利な状況にもかかわらず、パウンドは単なる偏狭な趣味人ではなかった。あのような不満を漏らした次の挿話、第十二挿話（キュクロプス）を読むとすぐに、パウンドは機嫌を直し、クィンに宛てて次のように書いている――

ジョイスの今度の章は彼の書いたものの中でたぶん最良のものです。（略）さまざまな文体のパロディ、ラブレーから借用した手ではあるが、これほどになされたことはかつてない。ラブレーでさえ。

このようにしてパウンドは一旦冷めかけたジョイス熱をもう一度回復する。しかし、もちろん、送られてきたタイプ原稿に対して、必要な修正作業は怠らない。卑猥語や卑俗な表現を削除するだけでなく、二ヶ所の大幅な削除を行っている。絞首刑で死んだ男の男根が勃起する話と、いかがわしい雑誌記事の話題である。この部分の削除はパウンドによるものではなく、郵政当局の介入を予防するために、アンダーソンが自主的に行ったものかもしれない。このころになると、さすがにアンダーソンも積極的に事前検閲に参加していて、そのことに触れる編集長の断わり書きがこの号に掲載されている――「この前と同じような介入を避けるために、本号では、誰でも知っている自然の事実に言及した数ヶ所を削除することによってジョイス氏の物語を台無しにしたことをお知らせしておく」（一九一九年五月号）

しかしそのような編集者の外科手術にもかかわらず、四号にわたって分載された第十二挿話のうち、三号目がまたもや配送禁止処分を受ける。酒場に群がるごろつきどもの猥雑な話題と瀆神的な言動がその理由であった。これは『リトル・リヴュー』としては『ユリシーズ』連載によって蒙る三度目の受難であった。そして第十二挿話の最終部分を載せた続く三月号には、そうした世間の空気を反映するかのように、読者からの（説得力のある）非難の声と、（あまり説得力のない）弁護の声が掲載されている。

弁護の声の中には、ジョイスとほぼ同年の、小児科医上がりの詩人ウィリアム・カーロス・ウィリアムズがいた。ウィリアムズは、四人の新進イギリス作家、リチャード・オールディントンとD・H・ロレンス、ジョイスとドロシー・リチャードソンを挙げて、次のように書いている――

たとえばジョイスが下品で、屋外を徘徊しようとも、あるいはまた、リチャードソンがチャーミングで、若い女の子の寝室から外へ出ることがなかろうとも、それがどうだというのか。確かに彼らは存在する、それなのに注目する者が少ないのだ。

作品の本質をめぐる議論は単発的なものでしかなかった。『ユリシーズ』に対する反応は、依然として、作品の部分的な猥褻さを摘出してあげつらう域を越えることがなかった。あまりの不評にたまりかねた編集長アンダーソンは、ニューヨークの主な出版社の責任者何人かに面談し、やがて完結するはずの『ユリシーズ』の出版の目途を探る意味もかねて、その志の低さ、度量の狭さを訴える挙に出た。その結果の報告が一九一九年十二月号に出ているが、要するに大方の反応は、「何のことが書いてあるのかよくわからない、しかし書いてあることが猥褻であるということはわかる」というものであった。

この反応はこの後も『ユリシーズ』に長くついて回る評価になる。『ユリシーズ』は評判になる。『ユリシーズ』を買う。しかしそれは要するに、その中に目指す猥褻部分を探しだすためなのである。日本で『ユリシーズ』が「羽が生えたやうに」売れたのも、そのためであった。

そのことは、三回目の発禁処分を受けた号の次の号に載った匿名の投書に典型的に現われている。

『リトル・リヴュー』には困ったものです。私の好きなものを貴誌はすべて非難し、貴誌が熱心に推奨するものはすべて、貴誌があげつらう出版社のご友人同様、私には現代の狂気を示す標本としか思われません。

さらに次の号（四月号）には、まさにそのものズバリ、「猥褻」という見出しの投書（F・E・R氏）が載る――

一月号が発禁になった原因は何か。かのジョイスに相違あるまい。私はこの号の全部に慎重に目を通したが、『ユリシーズ』以外に有罪と思えるものは見つからなかった。しかしそれにしても今頃になってなぜジョイスにけちをつけるのか。私にいわせれば、これだけ何ヶ月も経ったのだから、猥褻も何もかも含めて受けいれてもいいのではないか。なんてったって、ジョイスを読むのはごく少数者で、その少数者というのは、人間本来の機能をあからさまに知らされたために道徳的本性が丸ごと転覆してしまうような、そんな人びとではないということを、郵政省当局も認識すべきなのである。

まことにもっともな意見と言わざるをえないのであるが、のちに見るように、この種の意見が社会的に受けいれられることはない。意味不明だが猥褻だ、という主張を無効にするのは、つねに難しいのである。

ナウシカアの受難

高まる読者からの不満に対して、編集者のヒープはつねに高飛車な態度に出る方法で応じた――「ジョイスは、文学について過激な考えを持つ人以外にほとんどすべてを寄せつけないだけの技法を完成させせました」と。

彼女の戦略は、『ユリシーズ』が、文学に対して過激な（rabid）者のみが理解できる、特権的・排他的なものであることを故意に主張し、それによってこの作品の受容者をあらかじめ限定しようというものであった。

そして皮肉なことに、一般読者が近づくことのできないはずの作品が、ついに「ニューヨーク悪徳追放協会」によって告訴されることになるのである。

『リトル・リヴュー』の表紙には、先に述べたように、パウンドを編集者に迎えて以来、「一般大衆の趣味に迎合しない」というスローガンが掲げられている。七―八月合併号では、このスローガンについて読者から疑義が提出され、それに対してジェイン・ヒープが例によってやや高飛車な回答をしているのであるが、その同じ号に、問題の『ユリシーズ』第十三挿話（「ナウシカア」）の後半が掲載されている。

この挿話には、夕闇せまるサンディマウントの海辺で、岩にもたれて遠くの花火を見上げる乙女の姿と、それを見つめながら手淫に耽るブルームとが、故意に通俗少女小説の感傷的な文体を模して語られているのであるが、告発の原因がこの部分であることは明白である。

結局編集者のアンダーソンとヒープの両女史は、公序良俗に反する事物を出版した廉で警察に呼ばれる事態となった。

告訴状の一部を引用しておく――

ニューヨーク悪徳追放協会の代理人ジョン・S・サムナー（住所……、職業、事務局長、四四歳）は宣言をし、次のことを申し立てる。一九二〇年九月十七日およびそれ以前に、ニューヨーク市（略）においてマーガレット・C・アンダーソンおよびジェイン・ヒープは、猥褻、好色、淫猥、不潔、下品、嫌悪すべき（obscene, lewd, lascivious, filthy, indecent, and disgusting）雑誌を不法に流通、発行、制作、準備、かつ流通、発行、制作、準備を幇助し（略）なかでも特に猥褻、好色（略）なのは四二、四三、四四、四五、四六、四七、四八、五〇、五一、五三、五五、五七、五九、六〇の各ページにして、当該雑誌はあまりにも猥褻、好色（略）であるため、該当部分をわずかに一分間描写するだけでも、本法廷を侮辱することになり、それを記録にとどめるのは誠に不適切（略）それゆえ本訴状においてはこれを詳述することを避けることとする次第であるが、すべてはまぎれもなくニューヨーク州刑法一一四一条に違反し……（略）

こうして二人は、一九二〇年一〇月二一日、警察裁判所判事によって特別州刑事記録裁判所で裁かれることになった。訴訟手続きは翌年の二月十四日に開始された。弁護士（ジョン・クィン）は、遅延作戦や芸術論争などを含むさまざまな手段を使って事態を切り抜けようとしたが、いずれも成功しなかった。

猥褻とされる問題の箇所（第十三挿話、夕刻の浜辺を舞台とするナウシカアの挿話）を法廷で読み上げる段になったとき、判事の一人は未婚の女性ミス・アンダーソンの前で読むことには問題があると言い出した。「しかし彼女はそれを出版した本人です」とクィンが答えると、「きっとこのご婦人はご自分の出版したものの意味を理解していないのです」と判事が応じる一幕もあった。じっさいに読み上げられると、判事のうちの二人は読み上げられたものをよく理解できなかった。すかさず弁護人は、読んでも理解できないものが人を堕落させることはできないはずだと主張した。

一九二一年二月二一日、裁判は再開された。クィンは最終弁論で、ジョイスの作品とキュービズムの類似性を引き合いに出し、ナウシカアの挿話の道徳性に関しては、それは「不潔」であるのではなく、むしろ「嫌悪感を誘う」(disgusting) のだと論じた。つまりガーティ・マクダウェルが下着のズロースを露出するといっても、それは嫌悪感を誘うだけのことであって、そんなことをいえば五番街のデパートに陳列してあるマネキンのほうがもっと露出的であると主張した。これに対して検察官は声高に異議を唱え、かんかんに怒り出した。弁護人はそれを見て、検察官を指差して、いった——「これがまさにいい証拠です。『ユリシーズ』が人々を堕落させるわけでも、好色な気分に誘うわけでもないことがこれではっきりしました。検察官を御覧なさい！　すっかり猛り狂っております。誰かを殴り倒さんばかりです。これが『ユリシーズ』の効果です。人を怒らせるのです。(略) しかし『ユリシーズ』を読んだからといって、その人がどこやらの魅惑的な美女の胸に飛び込みたい衝動に駆られるわけではありません」と。

しかし結局、二人の女性編集者は一九二一年二月十四日、猥褻文書出版の廉で、それぞれ五〇ドルずつの罰金と指紋を取られた。うら若い女性であるために、二人は刑務所送りは免れた。『ユリシーズ』は、次の第十四章の冒頭部分を掲載しただけで連載打ち切り、単行本発行の可能性も閉ざされてしまうことになった。

法廷を後にしたとき、弁護人は二人に「これからは猥褻文書の出版はおやめなさい」といった。「猥褻であるかどうかはどうしたらわかりますの？」とアンダーソンは訊いた。「私にもよくわかりませんが、とにかくおやめなさい」と弁護人は答えたという。

投獄されなかったことは、二人にとっても、二人の友人たちにとっても、いささか意に満たぬことであった。ジョイスは、一八五七年のボヴァリー裁判のような騒ぎにならなかったことを残念がった。そうすれば『ユリシーズ』はもっと有名になったのに。

この裁判については、『ニューヨーク・タイムズ』は、『ユリシーズ』は理解不能で退屈ではあるけれども不道徳ではない、もっともある種の「リアリスティックな」言葉を使っていることは嘆かわしく懲罰に値するけれども、と書いた。『ニューヨーク・トリビューン』は、その当時ブロードウェイで上演されていたシェイクスピアの『マクベス』の門番の台詞ほどには下品ではない、と書いた。これを知ったジョイスは大いに満足し、将来どこかで宣伝に利用するためにそのコピーを保存した。『ユリシーズ』の連載に有罪判決が下されたことは、今後これを一冊の書物として出版することを困難にした。イギリスでもアメリカでも、出版を引き受ける者はいなかった。ヴァージニア・ウルフが夫と起こしたホガース・プレスも出版を断わった。

結局『ユリシーズ』は、ロンドンでもニューヨークでもなく、パリの小さな本屋シェイクスピア・アンド・カンパニーから出版された。まもなく旅行者が洋服の下に忍ばせてイギリスやアメリカの税関職員の目を盗んで密輸しはじめた。露見して没収されることもあった。密輸入者の中にはアーネスト・ヘミングウェイもいた。何年かたつと税関の目も疎かになっていった。『ユリシーズ』は人目を忍んで名声を高めていったのである。

ナウシカアの誘惑

さてその問題のナウシカアの挿話を一部、昭和初年の翻訳で読んでみよう。

六月十六日の午後八時、この日の日没は八時二七分、日本よりはるかに緯度の高いダブリンのことだから、暮れなずむ薄明の時間はとても長い。物語の前半は、サンディマウントの浜辺に友達と夕涼みに来ているガーティ・マクダウェルに焦点化されて進行する。

セピア色に染め上げられた夕暮れの風景の中に、ガーティは一人、友達から離れて、砂の上に膝を抱えるようにして座っている。近くの教会からは処女マリアに捧げるお祈りの声が聞こえる。やがて聖体降福式が終わり、聖体が聖櫃に納められるのを待っていたかのように、夜空に突然マイラス・バザーの会場から花火が盛大に打ち上げられる。友達はみな、花火を見ようと陸のほうへ駆け出していく。残るのはガーティだけ、といいたいところだが、じつはそこに先ほどから、薄明の中にしきりに娘に視線を走らせている一人の黒服の紳士がいる。ブルームである。男の手と顔がしきりに動いている。娘が花火を見るために体をのけぞらせ、しなやかな丸みを帯びた「優雅な、美しい形をした脚をすべて」男の目のために露出させる。花火がつぎつぎに上がり、娘はますます反り返り、青い靴下留めも透明な靴下も下着も男の目にさらされる。

こうしてガーティとブルームの浜辺での「性的成就」は、夜空に花を咲かせるローマン・キャンドルのような打ち上げ花火を比喩の焦点として、意図的にポルノ小説の書法を模して語られる。あたかもハーレクイン小説のクライマックス・シーンの完成品、そのパスティーシュである。

彼女は彼の唇を自分の白い額に押しつけて貰ひたさに、彼に此方へ来てくれと、息窒まるやうな声で今にも彼に向つて叫び、そして雪白のほつそりとした両腕を彼に向つて差し出したいほどに思つた、この叫びこそ若い乙女の恋心の叫び、若い乙女から搾り出される小さな抑圧された叫び、幾世代を通じて響き渡つたあの叫びではないか。そして間もなく一本の火箭がさつと上がつたそしてぱんぱんしゅぅつと目に見えず空しく飛んだそしておお！　俄然、『天主教の蠟燭』は破裂した、そしてそれはO…の嘆息に似てゐたそして誰も有頂天になつておお！　おお！　と叫んだそしてそれは中から雨と降る金髪の糸の流れを吐き出したそしてそれらは皆散つて行つたそしてああ！　それらはすべて燦燦と降り行く緑がかつた露を帯びた星であつた、おお余りにも美しい星！　おお余りにも柔かな、甘い柔かな星！

（岩波文庫）

裁判の途中で判事が、いったいなにが起こっているのか、被告のお嬢様はお分かりになっていないのではないか、と心配した問題の箇所である。

ついでに伊藤整らの翻訳もお目に掛けよう――

彼女は咽ぶやうに彼に叫びたかつた、彼がやつて来て、彼の唇を彼女の白い額に感じ、若い少女の愛の叫び、小さな締めつけられた叫び、幾世代も響き続けたあの叫びを彼女から搾り出して貰ふために、彼女の雪のやうに白い細長い腕を差し出したかつた。そしてその時一つの狼煙が上つてまだ眼には見えずにズドンと鳴つたそしてそれからロオマ蠟燭は爆発したそしてそれはおお！　といふ嘆息のやうだつたそして誰でもが有頂天になつておお！　おお！　と叫んだそしてそれはそれから金髪の糸の雨の流を吹き出したそしてそれは流れ落ちたそしてああ！　それは総て金色と共に落ちる緑色の露の星だつた、おお、何て愛らしい！　おおとてもしつとりと、優しく、しつとりと！

娘が立ち去ったあと、ブルームはひとり浜辺に取り残される。世間のさまざまな夫婦のあり方についてのブルーム流の省察、その間にふと、悔恨を込めた自己観察の一節が紛れ込む——

……さうかと思ふと、七十の老耄爺の金持に花羞かしい嫁御。皐月の嫁入り師走の後悔。かう濡れたんぢやとても気持ちが悪い。くつついてゐやがる。さうだ、包皮が元へ戻つてゐないからだ。離した方がいい。

ああ！　（岩波文庫）

……もしくは年取つた金持爺と花羞しき花嫁。五月に結婚して十二月に後悔する。この濡れたのは実に不愉快だ。くつつく。皮が元のところに返つてゐないのはよかつた。剝いだ方がいい。

おう！　（第一書房）

この部分は、陰でユダヤ人であることを批判されることのあるブルームが、意外にも割礼を受けていないことの証拠として引き合いに出される部分であるが、第一書房版では、「やれやれ包皮がもとに戻っていないわい」（Well the foreskin is not back.）を「……のはよかつた」と誤読している。

このようなローマン・キャンドルの爆発によって、アメリカでの『ユリシーズ』連載はついに中断を余儀なくされた。

しかしもちろん、『ユリシーズ』はいままで以上の集中力で、あらゆる言語実験を装備して、いままで以上に過激に書き続けられた。そしてどこも出版の引き受け手のないまま、最終的に、一九二二年、パリのシェイクスピア・アンド・カンパニーから出版された。

『ユリシーズ』裁判

『ユリシーズ』が単行本としてパリで出版されたのちも、アメリカでは、『ユリシーズ』は一九二二年の税関法に基づいて猥褻文書として禁書であった。エゴイスト社から出版されたイギリス版が、ほとんどそのまま没収・焼却処分になったのは先に述べたとおりである。

しかし一九二八年八月一日、合衆国税関裁判所第二部門が、『ユリシーズ』を猥褻文書としての輸入禁止リストから除外することを決定した。そのことを受けて、『ユリシーズ』を、パリではなく、ロンドンやニューヨークで出版することが検討されはじめた。イギリスでは、T・S・エリオットが、自分の勤務するフェイバー社からの出版を提案したが、重役たちが投獄されるかもしれないという不安のために、二の足を踏まざるをえなかった。早くからアメリカでの出版を目論んでいたヒューブシュも、猥褻文書の権威である弁護士モリス・L・アーネストと相談し、最終的に断念した。

ここで登場するのが、いまなおアメリカでの『ユリシーズ』の版権を独占するランダム・ハウス社である。ランダム・ハウスは、弁護士アーネストと周到な打ち合わせをした上で、アメリカで『ユリシーズ』を合法的に出版するための綿密な作戦を立てた。

その作戦とはこうだ。

まずパリ版の『ユリシーズ』を一部、正式のルートで輸入させる。「うまく行けば」、それが一九三〇年五月一〇日の関税法三〇五項に基づき正式に没収される。没収された段階で、裁判に持ち込む。ところが、このときは残念ながら税関に引っかからず、『ユリシーズ』は没収されずに輸入されてしまう。これではまずいので、アーネストはわざわざ税関職員に通関の取り消しを促しにいく。こうして一九三二年五月八日、『ユリシーズ』は無事に没収される。アーネストは、もう一度税関の反応を確かめるために、二冊目の『ユリシーズ』を送らせ、もう一度没収してもらう。しかしこの二冊目の『ユリシーズ』は、それが「古典である」という理由で（これはのちの裁判で被告側に有利に働くことになる）、一ヶ月後に税関によって所有放棄（没収解除）される。

こうして一冊目の『ユリシーズ』によって、やがてまさに世紀の『ユリシーズ』裁判がはじまる。

検察側の主張によれば、没収された『ユリシーズ』の中には、猥褻とされる部分は二六〇ヶ所、一九八ページにわたり、その総量はパリ初版全体の約二五パーセント、回数が多いのは第十五挿話（「キルケー」）の八九ヶ所、最終挿話は五六ヶ所であった。

裁判は、弁護側と検事側の同意によって、陪審員制度ではなく、判事によって裁く形式が採用される。弁護側の駆け引きの結果、裁判の開始はわざと遅らされ、公平性に信頼の置けるジョン・M・ウルジー判事に順番が回ってくるまで待つことになる。

やがて世紀の裁判の、格調高い判決文によって記憶されることになるウルジーは、そのとき五六歳であった。教養人で、古家具と古書収集が趣味、ジョンソン博士の愛好家で、その判決文にはしばしばかすかにジョンソン博士をしのばせる優雅な措辞が見られる。(本書でものちに話題にする予定の、わが国の戦後の最初の猥褻文書裁判、伊藤整を被告とする、いわゆる「チャタレー裁判」の判決文とはなんという違いだろう。)

公判に備えて弁護側は、ランダム・ハウスに命じて、五〇〇人の教育者、作家、聖職者、事業家、図書館長にアンケートを送った。多くの回答が返ってきた。図書館の多くは、このころすでに『ユリシーズ』を収蔵していたが、アメリカ版が出版された場合にもそれを収蔵したい、という回答であった。

公判に備えて、それまでに出た代表的な『ユリシーズ』評が集められた。やがて公判の場に提出されるそれらの資料に目を通していけば、当時の代表的な『ユリシーズ』批評のすべてを知ることができる。それはアーノルド・ベネットからエドマンド・ウィルソンまでを網羅するものであった。(以上の裁判資料は、*The United States of America v. One Book Entitled Ulysses by James Joyce : Documents and Commentary*——*A 50-Year Retrospective*, University Publications of America, 1984で読むことができる。)

弁護団の主張は、猥褻の基準は変化するものであること、『ユリシーズ』は一九三三年の基準に照らして猥褻ではないこと、税関がついに認めたように、いまや古典であること、好色な人間の好奇心を煽るためにはあまりに複雑であり、全体として「教化し楽しませるために」書かれていること、部分だけを取り出せばいろいろなことが言えるかもしれないが、全体のコンテクストから判断すれば正当なものであること、などであった。

ウルジー判事は一九三三年十一月二五日まで開廷を延期し、『ユリシーズ』を読み、スチュアート・ギルバートなどの批評本を勉強した。『ユリシーズ』だけでなく、いまや『ユリシーズ』の「サテライト」となっているいくつもの本も読んだ。彼にとって『ユリシーズ』研究を読むのはかなりの重労働であった。

そして一九三三年十二月六日、判決は下された。禁書処分の解除であった。その骨子は、判決文の途中にある次の文に集約される――「しかし、『ユリシーズ』の中には、異常なほどの率直さはあるものの、わたしはどこにも、好色家特有のいやらしい目つき（sensualist's leer）を認めることはできなかった。それゆえに、本書は猥褻文書ではないと判断する。」

判決文の中には、次のような説明がある。

卑猥であると判断される単語（fuck や cunt などの四文字語のことと思われる）は古代サクソン語起源のもので、ほとんどの男性、あえていえば多くの女性も知っている言葉である。登場人物が性的な発想をするのも、小説の背景がケルト（アイルランド）であり、季節が春であることを思えば納得できる。

たしかに『ユリシーズ』は容易に読める本ではない。みごとなところもあれば退屈なところもあり、理解できるところもあれば不明瞭なところもある。読んで不愉快なところも多々ある。しかし一般に卑猥と考えられる言葉を多く含むけれども、卑猥のための卑猥というところは一切ない。どの単語も、ジョイスが読者のために構築しようとする全体像のために、ちょうどモザイクのように、一片一片が貢献する。

結果的に、『ユリシーズ』は疑いもなく、読者に対して嘔吐を催させる（emetic）部分も多くあるけれども、どの部分をとっても、催淫的（aphrodisiac）というところはない――これがウルジーの判決であった。

勝訴の知らせは電話でランダム・ハウスに知らされた。一〇分後には植字工が『ユリシーズ』の活字を組みはじめた。またもや海賊版が出る怖れもあった。そのため一九三四年の一月には版権を確保するために、まず一〇〇部が出版され、残りは二月になった。偶然にも、『ユリシーズ』が解禁になったのと同じ週に、禁酒法も廃止になった。まさに道徳の基準が変わったことを示す暗示的な出来事であった。（そういえば、禁酒法が施行されたのも、一九二〇年一月、ちょうど『リトル・リヴュー』が「キュクロプス」の挿話内の不穏当な表現によって配達停止処分を受けているころであった。）

以上がアメリカの話であるが、イギリスではさらに出版は遅延した。そのことを示す象徴的な出来事をここで紹介しておこう。二〇〇二年まで公開禁止の内務省資料が一部公開され、イギリスの新聞に掲載されたものである。（『ガーディアン』一九九八年五月十五日）

一九二六年夏のことである。ケンブリッジ大学講師のF・R・リーヴィスは、秋学期の講義に使用するために、『ユリシーズ』を一部輸入しようとした。チャールズ・ポーター書店が、リーヴィスに代わって、大学図書館に収蔵して学生が『ユリシーズ』を読めるようするための許可を当局に願い出た。イギリス内務省は、この大胆な申し出に驚愕した――「ケンブリッジ大学講師たる者が、男女共学の大学生を相手にこのような本を使うとは、よほどの危険な偏執狂にちがいない」というのであった。もともと出版の時点でイギリス公訴局長官によって輸入禁止処分になっていた本なので――前記資料によると、長官は『ユリシーズ』七三二ページのうち最後の四〇ページだけを読んで、これは「無学で野卑な女が書いたもの」と判断して禁書処分にしたのである――これを知った公訴局長官は時のケンブリッジ大学副総長（事実上の総長だ）A・C・シュワードに宛てて警告を発し、ケンブリッジ警察署長にリーヴィスの動向を監視するよう指示を出した。リーヴィスが有名なジョイス弾劾のエッセイ「ジョイスと「言葉の革命」」――『ユリシーズ』の「非有機的な彫琢と衒学趣味」への非難と、『フィネガンズ・ウェイク』は読む労を払うに値しないという主張――をみずから主宰する機関誌『スクルーティニー』に発表したのは、それから七年後のことであった。

イギリスでの『ユリシーズ』出版は、ジョン・レインが一九三四年の夏に一度出版を計画したが、印刷業者がある部分について（もちろん四文字語だ）抗議をし、ようやく一九三六年一〇月三日についに出版された。出版部数一千部、署名入りは六ギニー（いまの価格で二五〇ポンド、邦貨で四万円ほど）、署名なしは半額の三ギニーであった。

ジョイスの本国のアイルランドでは、正式には禁書ではなかったが、いつまでも本屋で秘密裏に売られる事態が続いていた。

日本での翻訳出版

以上に述べてきたように、『ユリシーズ』の前半部、すなわち雑誌『リトル・リヴュー』に連載された部分にも大いに問題はあるが、『ユリシーズ』に猥褻文書としての「名声」をもたらしたのは、その後半部、とくに最終挿話「ペネロペイア」のモリーのモノローグであった。その翻訳は当然日本でも問題を引き起こした。さらに長大にして難解な第十五挿話の「キルケー」にも多数の「猥褻的な」部分が含まれていた。（岩波文庫はキルケーの挿話だけで第四冊全部を占める。）「ペネロペイア」を含む翻訳は、第一書房版は『ユリシイズ』後編（昭和九年五月）であり、岩波文庫はかなり遅れて『ユリシーズ』第五冊（昭和一〇年一〇月）であった。

先に発行された第一書房版の扉には「校正注意」とあり、次の文が掲げられている――

　訳文中白欠の箇所は、既に公許されたる、乃至は公許さるべき範囲内に於て削除を行ひたるものにして、脱落に非ず。

訳者たちはその序に、「計らずも原書出版者との交渉に一頓挫を来たし、爾来一ヵ年本下巻は発刊の運びに至らなかつた。（略）漸く此処に原作者、原書出版者のパアミッションを得て、下巻が日の目を見るの機運に至つた」と、原著者との交渉が難航したことに触れているが、問題はそれだけではなかった。

第一書房版『ユリシイズ』後編は、発売直後の五月三〇日、「中年女淫欲想像描写」の罪で「風俗禁止」となったのである。（小田切秀雄・福岡井吉編『昭和書籍雑誌新聞発禁年表』）『伊藤整全集』の年譜に、「（昭和九年）五月二十五日、原著者及び原著出版社との交渉難航のため出版が延引していた『ユリシイズ』後篇を第一書房より上梓。発売後直ちに発禁の危にあう」とあるのがそれである。

このことに関する資料はまことに少ない。たとえばアメリカのスローカムとカフーンの共編になる

『ジェイムズ・ジョイス書誌』（一九五七）には次のような記述がある——

本書の第二巻は、おそらく検閲のために、通常五一六—九七ページが切り取られている。これらのページは第二刷以降削除されている。

この書誌のはしがきによれば、この情報提供者は、東京の「ショウ・コジマ」という人物であるらしいが、この情報は全面的に正確とはいえない。

私が知るかぎりでは、第一書房版の後編には次のようなものがある。（なお国立国会図書館はどの本も収蔵していない。）岩波文庫の第五冊も収蔵していない。

① 完全無削除版。薄青色布装。日本近代文学館所蔵の伊藤整文庫と津田塾大学の西脇文庫などがこれに当たる。（西脇文庫には、「西脇順三郎様　訳者」という書き込みがあるが、少なくとも伊藤整の筆跡ではない。）

② 第十八挿話全体を切り取ったもの。（未見）

③ おびただしい「白欠（伏字）」部分を持つもの。おそらくもっとも多く流通したもので、九州大学の収蔵本などがこれに当たる。

④ 「白欠」部分をペンで丹念に補充したもの。おそらく①を手元において書き写したもので、日本大学文理学部収蔵本は青布装初版、赤ペンで補充、渋谷道玄坂上柏屋書店より昭和四十三年購入という収蔵記録が付記されている。また城市郎の収蔵本は、写真で見るかぎり青インクで補充してあり、赤ペンでの校正指示まで書き込んである。あきらかに第一書房の社内用である。

⑤「白欠」部分を手書きで英語の原文から補充したもの。広島女学院収蔵本などがこれに当たる。

これから見ても、スローカム＝カフーンの記述は正確ではないことがわかる。おそらく最初は無削除版を作成し、それがほとんど出回らないうちに「発禁」となり、取り急ぎ最終挿話を切り取ったものを市場に出し、そのあとで急遽、組版から問題部分を削ぎ落としたもの（伏字版）を発売したものと考えられる。無削除版がどの程度出回っていたかは不明であるが、不思議なことに、その無削除版にすら、「訳文中白欠の箇所は（略）脱落に非ず」という断わり書きが印刷されている。いずれにしろ、その数はかなり限られたものであったはずで、その限られた完訳本がなんらかの形で密かに流通し、それを元にごく限られた人のために、ごく小数の④が作成されたのであろう。一般に販売されたのはもちろん③で、勤勉なる好事家がこれに英文の書き込みを施したのが⑤である。これは根気さえあれば誰にでもできることなので、その数は少なくないだろうと思われる。

なお①の無削除版について、発禁本の収集家である城市郎は次のように書いている――

ところでこれ〔第一書房版〕に完全本があったことは昭森社の森谷均から「小部数第一書房の社内版として作り小生もかつて持つてゐた」との私信による御教示で、初めて知り得たことで、社内用完全版も密製されていたとなると俄然ほしくなるのですが、しかしその現物には未だ出会ったことがありません。

（『定本　発禁本』平凡社）

もちろんあれほど蒐集に熱心な城が出会ったことのないという完全版は、じっさいにはその手続きさえすれば、誰でも閲覧することができる。「社内用完全版」は、城がいうような「社内」だけに限られたものではなかったことは、津田塾大学の西脇文庫の存在が証明している。西脇は、西洋の諸言語と最新の文学事情に通じた学殖の人として、第一書房と岩波文庫の両方から相談を受ける立場にあった。訳者から初版の無削除版を献呈されたとしても不思議はない。それはおそらく西脇だけに限られなかったであろう。結果的に無疵のまま残されたものはほかにもいくつかあったはずである。

それでは岩波文庫はどうか。

先にあげた『昭和書籍雑誌新聞発禁年表』には岩波文庫の『ユリシーズ』についての記述はない。じっさいに発禁処分を受けたわけではなく、先行する第一書房の例から判断して、じっさいに組版をおこなったのち、自主的に活字を削除したものと思われる。当時は、猥褻文書については、「風俗壊乱」の廉での発売禁止を恐れて伏字にしたり削除したりすることが頻繁に行われていたからである。(それに対して、社会思想に関する罪は「秩序紊乱」であった。たとえば西脇順三郎のエッセイ「最近のシユルレアリスム」(昭和六年三月)では、わずか四ページ足らずの短文の中に、「革命」という文字が十二回、「××」と表記されている——「シユルレアリスムといふものは元来一つの××思想と言つてもいい。彼らの最初の機関誌は人も知るやうに『シユルレアリスム××』といふ名前がつけられてゐた」といった調子である。こちらは、一種の虚栄心から、つまりみずからの抵抗姿勢を誇示するために、伏字にすることさえあった。)

『ユリシーズ』の第五冊として一般に発売されたものは、無数の空白・伏字部分を含む、じつに無残なものである。そしてこれにも、第一書房版と同じく、空白部分を、青インクを使って、達筆の細字で丹念に補充したものが存在するのである。

現在の一般の文庫本より小さな活字で、行数も多い、小さなページを相手に、白欠部分を、きちんと字数を合わせて丹念にペンで埋め込む作業は、生半可な根気でできるものではない。日本近代文学館の吉田精一文庫がそれである。空白部分にぴったり字数が合っているところから判断して、市場には出回っていないはずの完全本を手元において、一字一字書き写したものであることは確実である。

じつは敗戦後の昭和二八年、岩波文庫を元にして、三巻本の『ユリシーズ』が三笠書房から出版されている。あきらかにこれは、どこかに残っていた無削除版の岩波文庫を利用して印刷されている。これは時流に合わせて仮名遣いを改めただけの、誤植も多い、じつに杜撰な編集のもので、たとえば第一巻の解説には、ジョイスは「現在、パリの瀟洒なアパートに住み、ときどきスイスあたりへ遊びに行くらしい」などという、岩波文庫からのそのままの時代錯誤の記述が残っていたりする。

日本近代文学館の収蔵本の書き込みはこれによるものではない。なぜなら、三笠書房版は、あれほど杜撰な編集をしておきながら、一方では当局に遠慮して、とくにきわどい部分を英語の原文のまま記載しているからである。あきらかに吉田精一文庫と同じ無削除版を手元において、きわどい部分を回避するために、英語を挿入したものである。ときは伊藤整を被告としたチャタレー裁判の真っ最中、やむをえない処置でもあった。たとえばこんなところである――


もしそのときあのひとがあたしの〔おしりにキスしたいといふのならあたしズロースをぬいであのひとのまつしようめんでおもふぞんぶんまえをはだけてあたしのあなへあのひとのしたが7哩もはいる〕や

うにだつてしてやるわ。あのひとがあたしのブラウン・パートにはいつてゐるときに壱磅か三〇志くださらないつてねだつてやらう。（吉田精一文庫。括弧内が青インクによる書込み）

もしそのときあのひとがあたしのうしろにキスしたいというならは《（ママ）》 I'll (*sic*) drag open my drawers and bulge it right out in his bface (*sic*) as large as life he can stick his tongue 7 miles up my hole as hes there my brown part. 一ポンドか三〇シリングくださらないつてねだつてやろう。（三笠書房版）

ついでに同一箇所の第一書房版をあげておこう。もちろん市販本では伏字になった部分である――

あの人があたしのお尻にキッスしたけりやあし《（ママ）》はドロオスをぐつと引つぱりあげてあの人の顔のまん前にあれをすつかりむき出しにして孔の中にあの人の舌を根つこまで突込ませてやらうそこにあたしのきな臭いところがあるんだそれからあし《（ママ）》に一ポンドか乃至は多分三十シリングいるんだつて言つてやらう……

「きな臭いところ」とは不思議な日本語である。

発禁の実態

『ユリシーズ』には印刷後に問題箇所を削除したもの（「白欠」）と、最初から伏字になっているもの（「×××…」）とがある。最終挿話以外で、最初から伏字になっているものに、岩波文庫では、第十五挿話（「キルケー」）に次のような部分がある。

あの牧師さんにほんとの×りなんか出来るもんかね。〔×＝交〕

あら、××××××の何から何まで無性に愛撫してゐるわ。〔××……＝彼女のすみからすみまで〕

出た！　××××！　××！　××××××！　もっと！　発射！〔三笠書房版では「みえた！　きえた！　みえた！　もっとなかまで！　もっと！　発射！」とある〕

それでは問題の、第一書房版と岩波文庫版での、最終挿話におけるそれぞれの削除の実態を少し丁寧に見てみよう。

もう一度確認しておけば、第一書房は、最初全ページを印刷した完全版を作成した。次に第十八挿話の全ページを切り取った版を作成した。スローカム＝カフーンのいうのはこの版である。次に、白欠部分を含む七八ページをつけた「完訳版」を発行した。（じつは伊藤は一度も完全な『ユリシーズ』を正式に出版していない。戦後になって二度、新潮社から改訳版を出しているが、どちらの場合も、最終挿話は部分的に英語の原文を挿入することで危険を回避している。伊藤はさらに戦後の三回目の改訳に取り掛かっているところで病魔に倒れた。その改訳作業の軌跡は日本近代文学館所蔵本に付された多数の付箋つき書き込みに見ることができるが、最終挿話の処置をどうするつもりであったかは、そこからは窺うことはできない。）

それに対して岩波文庫は、一度完全版を印刷しておきながら、最後の段階で、おそらく自主的に、きわどいところを削り取って出版した。それが最後の段階で行われたであろうことは、「翻訳後書」にもどこにも、そのことに触れていないのでもわかる。あとがきにはただ、ハーキュリーズ的訳業がかならずしも期待した成果を生まなかったことへの失望が自嘲的に語られていて、痛ましい思いを残す――われわれの文壇は、「世界文学史上の巨星を次ぎ次ぎと漁り出して、体臭を嗅ぎ分けるどころか肌の色も碌に見もせずに、死んだ過去の庫に投げかへしてゐる」と。

第一書房版の『ユリシーズ』の最終挿話は全体で七八ページあるが、そのうち削除箇所は長短合わせて七五ヶ所ほど、わずか数文字の短いものから、十三行まとめて削除されたり、全ページにわたり飛び飛びに伏字になっているものもある。

もっとも短い例は、かつてブルームに買ってもらった「愛らしい小さな〔男性の〕立像」を思い出す場面で、あまりの可愛らしさにモリーはたびたび「どこもかしこも接吻してやりたい」(じつはこの部分は伏字になっている)と思ったりもするのだが、そこに四字の白欠がある。ここでは「××」で表記する。

(略)あの愛らしい小つちやな××××んもほんたうにきれいで誰もみてゐなかつたら口の中に入れたつていいぐらゐだわ(略)

削除部分の原文は“cock”で、本来なら該当の五字を削除すべきところ、最後の一字を消し損ねて「××××ん」となっている。このことからも削除作業が慌しい雰囲気の中で行われたことが推測される。

中にはなぜ「白欠」にされたかよくわからない部分もある。たとえばブルームが夜半に連れて帰ってきたスティーヴンのことを思いながら、モリーが他愛もなく、自分と「若い詩人」との釣り合いを考える場面――

あの人が二十三か四なら〔あたしはまだあの人にとつてふけ過ぎてゐないわ〕あの人は高慢ちきな大学生なんぞでなければいいと思ふけどさうぢやないわ（略）

〔　〕の中が伏字部分であるが、伏字になったために、かえって読者にあらぬ想像力の負担をかけてしまうことになる。そのような部分もあるが、さすがにモリーの性意識の過激な部分は、思いっきりよく、無残に切り取られている。もちろん大半の削除は性行為か性行動についてのモリー・ブルームの大胆な省察であり、当時としては「中年女淫欲想像描写」の罪で「風俗禁止」になってもやむをえないところもある。

しかし例外的に、最初から「…………」で空白になっている部分も一ヶ所だけある。当局の取締りを先回りして自発的に削除したのかと思わせる場面である――

あの女《ひと》はお父さんとそれからまたキヤプテン・グロウヴによろしくと言ふのを忘れたわさうだわほんたうに…………だわあの女《ひと》は少しも結婚してゐるやうには見えず（略）

しかしじつはこの部分は、「お父様にもグロウヴ大尉にもよろしく／あなたのへスターより愛情をこめて××××××」という、手紙の末尾によく使われる接吻のしるし（×）を、訳者が先回りして、日本式の伏字マーク（×）と誤解して翻訳したものにすぎない。

「中年女淫欲想像描写」の代表的な例を次に掲げておく。この部分は戦後の昭和三〇年（一九五五）、伊藤整が新潮社のために第一回の改訳したときでさえ、日本語にすることができず、原文の英語を挿入することで官憲の介入を避けた部分でもある。この方法は、その二年前、三笠書房が岩波文庫版をそのまま出版しようとしたときにも採用した方法であった。

以下〔　〕内が新潮社版で英語に置き換えられた部分、傍線部分が第一書房版で削除された部分である。戦後の新潮社版のほうが当局の介入に対して神経質であることがわかる。

（略）〔あたし肌着もドロオスも一番いいのを着てやらうあの人の一物を立たせるやうにたつぷり眺めさせてやらう御自分の妻がやられてゐてもらひたいとあの人が思ふのならそれを知らせてやらうさうだわそしてあの人ぢやあない人にし《ママ》つきりなしに五六度もすつかり一杯になるほど突込まれるなんてこの綺麗なシイツの上にあの人の精水の跡がついてゐるあたしアイロンをかけてそれを消すやうな手間はしたくないそれであの人は満足するわもしあたしの言ふことを信じないならあたしのお腹にさわつてごらんあの人のを立たせてあたしの中に入れさせさへしなけりやあたしあの人に委細すつかり話してあたしの前であれをさせてやりたいやうな気がするあの人にはそれで丁度いいんだそしてたとひあたしが立見席の奴が言つたやうに姦婦だとしてもそれはすつかりあの人自身の身から出た錆だわ〕おおあたしたちがこの涙の谷でしてゐる害悪がそれだけだとすりやそれぐらゐは何も大したことぢやないないつてことぐらゐ神さまが知つてらつしやるわ（略）さうでなけりや神さまはあたしたちが男の心をこんなにひきつけるやうにあたしたちをおこしらへになりはすまい〔そこであの人があたしのお尻にキッスしたけり

やあし《（ママ）》はドロオスをぐつと引つぱりあげてあの人の顔のまん前にあれをすつかりむき出しにして孔の中にあの人の舌の根つこまで突込ませてやらうそこにあたしのきな臭いところがあるんだ」それからあし《（ママ）》に一ポンドか乃至は多分三十シリングいるんだつて言つてやらう（略）

もちろんこの部分は岩波文庫でも真っ白けに文字を削除されている。

岩波文庫版の削除

岩波文庫の『ユリシーズ』最終挿話は、第一書房の「風俗禁止」処分から一年以上遅れて出版された。

岩波文庫版ではペネロペイアの挿話は一一〇ページを占めている。その削除の有様は、いったん組み終わった組版を削り取ったもので、一〇〇ヶ所近くの削除、全ページが真っ白の「白欠」部分もある。削除の割合は、第一書房版に較べて圧倒的に多い。もちろんモリーの独白の「猥褻な」部分で、いま見ても白く削り取られたページは痛々しく、奇妙に刺激的だ。

岩波文庫の削除は、まず冒頭近くの「さういふときにかぎつていつも〔あたしのおしりにキスするくせがある。〕あれはあたしをだまさうといふてなのさ」からはじまる。

続いて、四行にわたる削除があるが、その終わりの部分、「〔だからついこのあいだもあたしのおいどにほうしやしたのは〕あれはいつだつたかしら」などという優雅で大胆な翻訳は当然削除されている。

そうかと思うとこんな意外な部分もある。空白部分を×で示すことにする。

そのおとこの名をいつてごらん。たれです？　いつてごらん。だれです？　×××ですか？　ええさうですわ。わたしがその××だとさうざうしてごらんなさい。××のすがたをおもひうかべてごらん。その××のかんじができますか？

正解は「(独逸) 皇帝」であることを、誰が想像できたであろうか。ドイツ皇帝への不敬罪を配慮したものであろうか。

しかし問題はやはりモリーの大胆なモノローグである。ほぼ一ページ分丸ごと削除されている部分に、こんな独白がある。今日の午後のボイランとの情事を回想する場面だ。戦後の三笠書房版でも英語の原文に置き換えざるをえなかった部分である——

(略)〔あたしたちをんなのからだのまんなかにあんなに大きいあなをわざわざこしらへてあるのはどうしたわけかしら。たねうまみたいにさ。あれをぐいとつつこんで。をとこがをんなにもとめるのはただあればかりだ。おまけに彼はおちつきはらつたどくどくしい目つきをして。あたしの方はめを半分とぢなきやならなかつた。あんなにおほきいくせに、彼はあれをひきださせておなかのうえですまさせたときには、さうたくさんの液もでなかつた。〕

それに彼〔はあのでかい腰ではじめからあたしのうへにのつかりどほしなんだもの。このあついのにあんなけむくぢやらなむねをしてさ。こちらはおしつぶされてしまひさうだつた。をんながいつも下になつてやらなくちやならないなんて。それよりはうしろからいれてくれたはうがかんたんでよかないかしら？〕

もっとも長い削除は二九二ページ途中から次のページすべての削除で、スペイン時代のマルヴィー中尉とのデートの回想だ。こんな部分がある。

〔彼はほんのちよつとでいいから彼のであたしのにふれさせてくれといつた。だがあたしはそれをゆるさなかつた。彼ははじめはとてもきげんをわるくした。だつてはいびようがうつつたりあとでてでなしごをうんだりしてはたまらないんだもの。ああ、こわい、こわい！　アイネズといふあのとしとつた女中のはなしだとただの一てきでもはいればそれでできるといふことだ。あれからあとのことだがあたしはバナナをいれてみた。でもとちうでをれてきれはしがなかにのこりはしないかとおもつてしんぱいだつた。〕

次に、さきに第一書房版からの翻訳をお目にかけた部分を、岩波文庫版から引用してみよう。モリーの独白の最後に近い部分だ。〔　〕が削除されている部分である。

あたしの一ばん上等の〔肌衣とズロースをつける。そのやうすをおもふぞんぶんあのひとにみせつけてあのひとのあかんぼにあたまをもたげさせてやる。あのひとがそれもききたいといふのなら、じぶんのさいくんがまをとこされたといふことまできかせてやる。そりやまつたく、おもふぞんぶんにまをとこされちやいました、まるであたしののどまでつきぬけさうだつたわ、あなたなんかには五かいも六かいもたてつゞけにあんなことがきつとできつこないでしよ、ほらこのきれいなシーツに彼のとばつちりのあと」があるでしよ、あたしアイロンをかけてそれをとるなんてめんどうくさいわ、これだけいつてやつたらあのひとだつてわかるだらう。あなたがあたしのいふことがしんじられないならあたし「のおなかにさわつてごらんなさいつて。それでもあのひとがいきなり緊張してあかんぼをあたしのおなかへいれてくれないなら」あたしもつとこまかなことまでぞんぶんにきかせて、あたしのめのまえで「いやでもさうせざるを」えないやうにしてやるわ。だつてしかたがないぢやないの。あたしがふぎをしたつてそれはみんなあのひとのつみなんだもの。あの大向ふの男がいつたとほりよ。この「涙の谿」であたしたちのおかすつみがそれつぽつちのことならなんでもないぢやないかつて。なんでもないのは神さまがごしようちだわ。（略）でなけりや神さまがをんなをかうまでをとこのめにつくやうにこさへてくださらなかつたはずだもの。もしそのときあのひとがあたしの「おしりにキスしたいといふならあたしズロースをぬいであのひとのまつしようめんでおもふぞんぶんまへをはだけてあたしのあなへあのひとのしたが7哩もはいる」やうにだつてしてやるわ。あのひとがあたしのブラウン・パートにはいつてゐるときに一磅か三〇志くださらないつてねだつてやらう。

最後に、誰でも引用するモリーのモノローグの最後の部分を、永松定がゴーマンの『ジョイスの文学』の翻訳（昭和七年）のときに作った文章から、最近の新しいものも含めて併記して見よう。これだけでも文体選択の困難さが窺われるであろう——

あのひとをぐつと引きよせてすつかり香ひが嗅けるやうにしてさうなのよあのひとの心は気狂ひのやうになつてさうなのよ私は言つたさうよいいわあたしするわええさうなのよ。（永松定）

…あの人はあたしの匂ひのいひ《（ママ）》胸の香を嗅ぐことが出来たそうだわそしてあの人の心臓はまるで狂ひでもするように高鳴つたそうしてそうだわあたしええつて言つたいいわつてそうだわ。（第一書房）

それであのひとはあたしの匂ふ乳ぶさにふれることができた。さう。さう。そしてあのひとの心臓はたかく波うつた。そして、さう。あたし、いいわといつた。さう。（岩波文庫）

…あのひとはあたしのいい匂のする乳房に触れることができたんだわそうだわそしてあの人の心臓は狂いそうに打っていてそうしてそうだわあたしええって言ったのだわいいわってそうだわ。（伊藤整、新潮社、昭和三〇年）

…かれがあたしのちぶさにすっかりふれることができるようににおやかにそうよ《イエス》そしてかれのしんぞうはたかなっていてそしてええ《イエス》とあたしはいったええ《イエス》いいことよイエス。（丸谷才一ほか、河出書房新社、昭和三九年）

…彼があたしの乳ぶさにすっかりふれることができるように匂やかに yes そして彼の心はたか鳴っていてそして yes とあたしは言った yes いいことよ Yes。（丸谷才一ほか、集英社、平成一〇年）

『ユリシーズ』は猥褻か

最近の、性とセクシュアリティとジェンダーに関するわれわれの根本的な態度の変化のため、いまやある作品についてそれが猥褻か否かを問うこと自体が無効になってしまった。初期の『ユリシーズ』の読者たちには、互いに共有しあう固定した前提が確実に存在していて、その前提に立って『ユリシーズ』の道徳性を検証しようとした。それによって彼らは、モリーの不倫の行為を裁き、ブルームの結婚外の性行動を検証し、ガーティ・マクダウェルの海岸での露出癖を論じた。作中人物をあたかも周囲に存在する隣人であるかのように論じる（あるいは噂の対象にする）読み方は、いまや遠い昔のものになりつつある。

しかし彼らにとって作中人物はたしかに安定した個人として存在していた。その前提の上で彼らは作品に接していった。日本の場合も当然同様であった。

たとえば西脇順三郎は、『ヨーロッパ文学』（昭和八年）所収の「ヂョイスの自然主義に対する態度」の中で、次のように論じることによって新鮮な驚きを与えることができた――

『ユリスィズ』に表されてゐる人間生活の現実それ自身は何等文学的価値に関係がない。よく世間で『ユリスィズ』に出てゐる人間生活などはつまらないといふ人があるが、しかしその見方は文学的批判でない。少なくとも自分の問題とするところはヂョイスは現実に対して如何なる態度をとつてゐるかが

問題である。要するにその現実に対してヂョイスが如何なるモラルを展開させてゐるかが問題である。（略）

『ユリスィズ』などが現実性が多いといはれてゐることは動物的生理的方面を特に興味をもつてかく所謂自然主義であるからである。自然主義を非常に人間らしくてよいものだと憧憬してかく場合と、自然主義をサタイアの態度でかく場合とがある。前者は自然主義のロマン主義者で、後者は自然主義の古典主義者である。（略）ヂョイスは後者に属する。

そしてまた西脇は、同じ本の中で、『チャタレー夫人の恋人』と『ユリシーズ』を比較して、「Joyce 氏が indecent であると非難されたとしても Lawrence のこの書（『チャタレー』）の前では天使のごとき観がある」（「二十世紀小説家の態度」）と書き、さらに同じ本の「ロランス」の項で、次のように書くことができた――

私自身の興味としては、二十世紀の初頭に出た小説家として、非常に豊穣なる路をつけてくれたものはこの人〔ロレンス〕と Proust などではないかと思ふ。この人の玉蜀黍の髭の影には縞のスミレが咲いてゐる。

そして同じ前提から、ロレンスとジョイスは互いに相手に対して批判的な立場を維持することができた。

ロレンスは、ニューメキシコのタオスに滞在中に『ユリシーズ』の出版騒ぎを耳にするが、現物はご承知の事情でなかなか手に入らない。ようやく送ってもらった『ユリシーズ』を読んでの感想は、「『ユリシーズ』にはうんざりした。まるで頭の中に汚物やら何やらが詰まった学校教師だ。もっとも、いい部分もあるにはある。しかしあまりにも頭でっかちだ」（一九二二年十一月二八日）というものであるし、妻のフリーダに対しても、『ユリシーズ』の最終挿話について、「この最後の部分は、これまでに書かれたものの中でもっとも不潔で、もっとも卑猥で、もっとも猥褻なものだ。ほんとうだよ、フリーダ、じつに汚らしい！」と断罪したし（リチャード・エルマン『ジェイムズ・ジョイス伝』）、あるエッセイ（「小説のための外科手術」）の中では、『ユリシーズ』の作中人物の感性があまりに微細に描かれることについて、「ジョイス氏の作中人物はどれもこれも、〈なんか足の小指がうずうずしちゃうわ〉といってるみたいだ」と書いた。

一方ジョイスは、『チャタレー夫人の恋人』（一九二八、フィレンツェ私家版）と『ユリシーズ』がパリに観光に出かけた者の格好のお土産になっていたころ、友人のスチュアート・ギルバートに頼んでその一部を読んでもらった。しばらく聞いていたあとでジョイスはLush!と言った。豊富な意味合いを持つ語だが、「なかなか官能的だね」というほどの意味である。

さらに一九三一年十二月には、つねに資金援助をしてくれていたウィーヴァー女史に対して、「例によって締りのない英語で書かれた最初の数ページを読みました。SG（ギルバート）も森の中のヌーディズムに関する叙情的な部分と終わりの部分を読んでくれましたが、なるほどこれは、ロレンスの故郷ではともかく、外部の人間にはおおいに宣伝に使える文章かもしれません」と皮肉に書いている。ジョイスとロレンスは、たがいに「猥褻文書」で名をえた者同士として相手を意識しながらも、メンタリティの違いは明白で、歩み寄る可能性はまずないのである。

検閲と売行き

二〇世紀後半以降の読者にとってモリーの独白のポルノ性はほとんど問題にならない。少なくともそれがジョイスの根源的な文章作法の特性として語られることはない。ウェルズのいう「糞便学的強迫観念」は若い読者にも衝撃を与えることはない。

しかし皮肉なことに、かつては、販売戦略としてのセックスは重要な役割を果たした。たしかに、ジュリー・スロウン・ブランノンがいうように、「モダニズムの作品におけるあからさまな性描写は、唯物論的社会の価値観に対するプロテストでもあったが、同時にそれは販売促進にも貢献した。（略）検閲は、前衛的読者をはるかに超えて、ジョイスやロレンスの作品の広告になった」（『誰が「ユリシーズ」を読むのか』）のである。

それを裏書きするかのように、アメリカ最初の公認の『ユリシーズ』には、ウルジー判事の無罪判決の判決文が掲載され、『ユリシーズ』が猥褻文書としての前科を持つことを前面に押し出した。それは、『ユリシーズ』は凡人には理解できない難解な作品である、だからポルノではない、というメッセージと同時に、その中には努力する読者にのみ与えられる好色的要素が十分に含まれるという、二重のメッセージを伝えるものであった。

このことは日本においても同様でなかったとはいえないのである。なんといっても、ペネロペイア、ナウシカア、あるいはキルケーの挿話は、猥褻的であることを否定することはできない。とくにペネロペイアは、日本の官憲もすぐ気がついたように、「中年女」の「淫欲想像図」なのであった。だからこそ、「白欠」部分を丹念に筆写する好事家が生れたわけなのである。

エピローグ　『ユリシーズ』再訪

「文芸復興座談会」――『ユリシーズ』受容？

『ユリシーズ』を含むいわゆる「新心理主義文学」が話題を集め、『ユリシーズ』の翻訳が、伊藤整たちの第一書房版と森田草平グループによる岩波文庫版とが、先を争って行われている最中に、『文藝春秋』は「文芸復興座談会」なるものを催した。昭和八年十一月号である。

いまから考えれば、「文芸復興」とはいささか大仰な、という思いを誘うが、このとき「文芸復興」が叫ばれたのは、昭和八年一〇月、大正作家の広津和郎と宇野浩二に、プロレタリア派の武田麟太郎と林房雄、それに芸術派の川端康成、深田久弥、小林秀雄などを編集同人とする『文學界』が発刊され、まもなくそれに横光利一、島木健作、船橋聖一、河上徹太郎などが加わり、文壇の雰囲気は一挙に賑やかになったことから、そのようにいわれるようになったものらしい。

この座談会はそうした文壇の雰囲気を背景に開かれている。

編集長の菊池寛が司会になり、冒頭で、「最近純文学が勃興しかけたやうな様子がありますから、それに付て是からの純文学といふものは、どう云ふ傾向をとらなければいけないかと云ふことに就ての御観察なり、御希望なりを話していただきたいと思ひます」と述べている。

出席者は菊池寛と『文藝春秋』の記者のほかに、川端康成、小林秀雄、佐藤春夫、徳田秋声、横光利一、広津和郎、宇野浩二ほか、総勢十二人、「最近純文学が勃興しかけたやうな様子」が見えるので、それについてお互い意見を交換しよう、という趣旨と見える。

やがて「現代の心理的作品」に話題が及んで、「記者」がまず宇野浩二に水を向ける——

記者　宇野さん、今の若い方々の新心理派の作品、ゼームス・ジョイス等に非常に感激して、日本の若い作家が大分書いて居るやうですが、あゝ謂つた新しい傾向があるだらうと思ひます。あゝ謂ふ作品を御覧になりますか。詰り心理的のメカニズム……

宇野　余り興味がないんです。

記者　どう云ふ訳で……

宇野　余り興味がない。だから本当に読まない……

記者　佐藤さんは読んで居られますか。

佐藤　興味はあるが、余り読んで居ません。

記者　横光さんは……

横光　僕は時々読んで居ます。

たったこれだけ、誰も何も言わないうちに、話題はなんとなく若い人の同人雑誌のことになり、記者に水を向けられて広津和郎がやっと答える——

広津　考えたことはないんです。然し同人雑誌は読んで居ない方です。

なにが「文芸復興座談会」だかわからない、なんとも冷淡な、とりとめのない座談会である。一般の『ユリシーズ』受容はこんなものであったのであろうか。

『ユリシーズ』を訳し終えた伊藤整や岩波文庫の訳者たちから、落胆と「反応よ起これ」という焦燥の声が出てくるわけだ。

まず第一書房版の後編の「訳者の序」には、ごく謙虚に、「本書上巻の刊行はこの種の訳業としては未曾有の反響を生み、ただに芸苑に与へた波紋に自ら愕いたのみならず、学界からも思ひがけぬ様々の批判を得た。訳者としてもはただ《(ママ)》嬉しく大方の声に接し、感謝の念と共に、訳業の続行に関して深く期するところがあつたのである」とあり、ここでは、はなはだ外交辞令的で、とても本音を語っているとは思えない。

しかし焦燥感は、「訳者は声を大にして言ひたい、本下巻を通読せずして『ユリシイズ』を論ずる勿れ、と」という念押しの文に充分に現われていて、今度もまた（！）、充分に読まれることがないのかもしれないという不安が覗いているのがわかる。

それに較べれば岩波文庫は、もっと率直に不満を吐露している。第五冊の「訳者後記」である――

一分冊が出た当時の日本文壇の態度、またその前から欧米批評界の評価から考へて、われわれの仕事はある程度の意味と功績を残しうると確信してゐたのだが、その後の文壇はどうだらうか。世界文学史上の巨星を次ぎ次ぎと漁り出して、体臭を嗅ぎ分けるどころか肌の色も碌に見もせずに、死んだ過去の庫へ投げかへしてゐる。いふまでもなく文壇がこのやうにその日暮しをするについては、いろいろな事情があるだらう。しかしそれではわれわれの文学に誇るべき伝統が生れ、その伝統が日本文化全体を貫く赤糸となりうるだらうか。

「四箇年に亙る吾吾のハーキュリーズ的苦闘」の結晶であるこの翻訳が、その功績の証として、なにがしかの「結果」を産み出すはずであるという確信、それだけにそれが裏切られたことへの失望は、大いに同情に値する。しかし訳者たちは、文学作品の傑作がこれまでにも、そしてこれからも、そのような直接の影響からは生れない、ということに気がついていない。その意味で、文壇はつねに「その日暮し」なのである。これは何も日本だけのことではない。英米でも、『ジョイスとその航跡』とか『ジョイス以後』に類した書物はいくつも書かれているが、とりたててジョイス文学の系譜などというものがあるわけではない。文学は制度として、体制として徐々に変化する以外にないのである。当時の日本では、あきらかに政治的風土として、文学の役割は変わりつつあった。伊藤が推進しようとしていたような文学には、逆風が吹いていた。

伊藤整の『ユリシーズ』再読

いわゆる「新心理主義文学」を含む「芸術派」文学が、一時の熱気を失ったあと、すっかり鳴りを潜めたことについて、後年（昭和三〇年）伊藤は、当時の文壇情況を回顧して次のような判断を下している。大正十三年から昭和一〇年まで、芸術派とプロレタリア文学派とが同時に存在していた。当事者としてその中に身をおいていた伊藤が、いささか苦い思いを込めて振り返る、当時の文壇勢力の分析的解説である。（『現代文学論大系』第五巻『モダニズム・芸術派』の解説）

昭和八年ころから左派の作家たちの多くは、思想的立場を棄てて転向した。芸術派のほうの若い世代も、昭和十年以後は、ヨーロッパ文学の要素を入れる積極性を次第に失って、伝統的な小説方法に後退し、やがて昭和十五年頃から後は、戦時色に塗りつぶされた文学論の中に一様に閉じ込められた。あるものはそれを真心から行い、あるものはそれを偽装とし、あるものはそれを利用し、あるものは沈黙した。

その昭和十年代にいたるまでの十二三年間の文学理論の展望と対立は、近代の日本文学史の中においての、最も花々しいものであった。しかしそれは、反面から見れば、混乱と、行きすぎと、やり直しの苦渋に満ちた時代でもあった。

『ユリシーズ』熱気が沈静化し、みずからもしばらくジョイスから離れてのち、伊藤は昭和十一年十二月発行の『文芸懇話会』（第一巻第十二号）に「ユリシイズのこと」という題で短いエッセイを書いている。これはのちに「ユリシーズ再読」というタイトルで評論集『芸術の思想』に採録された。（『伊藤整全集』第十四巻所収）

伊藤は自発的に『ユリシーズ』を再読したわけではなかった。たまたま河出書房から刊行されはじめた「名著研究文庫」の一冊として『ユリシーズ』（昭和十三年）を書くことを依頼され、やむなく『ユリシーズ』を再読したのであった。それは『ユリシーズ』の梗概をまとめて三〇〇枚（文庫本で二〇〇ページ）ばかりの本にする仕事であった。『ユリシーズ』はこの文庫の二冊目、一冊目が『カラマーゾフ兄弟』（米川正夫）、三冊目が『ブッデンブローグ一家』（高橋健二）であった。

伊藤は、改めてこの作業をやってみて、その作業の途中で「私はさまざまなものを見つけてゆく思いがし、その作品に驚くというよりも、この作品に向かうときの自分に驚いた」という。どういうことか。あれほどに入れあげた昔の恋人に改めて対面したときの、目が覚めるような、驚きなのであろうか。

伊藤は「この書を手にし始めてから六年目ぐらい、手にしなくなってから三年目ぐらいになって、また読みたどり、私は嬉しさでも悲しさでもない、不思議な感銘を受けた。何という気持ちなのか解らないが、私は感動した。その感動は水のように心につめたくしみとおった。／これが「ユリシイズ」か。私は頁を繰り、撫でるように活字を追った」という。

梗概を書き上げての伊藤の感想は、「それがジョイスという人の作品ではなくって、私の作品みたいなものだった」という。『ユリシーズ』は「枝葉がおそろしいほど繁茂した大きな樹木」なのに、「私はそれを筋を主にした中編小説にかきなおした。作品の性質が全く違ったのもいたしかたないことである」とみずからも認めている。ダブリンの町、そこに住まう人物たち、「どんなに親しい友人にしてもこんなに私がその各部分を知っているということはあまりないと思う」ともいう。ダブリンという街にもことさらに親近感を覚える。「世界中で私の行ってみたいのはダブリン市である。それも「ユリシイズ」のために興味をもったのではなくって、ダブリンを歩いて見たらこの作品の中を本当に歩くようでこの作品の世界が一層はっきりするだろうと思う故である」という。

これは『ユリシーズ』読者なら誰でも抱く感想で、『ユリシーズ』の本質と深い関係がある。だから伊藤は「私はダブリンという字などを新聞でみるとはっとする」という。あきらかにこれは、かつての技法一点張りの反応とは違う。物語内容への親密な感応である。

しかしそれにもかかわらず、このとき伊藤が抱いた感想には、どことなく『ユリシーズ』に対する違和感が漂っている。だから伊藤は、最後にこう書く――

だがそういうことよりも、自分が変わって来たことに驚く。自分の環境は自分とともに年を経てゆくから、いつも同じものだと思うのだが、何年かをおいてこういう作品にむかってみると随分変わっている。進歩なのか、妥協なのかわからないが、今ではこの作品ばかりが小説でないと思うようになっているのである。

ここには、芸術作品としての『ユリシーズ』に対して距離を置く姿勢がある。あれほどに精力をつぎ込んだ作品の具体的細部についての思い入れ――「世界中で私の行ってみたいのはダブリン市である」――はたしかにあるが、作品そのものへの親和感はない。なによりも、その証拠に、伊藤によるダイジェスト版『ユリシーズ』からは、『ユリシーズ』を読むことの喜びが少しも伝わってこない。ただ機械的に作品の梗概をなぞっているだけのように思える。伊藤はすっかり『ユリシーズ』の世界から足を洗ったのであろうか。

先のエッセイを書いてからさらに一年後、伊藤は『早稲田文学』（昭和十二年十二月）に「「ユリシイズ」余談」を書いている。（『伊藤整全集』第十四巻所収）
これもまた、梗概版『ユリシーズ』執筆を機に書いたものだが、さきの文章とは少し趣が異なる。

ジョイスの芸術のことは絶えず私の心をはなれない。ジョイスは詩から出発して、小説をその形式の極点まで行った人である。私は小説家として出発する初めに、ジョイスの厖大な「ユリシイズ」を訳したため、大きな影響を受けた。私は自分の小説理論をもジョイスの作品の論評で以て初めた。ジョイスは〔いまの〕日本の文壇ではほとんど忘れられている。私にとっては、絶えず、ただ今でもジョイスは、新鮮で、潑剌としているので、この私自身の鮮やかな感動を、死滅したものとしてしか受け取る用意をしていない世間に与えたくないのである。

とくに、「私自身の鮮やかな感動を、死滅したものとしてしか受け取る用意をしていない世間に与えたくない」という部分は、さきの文章と大いに矛盾する。ここにあるのは、単なる報いられぬ労苦への自嘲だけであろうか。ここでの最後の文章はこうだ——

〔『ユリシーズ』についてまるで無知なままに〕ジョイスや「ユリシイズ」を堂々と論じ来り、論じ去っていた批評家たちのことを、今になって思うと可笑しいのである。誰も読まずに「ユリシイズ」論をしていたのだ。日本文壇的な現象という他はない。そういう意味でこの文章〔梗概版『ユリシーズ』〕もまた無駄な労作の一つとして終るのだろう。

ただ一つ例外的な発言は、ジョイスの死（一九四一）の知らせを期に『都新聞』（昭和十六年一月五日）に書いた「ジョイスを偲ぶ」の次の発言かもしれない——「此の頃（『ユリシーズ』を）読んでみると、変にきびしいユーモアがこの作品の主題のやうに見える。ゴーゴリに似た才能が多分にジョイスにあるやうに思ふ」と。

我が芸道の師ジョイス

それから約一〇年後、敗戦後まもなくの昭和二二年九月、伊藤は『文藝』に、「我が芸道の師ジョイス」という文章を書いている。（『伊藤整全集』第十六巻所収）「師よ、文芸の道はあなたにおいて極まりました。言葉の道が個我の道とともにあなたにおいて極まったのです」とはじまる臆面もないジョイスへのオマージュである。ここにはいままでのような技法一点張りの賛美ではなく、『ユリシーズ』の中に多様な局面を見る余裕ができている。ジョイス享受の振幅を大きく広げているかに見える。

しかしやはり彼にとってジョイスはあくまで技法を極限にまで追究した「ジュスカブウティスト（極限主義者）」であった。われわれの時代はいまや「社会形態の極限を探索せざるを得ない所」に追い込まれ、その反映として「極限の興味のみが私たちの心を惹きつける」と伊藤はいう。

その極限家の一人、戦うオディッセウスのようなジュスカブウティストとしてのあなたがしたことは、文学の形式を小説の興味とするということでした。
よしんばブルウム氏がガラクタの堆積にしろ、そんなことは問題ではありません。「ユリシイズ」の小説的な枠はブルウム氏であり、その中味は文学の形式です。小説形式を極限にまで追いつめたあなたは、人間像を土台として成立する文学形式が小説の興味の実体をなし得るということを証明しました。

ここで「よしんばブルウム氏がガラクタの堆積にしろ」という言い方が注目を引く。いまのわれわれにとっては「ブルウム氏がガラクタの堆積」であることこそが、その特性の重要な一面であるのに、伊藤にとって最大の関心はやはり、『ユリシーズ』の「文学形式」であった。その形式を構成するものは「ガラクタの堆積」であった。

この上さらに伊藤は、『フィネガンズ・ウェイク』の中の「アナ・リヴィア」を吹き込んだジョイスの声を聞いて、歯の浮くような言葉を口にする――

「アンナ・リヴィア」のレコオドに吹き込まれたあなたの声は、その銹のある美しいテノオルは、あなたの、言葉のメロディ化の横暴な暴君であり、最後の文学者であったあなたの深い満足と共に、あなたは旧き時代の象徴者として、次の時代から絶縁しました。師よ、私は、そういうあなたの弟子でありま
す。

ここでの伊藤は、どう見ても、いつもの伊藤ではない。いささか冷静さを失っているとしか考えられない。

伊藤はどうやら、みずからの出自である『ユリシーズ』体験、あの偏狭な『ユリシーズ』体験からついに抜け出ることができなかったのではないだろうか。その経緯――その苦衷――は、昭和二五年の「新興芸術派と新心理主義」（『近代文学』八月号）の文章によく現われている。

私は文壇的に見て無謀な評論、無謀な翻訳をして出発したために『ユリシイズ』が現われる少し前からその主方法である『意識の流れ』で小説を書くように自分を強制してしまつたのである。（中略）この方法では始まつた所から終る所まで中止せずに書くのだから、選択は、生活のどの部分を選み出すかということにかかつて来、従つて主格を二つか三つ変えて、各人のモノログを並べないと構成を持てなくなる。それをやつても極めて機械的な、モノトナスな感じを与える。当時の小説は二十枚か二十五枚という枚数制限であつた上に、日本の小説の傾向として柔軟性のない、構造を意識的に作つたものは嫌うのは当然であるから失敗するにきまつている。しかし私は『意識の流れ』こそ新しい方法だということを主張して出てきた人間だから、やめるわけに行かない。それで、そんな作品を三つ四つ続けると、私は滑稽な見世物のような存在になつた。

伊藤は戦後も『ユリシーズ』の改訳を二度行っている。いずれも出版社の依頼によるもので、自発的とはいえない事情から出発している。誠実で律儀な伊藤は、それまでの翻訳に多くの不足があることを気にしていた。与えられた機会を利用して二度の改訳を行い、さらに三度目の改訳の準備すらはじめているところで、病魔に倒れた。

伊藤の得意な、自嘲気味の言葉を使えば、『ユリシーズ』は「滑稽な見世物のような存在」であることを危うく免れているのである。

あえていえば、岩波文庫版こそが『ユリシーズ』翻訳の伝統となるべきであった。しかしこちらも、すでに述べたように杜撰な編集の三笠書房版に席を譲ったあと、一度は改訂版を試み、その一冊目（昭和三三年、訳者は戦前からの名原広三郎と村山栄太郎のほかに藤田栄が加わっている）を刊行しただけで、おそらくそのあとに加わった翻訳協力者（W・A・グローターース、小川美彦）との意見の不一致によって、二冊目以降が出る気配はまったくないまま、ついに頓挫してしまったのである。

伊藤整と土居光知との再会

伊藤整にはもうひとつ、かつての『ユリシーズ』体験をめぐる、思いがけない出会いが待っていた。土居光知との対面である。

すでに述べたように、土居光知は、日本における最初の本格的な『ユリシーズ』の紹介者であった。『ユリシーズ』解読の上で少なからぬ影響をそこから受けたはずの伊藤整は、戦後の昭和二六年、「チャタレー裁判」の席で、土居と対面している――片や被告として、もう一方は検事側の証人として。形の上では初対面であるが、実質的には、伊藤にとっては久しぶりにまみえるジョイス紹介の先達であった。

無削除版の『チャタレー夫人の恋人』をめぐる裁判は、日本のほうが英米より早い。アメリカで正式に無罪判決が下りるのは一九五九年、イギリスの「チャタレー裁判」はその翌年の一九六〇年であった。

日本の「チャタレー裁判」は、訳者伊藤整と出版人小山書店社長小山久二郎を被告人として、昭和二六年（一九五一）五月八日から、総計三六回の法廷が開かれ、翌年一月十八日に判決が下された。第一審の判決は、小山が罰金二五万円（「右罰金を完納しないときは千円を一日の割合で換算したる期間被告人を労役所に留置する」）、訳者の伊藤は無罪であった。しかしその後の東京高等裁判所における第二審の判決（昭和二七年十二月一〇日）では、小山は罰金二五万円、伊藤は罰金一〇万円の有罪であった。

結局、最高裁判所に控訴の結果、昭和三二年（一九五七）三月十三日、最高裁長官田中耕太郎裁判長は、春本ならざる猥褻文書（作品としては春本でないが、その販売方法は違法である）という二審の立場を支持して上告を棄却、二人の有罪は確定した。この裁判のなりゆきは、このころ新潮社が計画していた伊藤による『ユリシーズ』の新版にも大きな影響を与え、結果的に問題の箇所を伏字ではなく、英語の原文を挿入して切り抜ける方法をとらせ、同じことは岩波文庫を踏襲した三笠書房版『ユリシーズ』でも踏襲された。伏字なしの完全版は、昭和三六年の丸谷才一らによる河出書房新社まで待たなければならなかったのである。

この裁判にはさまざまな証人が、検察・弁護両陣営から出廷して証言をしているが、その中にわれわれの印象に残る二人の証人がいる。その一人は福原麟太郎（昭和二六年七月七日）、もう一人は土居光知である。

福原はロレンスのこの作品を「人間社会に対する総決算を作中に持ってきたもの」であって、猥褻といわれるような「含みのある」また「陰影のある」ものはこの作品にはまったくないことを証言した。弁護人福田恆存の質問に答えて、福原はロレンスにとっては、「性生活はお茶を飲むことと同じように白日の下にある事実であり、それが白日の下に持ち出されることによって、人間生活の道徳が改革され、良くなると信じていた」とも証言した。とくに印象的なのは、中込検事の尋問に対する福原の回答である。

中込検事は、反対尋問で、かねてイギリスのセッカア社から出版されていた「削除版」の『チャタレー夫人の恋人』を持ち出し、削られた箇所を不可欠と思うかと福原に問う。福原証人は「削られたことによって、つまらなくなった」と答える。検事はすかさず、福原の著書『英文学六講』を持ち出して、その書物の中で福原が「削るべきところなど、そうしたものは、あっても無くても、大したことはないのですが」と述べているところを挙げて、「矛盾すると思いますが、如何でしょうか」と尋問する。その瞬間のことを伊藤は次のように書いている——

私はその瞬間息を呑んだ。しかし福原証人はもう法廷に慣れたらしく、慌てなかった。検事からその本を借り、眼鏡をかけて読み、しばらく考えてから静かに言った。「昔、佐々醒雪という国文学の先生がございまして」好色文学のことをその著書で述べた中に「西鶴の文章のところで『そういう所はあっても無くても大した事はないが、皆さんはしきりにその箇所を読みたがる』というその口調を、私が真似したんだと思います」。そして、そう書いた理由は「好奇心を起こさせることを警戒する気持であった」と述べた。この部分はこの日小山書店に帰ってから私たち一同の感嘆したところであった。(『裁判』『伊藤整全集』第十二巻)

佐々醒雪は江戸文学の専門家で、東京高等師範学校では福原の先輩であった。

この裁判にはわれわれの印象に残るもう一人の証人が出廷している。土居光知である。福原の証言から一ヶ月以上のちの九月十一日のことで、こちらは意外なことに検事側の証人である。佐々醒雪も福原麟太郎も、そして土居光知もある時期までは、東京高師の教授であった。

すでに紹介したとおり、土居は『ユリシーズ』のあの「猥褻な」モリーのモノローグをわが国で最初に詳細に紹介した人物である。しかも土居は、早くからロレンス紹介の筆もとり、昭和十一年には、研究社英米文学評伝叢書の一冊として『ロレンス』を書いている。その人物がいま、「チャタレー裁判」の検事側の証人として出廷している。

公判の様子を伝える伊藤の筆遣いは、最初から好意的ではない。伊藤は、「土居氏は六十歳すぎの、長身で面長な、口のまわりの遅い人で、その表現は、どのようにでも取れる曖昧なものが多く、検事の問に対しては検事に賛成するように言い、反対訊問に逢うと被告側に賛成した言い方をするという傾向が顕著であった」と書く。

さらにまた、「氏には前に『文学序説』という著名な文学評論があり、英文学においても多くの研究書や翻訳書を出している人である。ことに氏が日本においてのジェームズ・ジョイスの最も早い紹介者であったことから、私はかねて敬意を表していたのである。だが私はこの日、あの老英文学者の証言が我々に有利であったか不利であったかということを別にして、その人の文学理解能力に全く失望してしまった」とも書く。

検事側の質問に対する土居光知の答えは、伝記的事実によって作品を解釈・説明するあまりに素朴なものであった。伊藤は、「多分日本で最もよくロレンスを読んでいる四五人の英文学者の内の最長老であるこの証人」が法廷で描き出すロレンス像に苛立ちを隠さない。ロレンスの後期の思想的発展に関する土居の否定的見解についても、「土居証人の言い方は、根本的に作家の思想の発展というものを全く摑めないものであり、単にロレンスは姦通したからそれを正当化する小説を生涯書いたのだと言い、淫蕩な女のそばに生活したからセックスのことのみ考えるようになったなどと、出来の悪い高等学校の生徒でも考えるようなことを言っているのであった」とまことに手厳しい。

伊藤によれば、土居証人には、「文学作品の独立した世界とか、作家の思想というものは（略）頭に全くなく、単にロレンスの実生活の下世話な通俗きわまる解釈によって、その作品の通俗的材料を述べ、それをもって彼は作品の実体とし、作家の思想だと言って」いるのだという。伊藤の土居批判はこのあとにも長々と述べられるが、その中には、「ロレンスの思想の発展と、その意義などはこの文学研究家にとっては何も存在しないのである。土居証人の見る所では、個人の具体的な必要のみが文学作品の内容であって、芸術そのものも思想の抽象的実在も存在しないのである。これが日本における英文学の泰斗なのである」などと、最大級の慨嘆ぶりである。

しかしいまのわれわれにとって重要なのは、ここで伊藤によってやや誇張された、土居の解釈姿勢の基本的な素朴さではない。土居が、ある時期から、「ロレンスとかジョイスの様な文学的の現象」に関心を失い、批判的な姿勢を持つようになったらしいことである。

土居は、さらに証言を続けて、第一次大戦後、すなわちわれわれがいまハイ・モダニズムの時期として記憶する時期に、「英国には性生活の非常にアブノーマルな状態と思想の混乱とが数年間」続いたが、その後は建設的な状態に戻ったので、「ロレンスとかジョイスの様な文学的の現象は一先ず済んで」しまった。それは単に「止むを得なかった、その時代をよく代表して」いたもので「一つのシンボル」でもあった。いまではもう「過ぎ去った過去のような現象だ」という。だからこの訳書も、「ロレンスと同じような問題に悩んでおる人だけがこの本を読んで或る満足を得る共鳴を感ずべき本であって、その外の人には違った」本として読まれ、「春本として読まれる危険が相当にある」というのが土居の結論である。おそらく土居は、『ユリシーズ』の最終挿話について問われても同じ答えをしたであろう。

とうぜん伊藤は反対訊問の中で、土居が英文学におけるロレンスの意味は一九三〇年代のシンボルとしてのみのもので、その後は意味がないといったことに反論する。ロレンスなどの「仕事があったために、その後詩や文学に人生のすべてのことを企てる人々の仕事が前よりも容易になった」のではないか、というのだ。それに対して土居証人は「あなたが言ったようにつまりロレンスやジョイスがあったために、ほかの国より英国は一歩先に進んでいる。そういう意味においてもロレンス達の意義を認めるのです」と前言を翻す。

これ以上裁判記録を追うことはしないが、土居はあきらかに、第二章で見たように、昭和初年の『ユリシーズ』論の場合と同様、ある時期からハイ・モダニズムの作家に対する評価を変えている。そしてそれは、わが国における『ユリシーズ』退潮の時期と奇妙に重なっているのである。

土居などとは対照的に、同世代に近い西脇順三郎のジョイスへの関心は長く変わることがなかった。

むしろ、『西脇順三郎全集』の年譜にあるように、西脇は昭和三五年に、「この頃からジョイスに対する関心を再び高め、しきりにジョイスを論じる」とある。福原麟太郎も、西脇の印象について、「現代の文学についていかに彼が鋭い感性に恵まれているかを書く紙がなくなった。（中略）近年はもう全くヂョイスに傾倒しているらしい。いつ会ってもヂョイスの話である」（『本の手帖』昭和三八年一〇月）と書いている。（定本『西脇順三郎全集』別巻）しかし戦後西脇が書き残したジョイスに関するエッセイの中には、取り立てて新しい視点は見られない。むしろジョイスの方法をみずからの詩作に応用することに大きな関心を寄せていたのである。

土居のジョイスへの反応に象徴的に現われている「退潮」の雰囲気は、『ユリシーズ』を最終的にどのように評価するかということをめぐる、今日なお解決されない問題とも無縁ではない。

文化的イコンとしての『ユリシーズ』——『ユリシーズ』は傑作か

二〇〇四年の「ブルームズデイ」は特別な日であった。ジョイスが『ユリシーズ』の背景に設定した一九〇四年六月十六日（木曜日）から数えて丁度百年目、この日を待ち受けていた世界中のジョイシアンたちが、世界各地で盛大に「ブルームズデイ百年祭」を行った。

もちろんご当地ダブリンでも、ReJoyce Dublin 2004 と銘打って、早くから準備が進められた。かつてジョイスを追放し、『ユリシーズ』を半世紀近くにわたって事実上の（！）禁書処分にしてきた負い目ばかりでなく、ジョイスはいまや、通常でも、年間三万人の観光客がこの町のジェイムズ・ジョイス・センターを訪れるという、アイルランド最大の観光目玉商品である。一九九三年九月から、二〇〇二年一月一日にアイルランドがユーロゾーンに加入するまでは、ジョイスの肖像が一〇ポンド紙幣にも使われていた。

さらに二〇〇二年五月には、アイルランド国立図書館が、これまで存在を知られていなかった二五の『ユリシーズ』執筆用のメモや草稿を一一七〇万ドル（十数億円）で買い取って世間を驚かせた。ジョイスの草稿は、すでに大英図書館、ニューヨーク州立大学バッファロー校、コーネル大学、テキサス大学オースティン校、タルサ大学、イェール大学、さらにハーヴァード、プリンストン、南イリノイ大学、ウィスコンシン大学ミルウォーキー校、ローゼンバック博物館（全巻自筆原稿）などに収蔵されているが、二〇〇〇年になって突如、もう出ないと思われていた『ユリシーズ』の初期の草稿が姿を現わし、競売に掛けられた。まずアイルランド国立図書館が第十五挿話（キルケー）の草稿を一五〇万ドルで購入し、匿名のコレクターが第十六挿話（エウマエオス）を一二〇万ドルで落札した。その上での、二〇〇二年の途方もない金額を投じてのアイルランド国立図書館の勇断である。（これは妻の姦通相手であるボイランに見つからないようにブルームが慌てて逃げ込んだあの博物館に隣接して同じ敷地内にある。）

ジョイスの一二二回目の誕生日であるこの年の二月二日には、この国のもう一つの有力な輸出品目であるギネスビールのホールで、国家プロジェクトとしてのフェスティヴァルの開会式が行われ、大会委員長のローラ・ウェルドンは開会の辞で、『ユリシーズ』は「エヴリデイの叙事詩」、レオポルド・ブルームは「エヴリマン」、そしてダブリンは「エヴリ・シティ」だ、しかしダブリンはやはりジョイスが中心に存在する都市であり、その意味でわれわれはこのフェスティヴァルをリードする特権がある、と謳いあげた。こうして五ヶ月にわたる「リジョイス・ダブリン二〇〇四」が幕を切って落とされた。会期中には、音楽、映画、美術、演劇、講演、展覧会、街頭のパジェント、朗読会など、ジョイスにまつわる五〇以上の催しが開催された。ハイライトはおそらく、ブルームズデイ直前の日曜日の朝食会で、これは『ユリシーズ』にも一回だけ言及される「デニーズ・ソーセージ」がソーセージを提供して、ダブリン一賑やかなオコンネル通りで、『ユリシーズ』など読んだこともない野次馬一万人を集めて開かれた。

もちろんもっと本格的なジョイシアンには、第十九回国際ジェイムズ・ジョイス・シンポジウムが用意された。八日間にわたる研究発表、討議、シェイマス・ヒーニーを含む著名詩人批評家の講演があり、これには世界各国から千人ほどの参加者があった。そのほかにも、新発見の『ユリシーズ』草稿を含む国立図書館のジョイス・コレクションの初公開、ブルームが昼食を食べたパブ「デイヴィー・バーン」の名を冠した文学賞の選定もあった。

さてそのような賑々しい百年祭であるが、いかにも恨みと妬みの国アイルランドにふさわしく、祝祭気分に水を差す声があちこちから聞こえてくる。ジョイスの遺産相続人である孫のスティーヴン・ジョイスによる（いつもながらの）版権侵害の告訴騒ぎで、『ユリシーズ』の公開朗読会の開催が危ぶまれたが、話題はそれだけに留まらない。

ジョイスの誕生日にニューヨーク大学で開かれたシンポジウムでのロディ・ドイルの発言である。ドイルといえば、『パディ・クラーク　ハハハ』でブッカー賞を受賞し、日本でも愛読者の多い、アイルランドの猥雑な民衆を描いては右に出る者がない、いまやアイルランドを代表する元気一杯の人気作家だ。そのドイルが祖国でのジョイス祭りに水を差すかのように、ニューヨークのジョイス賛美者たちを前に、レオポルド・ブルームの一日を描いた『ユリシーズ』は過大評価されている。なにしろ長大に過ぎ、退屈で、誰か有能な編集者の手で適当な剪定を施すべきであった、と述べて聴衆の度肝を抜いたのである。「いつでも世間では『ユリシーズ』を最高傑作トップテンに数えるが、そういうことをいう連中が本当に『ユリシーズ』を読んで感動しているのかどうか、怪しいものだ」とドイルはいう。ドイルにいわせれば、『ダブリンの人びと』は傑作であるが、『フィネガンズ・ウェイク』を読むのは悲惨なる時間の無駄遣い、『ユリシーズ』など敬意を表するに当たらない、というのだ。

もちろんこのような意見はけっして珍しい意見ではない。『ユリシーズ』が出版される前、雑誌連載されているときから非難の声はかしましかった。その喧騒が『ユリシーズ』の名声を保証してきたという経緯さえある。そしていまでも、『アイリッシュ・タイムズ』がこの直前に読者に対して行ったアンケート調査によると、アイルランドを代表する小説五〇選の第一位と第二位がジョイス、もちろん第一位を『ユリシーズ』が占めている。ドイルの苛立ちは、このような虚妄の世評に対する反感、とくにアイルランドの作家がつねに背負わされている宿命への呪詛にあるようだ。

「ダブリン出身の作家が台詞を書くとかならず、それはジョイスからのパクリだろうといわれる。ダブリンで話される言語が全部ジョイスのお墨付きだと考えるなんてばかげている。なにもジョイスがダブリン訛りを発明したわけじゃない。われわれはジョイスの領海侵犯をしているわけじゃないのに。頭にくる」というのだ。このような「遅れてきた者」の悲哀は、『第三の警官』や『スイム・トゥ・

バーズにて』の奇才フラン・オブライエンにも共通するルサンチマンでもあった。この記事を送信したインターネット版の『ザ・ガーディアン』のページには、オンライン書店アマゾンへのリンクが引かれていて、それには『パディ・クラーク』の売上げ九万七千部、『ユリシーズ』の売上げ二三七四部とある。売れればいいというものではないらしいのである。

ドイルの伝えられた発言は、その真意はともかく、かなりの議論を呼んだ。じっさいには、ドイル流の冗談半分の発言がマスコミに予想以上の真面目さで受け取られてしまった、というのが実情かもしれない。それにしても、ドイルの発言はさまざまな反応を呼んだ。それだけに『ユリシーズ』が占める文化的位置が独特なのであろう。ドイルの意見を真に受けて、如何に『ユリシーズ』が傑作であるかを論じる者、ジョイスがあまりにカルト化されてしまっていること、あまりにも多くの知的・文化的エネルギーが彼のために費やされていることを指摘する者（ジョン・サザーランド）、いや、アイルランド人にとってジョイスは悪夢、いつまで経っても醒めることはできないのだ、と『ユリシーズ』の作中人物スティーヴンの声を模して、したり顔に分析する者（テリー・イーグルトン）などである。

ドイルの発言に触発されたかのように、それまで鳴りを潜めていた謀反の声が聞こえてくる。辛辣な書評を書くことで有名なアメリカの作家デイル・ペックの「ジョイスを非難する」である。（『ニュー・リパブリック』）ペックの立場はモダニズム小説がエリート主義的で空虚である、という一点にある。『ユリシーズ』は文学的捏造の産物、作者の欺瞞行為と当時の批評的既成社会とがみごとに美しく作り上げた偽物である。その根底にあるのは、心理学というよりは一種の骨相学に過ぎないウィリアム・ジェイムズ風の意識の流れと、T・S・エリオット式の文化を織りなすテクスト組成についての幻想であり、そんなものは下水の悪臭のないヴェネチア、糜爛性ガスのないヴェネチアみたいなものので、まるで魅力に乏しい、というのだ。

『ユリシーズ』がこのように二〇世紀の正典として支配してきたために、いまやわれわれの前には「大作」の死屍累々、対策としては、ジョイスの大部分、フォークナーとナボコフの半分、ギャディスのほとんど全部、その後継者たる現代作家の作品の全部をキャノンから追放することである、などといい出す。

同じ論調は、三月に入って、『ワシントン・タイムズ』のエンターテインメント欄でも取り上げられた。この新聞の筆者ステファン・サリヴァンの意見は簡単にいえば、『ユリシーズ』を読むのはずきずき痛む偏頭痛みたいなもので、容赦ない退屈、無意味な脱線、語りの袋小路、仰々しい自己満足的な言葉遊び、不透明な芸術的ナルシシズムなどの拷問に際限なく付き合わされることである、となる。それがいまや二〇世紀最大の傑作であるとされる――しかも『ユリシーズ』を実際に読んだこと、のある者までが。

『ユリシーズ』――「二〇世紀でもっとも偉大な小説」

「まえがき」でも触れたように、二〇世紀の終わり、『ユリシーズ』のアメリカ版の版権が切れるころ、ランダム・ハウス社の「モダン・ライブラリー」部門が、「二〇世紀の小説ベスト百選」を選定し、その選定結果は、一九九八年七月二〇日の『ニューヨーク・タイムズ』に発表された。

第一位が『ユリシーズ』、『若き日の芸術家の肖像』が三位、『フィネガンズ・ウェイク』が七七位、主な作品を拾えば、第二位に『偉大なるギャッビー』、四位に『ロリータ』、六位に『息子と恋人』、一〇位に『怒りのぶどう』、二〇位に『アメリカの息子』、三〇位に『善良な兵士』(フォード)、四〇位に『事件の核心』、五〇位に『裸者と死者』、第一〇〇位がブース・ターキントンの一九一八年ピュリツァー賞受賞作品『偉大なるアンバーソン家の人々』と続く。

このリストは明らかにモダン・ライブラリーの売上げを狙った「パブリシティ・スタント」であるが、狙いどおりこれは大いに議論を呼んだ。二〇世紀の最初の八〇年間の作品はよく選ばれているが、最後の十五年間のものはない、なにしろ一番新しい作品がウィリアム・ケネディの『黄昏に燃えて Ironweed (1984)』だし、女性と少数民族の作品が少ない、最大の欠落はトニ・モリソン、『ビラヴド(愛されし者)』と『ソロモンの歌』でノーベル賞をえた作家が漏れている、それなのにハメットの『マルタの鷹』やケインの『郵便配達は二度ベルを鳴らす』が入っているのはなぜだ、といった具合である。

じつはこれを選んだのは、モダン・ライブラリーの委嘱した選定委員会であるが、この選定に投票した委員の中には、B・S・バイアット、ジョイス・キャロル・オーツ、サルマン・ラシュディ、ウィリアム・スタイロン、ゴア・ヴィダールなどの作家のほかに歴史学者、科学者、政治学者も含まれている。

この選定はモダン・ライブラリーの思惑通り、大きな話題を呼び、多くの反論が寄せられた。

さらにモダン・ライブラリーはラドクリフ大学の出版コースの学生にも依頼して、独自の「小説べスト百選」を作らせた。これはモダン・ライブラリーのものと重なる作品も多く、その分保守的・常識的であるかもしれないが、よく見るといくつかの特徴的なことがわかる。一位が『偉大なるギャツビー』、二位が『キャッチャー・イン・ザ・ライ』、四位が『ユリシーズ』、十四位が『若き日の芸術家の肖像』、四四位が『フィネガンズ・ウェイク』など常識的だが、なにより目立つのは、いずれも選ばれていないアリス・ウォーカーの『カラー・パープル』、トニ・モリソンの『ソロモンの歌』と『ジャズ』、ゾラ・ニール・ハーストンの『彼等の目は神を見ていた』のような黒人女性作家の作品が選ばれていること、女性作家の作品、あるいは女性を主人公にした作品（『ある婦人の肖像』、『チャタレー夫人の恋人』、『レベッカ』など）がより多く選ばれていること、E・B・ホワイトの『シャーロットの贈り物』（十三位）や『くまのプーさん』（二三位）など児童文学の領域の作品が選ばれていること、などであろう。ここには明らかに選択者が若い女性であることが反映されている。

いずれにしろ、モダン・ライブラリーの選定の効果は抜群であった。『ユリシーズ』は「通常四ヶ月で売れる部数が二、三日で売れた」というし、八月にはアマゾンのペーパーバックの売上げで、『ユリシーズ』は第二位にまで上昇した。

はたして誰が読むのだろうか。

『ユリシーズ』はアメリカで、モダン・ライブラリーによって二〇世紀最大の小説と指名された。しかし同時にそれは、ポストモダンの一般大衆によって、二〇世紀の最も偉大な読まれない小説としても指名を受けた。（レベッカ・ミード「名作一〇一冊」『ニューヨーカー』一九九八年一〇月二八―十一月二日）思い当たる人も多いのではないだろうか。

しかしわれわれは、世界中に無数の『ユリシーズ』中毒患者がいることを知っている。いくつものグループが集まって、世界の各地で読書会が開かれている。ジョイス終焉の地であるチューリヒでも、毎年「アマチュア・ジョイス学者」を自認するフリッツ・センを中心に、世界中のジョイス病患者を募って、一週間にわたって特定の主題で議論するセミナーを開いている。今年（二〇〇五）の対象は『ユリシーズ』第十二挿話キュクロプスだ。一般市民、科学者、外交官、聖職者、俗人、誰でも歓迎、ただしかならずジョイスについて一家言を持って積極発言のできる者、という条件だ。電子メールでのディスカッション・グループもある。新参者も多く、きわめて幼稚な発言も飛び出すが、それによって、ほかに類を見ない「ジョイス産業」の隆盛が支えられるであろうことも否定できない。

『ユリシーズ』はまぎれもなく、そうした雑多な討論や演習討議を生き延びるだけの力を持っている。もちろん、蓮實重彦が東大の新入生に植えつけようとしたような、問答無用の「文化的イコン」としてではなく、『ユリシーズ』には、信仰を超えて、「コモン・リーダー」を虜にするものがある。それにはまず、テクストと直接、交接する以外にない。さいわい条件は整いつつある。

日本でも、先駆的な第一書房版と岩波文庫版とのあと、戦後は、伊藤整の二回の改訳（新潮社『世界文学全集』）のほかに、丸谷才一・永川玲二・高松雄一による新訳（昭和三六年、河出書房新社『世界文学全集』）、さらに丸谷らによる、面目を一新した最新訳（一九九六—七、集英社）がある。集英社版はその後、装いを改めて「集英社文庫」にも入っている。ありがたいことに、お節介で目障りな脚注は巻末に追いやられた。そのほかにも、まだ完成を見ていないが、柳瀬尚紀訳（河出書房新社）や中林孝雄訳（近代文芸社）もある。

フリッツ・センが今年度のセミナーのための提言で述べているように、キュクロプスだけに限っても、この挿話から掘り起こされることの期待できるテーマとして、アイルランドの政治と歴史、神話、描写の巨人症、暗号・情報、カタログ癖、正義、喜劇、引用、アイルランド英語、犬（このことについては「世紀の『発犬伝』」と銘打った柳瀬尚紀の岩波新書版『ジェイムズ・ジョイスの謎を解く』がある）、祝福、罵倒、誓言、「ポスト何でも主義（Post-Anythingism）」を含むすべての「こけおどし（Codology）」が挙げられている。

わが国最初のジョイス病患者であった伊藤整――のちにジョイスを「我が芸道の師」と仰いだ伊藤整――の硬直気味の、止むをえざる、受容姿勢の轍を踏まないためにも、いまこそ『ユリシーズ』に内蔵される無限の「物語たち」を紡ぐ闊達さが要求されるであろう。

あとがき

長いことジョイスに親しんできた。ほかの作品にも気をとられたが、なによりも中心は『ユリシーズ』であった。

考えて見れば、最初の『ユリシーズ』体験は、大学の二年目の終わりに池袋の書店で購入した三笠書房の三冊本であった。どこにも断わり書きはないが、これは戦前の岩波文庫版（五冊本）をそのまま、用字用語を改め、「猥褻」部分をある程度復活させて復刻した、かなり杜撰なものであった。そのころ私は、生れてはじめて活字になった「ジョイスの美学」という文章を学内の雑誌に載せてもらったばかりであった。モダン・ライブラリーの「ジャイアント・エディション」の一冊として出ていた『ユリシーズ』を手元に置いて、主に三笠書房版によって『ユリシーズ』を読んだ。いまでも『ユリシーズ』を読むとき、三笠書房版の翻訳スタイルが、心の奥に響いているのを感じるときがある。

しかしその後に訪れたアメリカ中心の、いわゆる「ジョイス産業」の隆盛の波に飲み込まれ、つぎつぎに打ち寄せてくる刺激的な文献とつきあうのが楽しくて、日本の翻訳を顧みる機会はまったくないままに過ぎてきた。『ユリシーズ』をめぐって産出される文献とつきあっていると、ときの文学の動向がすべて見えてくる。新しい文学理論は『ユリシーズ』を試射場として、その正統性、あるいは正当性が試される。ありとあらゆる新趣向の文学研究の理論と実践が、『ユリシーズ』を舞台に展開される。最初はアメリカ中心だったジョイス産業は、やがてフランスを巻き込み、ヨーロッパ全土に広がり、腰の重いイギリスにも飛び火し、そして最近ではようやくアイルランドの研究者をも引き込むようになってきている。その動向を追っているだけで、こちらの仕事は終わってしまいそうになる。その間に、まがりなりにも『ユリシーズ』の面白さを人に伝えようとして、『「ユリシーズ」演義』（研究社出版）という本をようやく一冊の本にすることができた。もう一〇年以上も前のことになる。

いつからか私は、日本の学界を覗きに出かけても、ほぼ「海外の」文献をなぞるだけの、無風状態に身を置いた研究者の姿勢に、「われわれのジョイス」という視点がまったく欠如していることに、苛立ちを隠せなくなった。「われわれ」はどのようにジョイスとつきあってきたのか。そのことをもう一度振り返って見ようと、本気で考えるようになった。そのようなときに『英語青年』から依頼があり、「訳し直す英米文学」という特集に『ユリシーズ』について書くようにいわれた。編集部の趣旨はたぶん、最近、英米文学の作品の新訳（改訳）がいろいろ出ている――たとえばサリンジャーの『キャッチャー・イン・ザ・ライ』。ついては『ユリシーズ』についても新訳を話題にするように、ということであったかもしれない。しかし私は「昭和初年の『ユリシーズ』」（平成十五年八月）というタイトルで昔のことを書かせていただいた。編集長は岩波文庫の『ユリシーズ』の存在すら知らなかった。遠い昔の話なのだ。

この段階で本書の方向は決定していた。その後、さいわい、『文學界』に寄稿する機会に恵まれ、「ブルームズデイ」一〇〇年――『ユリシーズ』を読む伊藤整と小林秀雄」（平成十六年七月）を載せていただくことができた。本書の第三章はほぼそれによっている。この部分を執筆する段階で、『文學界』編集長の大川繁樹氏はじめ編集部の綿密な文献調べには大いに教えられるところがあった。そのほかの部分の執筆についても、文献の調査や確認について、たまたま近くにいた友人たちの救援を仰いだところもある。とくに、かつて筑波の大学院で『ユリシーズ』をいっしょに読んだ仲間の一人である筑波大学の中田元子さんには、大学図書館所蔵の文献の閲覧について、私がわざわざ筑波まで足を運ぶ労を、たびたび省いてくださった。

当然ながら本書には先行研究がある。そのそれぞれから貴重な情報をえたことを感謝を込めて記しておく。

太田三郎「ジェイムズ・ジョイスの紹介と影響」『学苑』（昭和女子大学光葉会、昭和三〇年〔一九五六〕四月号）
太田三郎『近代作家と西欧』（清水弘文堂、一九七八）
鏡味國彦『ジェイムズ・ジョイスと日本の文壇――昭和初期を中心として』（文化書房博文社、一九八三）
和田桂子『二〇世紀のイリュージョン――『ユリシーズ』を求めて』（白地社、一九九二）

その他の文献については、煩雑にならない程度にその都度本文中に記すことにした。なお文献の引用については、仮名遣い等はできるだけ初出に従ったが、漢字表記は旧字の多くを新字に改めた。

本書の出版については、みすず書房の辻井忠男氏のご配慮をいただいた。少しまえに、ジョン・サザーランドの翻訳を二冊出していただいたのに続いて、今度は自分の本が、みすず書房の瀟洒な作りの一冊になることに、そして本書が私の四五年にわたる教師生活の最後に世に出ることに、いささかの感慨を込めて、感謝したいと思う。

二〇〇五年三月　川口喬一

【追記】はからずも本書もまた、みすず書房編集部の辻井忠男氏のご配慮によって、十二年前の拙著『「ユリシーズ」演義』（研究社出版）同様、「ブルームズデイ」当日に発行される運びになった。今回は「ブルームズデイ一〇一年」である。くしくも一〇一年前と同じ木曜日である。今回もまた、本書を、われらの凡庸の英雄レオポルド・ブルームに——半世紀に亘る変わらぬ友情の証しとして——捧げることにしよう。

著者略歴

（かわぐち・きょういち）

1932年北海道に生まれる．筑波大学名誉教授（文学博士）．著書『ベケット——豊饒なる禁欲』（冬樹社），『イギリス小説の現在』（研究社出版），『小説の解釈戦略——『嵐が丘』を読む』（福武書店），『現在の批評理論（全三巻）』（共編），『イギリス小説入門』，『文学の文化研究』（編著），『「ユリシーズ」演義』『最新　批評用語辞典』（共編著）（以上，研究社出版）．訳書 ベケット『蹴り損の棘もうけ』，『マーフィー』（以上，白水社），ソンタグ『ラディカルな意志のスタイル』（晶文社），ジェイムソン『言語の牢獄』，ハッチオン『ポストモダニズムの政治学』（以上，法政大学出版局），サザーランド『ヒースクリフは殺人犯か？』，『現代小説38の謎』（以上，みすず書房），イーグルストン『「英文学」とは何か——新しい知の構築のために』（研究社）ほか．

川口 喬一

昭和初年の『ユリシーズ』

2005年6月 6 日　印刷
2005年6月16日　発行

発行所 株式会社 みすず書房
〒113-0033 東京都文京区本郷5丁目 32-21
電話 03-3814-0131(営業) 03-3815-9181(編集)
http://www.msz.co.jp

本文印刷所 三陽社
扉・表紙・カバー印刷所 栗田印刷
製本所 青木製本所

Printed in Japan
ISBN 4-622-07146-0